JOSÉ MAURO DE VASCONCELOS

KAYIĞIM ROSINHA

Can Modern

Kayığım Rosinha, José Mauro de Vasconcelos
Çeviri: Aydın Emeç
Rosinha, minha canoa
© 1963, Companhia Melhoramentos de São Paulo, Brezilya
© 1983, Can Sanat Yayınları A.Ş.
Tüm hakları saklıdır. Tanıtım için yapılacak kısa alıntılar dışında yayıncının yazılı izni olmaksızın hiçbir yolla çoğaltılamaz.

1. basım: 1983
17. basım: Nisan 2022, İstanbul
Bu kitabın 17. baskısı 2000 adet yapılmıştır.

Dizi editörü: Emrah Serdan
Düzelti: Aylin Samancı Elmasdağ
Mizanpaj: M. Atahan Sıralar

Dizi tasarımı ve sanat yönetmeni: Utku Lomlu / Lom Creative (www.lom.com.tr)
Kapak uygulama: Bilal Sarıteke / Lom Creative (www.lom.com.tr)

Baskı ve cilt: İMAK Basım Yayın Ticaret ve Sanayi Limited Şirketi
Akçaburgaz Mah. 137. Sokak. No: 12
Esenyurt, İstanbul
Sertifika No: 45523

ISBN 978-975-07-4802-8

CAN SANAT YAYINLARI
YAPIM VE DAĞITIM TİCARET VE SANAYİ A.Ş.
Maslak Mah. Eski Büyükdere Cad. İz Plaza Giz, No: 9/25 Sarıyer/İstanbul
Telefon: (0212) 252 56 75 / 252 59 88 / 252 59 89 Faks: (0212) 252 72 33
canyayinlari.com
yayinevi@canyayinlari.com
Sertifika No: 43514

JOSÉ MAURO DE VASCONCELOS
KAYIĞIM ROSINHA

ROMAN

Çeviri

Aydın Emeç

José Mauro de Vasconcelos'un Can Yayınları'ndaki diğer kitapları:

Şeker Portakalı, 1983
Güneşi Uyandıralım, 1983
Yaban Muzu, 1984
Kardeşim Rüzgâr, Kardeşim Deniz, 1985
Delifişek, 1993
Çıplak Sokak, 1994
Kırmızı Papağan, 1998

JOSÉ MAURO DE VASCONCELOS, 26 Şubat 1920'de, Rio de Janeiro yakınlarındaki Bangu'da doğdu. Yarı Kızılderili, yarı Portekizli yoksul bir ailenin on bir çocuğundan biriydi. Ailenin yoksulluğu nedeniyle, çocukluğunu Brezilya'nın kuzeydoğusundaki Natal kentinde, akrabalarının yanında geçirdi ve okumayı tek başına öğrendi. Resim, hukuk ve felsefe alanında öğrenim görmek istediyse de vazgeçti. Natal'da iki yıl tıp eğitimi aldı. Çeşitli işlerde çalıştı. Boks antrenörlüğü, muz taşıyıcılığı, gece kulübünde garsonluk, ırgatlık, balıkçılık yaptı. Bir süre Kızılderililer arasında yaşadı. 1942 yılında yazdığı ilk romanı *Yaban Muzu*'yla eşine az rastlanır anlatıcılık yeteneğini ortaya koydu. Ardından *Şeker Portakalı, Güneşi Uyandıralım, Kayığım Rosinha, Kardeşim Rüzgâr Kardeşim Deniz, Delifişek, Çıplak Sokak* gibi romanlarıyla ünü Brezilya sınırlarını aştı. Bugün yapıtları birçok ülkede büyük ilgiyle okunan yazar, 24 Temmuz 1984'te São Paulo'da öldü.

AYDIN EMEÇ, 1939'da İstanbul'da doğdu. Gazeteci, yazar, yayıncı ve çevirmen olarak Türkiye'nin kültür yaşamına önemli katkılarda bulundu. 1968'de Cengiz Tuncer'le birlikte E Yayınları'nı kurdu. Daha sonra Hür Yayın'ı ve 1982-1986 arasında da *Cumhuriyet* gazetesi kültür servisini yönetti. Bulgakov, Ehrenburg, Calvino, Kazancakis, Kundera, Vasconcelos gibi yazarların yapıtlarını Türkçeye çevirdi. Aydın Emeç, 24 Nisan 1986'da, henüz 47 yaşındayken yaşama veda etti.

Ciccilao Matazarro için

BİRİNCİ BÖLÜM

Bitkiler

1

Sevgi dolu gevezelik

Bu iş hep böyle son bulurdu: Hayatın pek güzel olduğunu düşündüğü için gülümsüyordu Ze Oroco.

Bu nedenle kürek öylesine tatlı bir plof-plof sesi çıkardı ki, nehrin suyu neredeyse müziğe dönüştü ve kayık, uçarcasına, gevşek gevşek kaydı.

Ilık ve güçten düşmekte olan güneş, bulutların ardına gizleniyor, akşamı birlikte sürükleyerek alçalmaya başlıyordu. Nehrin kıyısında, beyaz kumsalın üzerinde bir *jaribu*[1] sonu gelmeyen suskunluğunu sürdürmekteydi. Bir noktadan öbürüne yürüyor, sonra uzun ayaklarının üzerinde yarım çark ediyor, başlangıç noktasına dönüyordu. Yerdeyken çirkin ve bostan korkuluğu gibiydi, uçtuğunda inceliğine erişecek yoktu.

Hafif ve serin-soğuk bir rüzgâr çıktı, adamın çıplak göğsünde bir ürperti gezdirdi. Ama bu da iyiydi; büyük yaz soğuğunun habercisiydi.

Ze Oroco ağzını daha da yayarak güldü. Ateşin çevresinde geçen geceleri, kuru odunlar üzerinde uçuşan alevlerin kızıl dillerini, oracıkta hemen yakındaki o sayısız yıldızları, gövdeleri kavurucu güneşte yorgun düş-

---

1. Leylek türünde bir kuş. (Ç.N.)

müş, yumuşacık battaniyelerin altına gömülmüş, geceyi kaplayan soğuktan korunmaya çalışarak uykuya dalan insanların konuşmalarını düşünüyordu.

Nisan ayının sonu yaklaşmaktaydı. Gelecek yıldan önce büyük yağmurlar yağmazdı artık. Belki birkaç hafif sağanak daha düşerdi. Belki bir gün sürecek bir yağmur bastırıverirdi, ama daha uzun sürme olasılığı yoktu.

Nehrin akıntısına karşı ilerlemeye çalıştı. Bu işi göze almak için şeytansı gözüpeklikte bir adam olmak gerekiyordu. Ve de, elleri nasırlaştıran kancayı ya da harcanan çabayla kanı köpürten, ıslık çalarak yüreği yerinden hoplatan küreği dibe değdiğinde iyice daldırmak. Korkunç çabalardı bunlar. Gün ışığı ormandaki ağaçları donduruyordu; uzakta gökyüzüne dikilmiş gibi bir görünüşleri vardı.

Serin rüzgâr, yine. Kancaya ağırlık verdi ve Tanrı'yla baş başa verip yorumladı:

"Günaydın, bize bunca dostlukla gelen güzel yaz."

Ve Tanrı karşılık vermeyip gülümsemekle yetindiğinden küreklere asıldı.

Görüntüyü unuttu ve olup biteni kafasından geçirmeye koyuldu. Üç güne varmadan Pedra'ya ulaşabilirdi. Niçin kendisine bu haberi yollamışlardı? Mutluluk duyuyordu hayattan, balığını yakalıyor ve tuzluyordu Kızılderili'nin kayığı kumsala baştankara ettiğinde.

"Ne oluyor, Andedura?"

Andedura kayığını kumun üzerine çekti:

"Ze Oroco, orada bi herif va, 'Doktorum,' diyo. Hem de doğru söylüyo, çünkü bi sandığı urba dolu, öbürü de ilaç dolu."

"Benden ne istiyor?"

"Bilmem."

Andedura pantolonunun cebinden bir mısır yaprağı çıkardı; avucunun içinde kurutulmuş bir tütün halkasını ufalamaya başladı.

"İster misin, *sinharu*¹?"
"Hiç sevmem o ağzı boka batıran nesneyi."
Kızılderili, güneşte kuruyan balık türlerini seyretti, sonra uzun dumanlar koyvererek ve aralık gözleriyle öğle sonrası güzelliğinin tadını çıkararak bir an çömeldi. Tütününü bitirdiğinde soyundu, ılık suya daldı, uzun saçlarını silkeledi, yeniden giyindi ve bu kez Ze Oroco' nun yakınına oturdu. Dosttu bu adam! Kızılderili olan herkesin dostu: İster Carajá yerlilerinden olsun, ister Javaé. Ria Xingu' ya gittiğinde, Ze Oroco'nun bütün o garip ırktan Kızılderililerle bile dostluk ettiği söylenirdi: Camaiura' larla, koca dudakları ve karmaşık adları olan ötekilerle, Txucarraman'larla. Eninde sonunda, koca dudaklı Caiapo'lardan başka şey değildi bunlar da.
"Geliyo musun?"
Ze Oroco'nun yüreği acılı bir tıp tıp etti. Kötü bir sezgiyi uzaklaştırmaya, yenmeye çabalayarak kaşlarını çattı.
"Nasıl biri bu adam?"
"Sırık gibi, saçları da turuncu. Şişman, güneşten ötürü hep gömlek değiştiriyo, gömleğini çıkardı mı dayanamıyo, çünkü derisi beyaz, bembeyaz. Koskoca bi göğsü va, ama seninki gibi değil, kıl dolu. Geldiğinde göbeği kocamandı, ama yemeklerimizi sevmiyo sanırım. Beş yıl oluyo. Araguaia üzerinden bize gelen o Peder Gregoro' nun bi kardeşi belki..."
Adamı anlattıktan sonra yeni bir soruyu bekleyerek sustu Kızılderili.
"Ne yapmaya gelmiş?"
"İnsanları iyileştirdiğini söylüyolar. Herkese iğne batırıyo. İlaçlar veriyo, ilaçlar bi dolu. Çocukların kurdu düşüyo... Ateşi olanları soğutuyo."

1. Bayım. (Ç.N.)

"Beni nereden tanıyor?"

"Öyle işte. Bi dolu adam geliyo, doktor onlara bakıyo. Soruyo: Başka va mı? Gene bi dolu adam geliyo. Başkası va mı? Seni söylediler onlar da. Buralara geldiğimde, onu ara dediler. Oldu işte. Söyledim sana."

"Öyleyse..."

Ze Oroco uzunca, kıvırcık saçlarını kaşıdı. Tek tük kırlar beliriyordu.

"Andedura, benimle yemek yer misin?"

"Hem de uyurum. Konuşuruz."

"Tamam. Epey oluyor konuşmayalı."

"Vaftiz oğlun, Canari Sariua koca adam oldu."

Andedura iriyarı oğlunu hatırlayınca gülümsedi. Bir an, evinde olma isteğini duydu.

"Sana ham şekerle bir olta iğnesi vereceğim, ona götürürsün. Olur mu?"

"Tabii."

Ufak bir ateş yakmak ve balıkları pişirmek için Andedura kumsalda çalı çırpı toplamaya çıktı.

O günden bu yana, üç gündür, Ze Oroco akıntıya karşı nehirde kürek sallayıp duruyordu. Üç gün sonra da Sao Felix'i yirmi beş kilometre kadar aşınca *rio das Mortes*'in[1] ağzını geçecek ve ertesi sabah gün ışırken Pedra'ya varacaktı.

Düşüncelere dalıp giden Ze Oroco birden, serseri ve hızlı gecenin yaklaşmakta olduğunu fark etti. Kupkuru, sivrisinekleri uzaklaştıran akşam meltemininin yaladığı bir kumsal bulması gerekiyordu.

Ze Oroco onu düşündü ve dargınlıklarına son vermeyi kararlaştırdı. İki gündür surat ediyordu, kendisiyle ko-

---

1. Mortes Irmağı. (Ç.N.)

nuşmuyordu. Hep barışmayı en son isteyen o olduğundan, önceliği kendisinin elden bırakmaması gerekliydi.
"Geç oluyor, bir yere yanaşmalıyız, değil mi?"
Sessizlik. Yanıt yok. Ze Oroco üsteledi:
"Şuradaki kumsal hoşuna gidiyor mu?"
O yanıtlamak lütfunda bulundu:
"*Xengo-delengo-tengo*. Fark etmez."
Ze Oroco ya sabır çekti. Bağırdı:
"*Credo!*[1] Şu sıralar öyle huysuzlaştın ki! Olur olmaz şeyden nem kapıyorsun. Seninle konuşuyorum da duymazlıktan geliyorsun..."
"*Xengo-delengo-tengo*. Yine ben, değil mi? Hep suç bende. Tartışıyorsun, sinirleniyorsun, sonra da bağırıp çağırıp benim haksız olduğumu söylüyorsun."
Böyle durumlarda, işin daha da kötüye gitmesini istemiyorsa onaylamak ve bir bahane bulmak uygun düşerdi.
"Şu doktor olayına sinirlendim de..."
"*Xengo-delengo-tengo*. Öyleyse değişmen gerek. Şu kumsala yanaşalım desem, sen, çalakürek gidiyor ve öbür kıyıya yanaşıyorsun. Hep canın ne çekerse onu yapıyorsun..."
"Dikkat edeceğime söz veriyorum."
Sustular. Hava kararıyordu. Nehrin kıyısı neredeyse görünmez olmuştu; kumsalın beyazı yitiyor, yitiyordu...
Ze Oroco kıs kıs güldü. Beriki yumuşuyordu:
"Sence şuraya yanaşsak daha mı iyi olur?"
"*Xengo-delengo-tengo*. Üç kürek daha salla, eşsiz bir yer orası."
Bunun üzerine Ze Oroco, sesine Brezilya'nın bütün şeker değirmenlerinin tatlılığını kattı:
"*Xengo-delengo-tengo*. Seviyorum seni. Ya sen?"

---

1. Pes! Vay canına! (Ç.N.)

"Sana tapıyorum."

"*Xengo-delengo-tengo*. Yalan söylüyorsun."

"Yemin etmemi ister misin? Peki. Assisili Aziz Francesco'nun beş yarası üzerine yemin ederim."

"*Xengo-delengo-tengo*. Assisili Aziz Francesco'nun dört yarası vardı."

"Beş yarası vardı. Biri büyük, yüreğinde, kimsenin göremediği. Ne haber?"

"*Xengo-delengo-tengo*. Öyleyse sorun yok. Sa... sana inanıyorum."

Ze Oroco içini çekti, rahatlamıştı. Gökyüzünde Carajá'ların büyük yıldızı Taina-kan, koca parıltısının çevresinde buzdan bir küçük hale oluşturuyordu.

2

Sıradan bir adamın öyküsü

Odun atarak ateşi canlandırmak ya da eğri büğrü demir kazanda kaynayan yoğun çorbayı karıştırmak için ocağa her eğilişinde perçem perçem gözlerine düşen saçlarını geriye attı Madrinha Flor. Bütün bir hayat boyu böyle olmuştu. Ellerini geniş eteğine silip ocaktan uzaklaşmayı başardığında da, bir gülücük dağıtmak ya da dostça bir söz söylemek için yapardı bunu. Bir iyilik sürgünü yeşermişti ruhunda. Böyle anlarda öylesine dalgındı ki aklına eseni söylerdi: Sözsüz bir şarkı ya da hiç anlamı olmayan sözler.

Bu yüzden, Chico do Adeus'un, hiç dikkat etmediği yağmurdan iyice ıslanan şapkasını silkeleyerek içeri girdiğini görmedi:

"Rezillik bu yağmur..."

Madrinha Flor, geri döndü ve gülümsedi. *Rio Araguaia'ya*[1] yağan, mat yoğun perdeye baktı. İçini çekti ve yeniden gülümsemeye koyuldu.

"Kapa çeneni, Chico. Göz açıp kapayana kadar geçecek iyi yürekli, küçük bir yağmur bu."

"Geçer, geçer de... Bu uğursuz, Brejao'dan çıkalı beri iliklerime işliyor."

---

[1]. Araguaia Irmağı, Brezilya'nın en büyük nehirlerinden biri. (Y.N.)

"Sırık gibi koca adam küçücük, tatlı bir yağmurdan yakınıyor! Düşün biraz, efendi, mısıra boy verenin yağmur olduğunu."

Kapıya yaslandı ve diken diken olmuş nehre boşalan sudan duvara baktı. Öbür kıyıda incecik bir kayık hızla akıp gidiyordu. Bir Carajá Kızılderili'siydi belki de bu. Bir beyaz da olabilirdi. Nehir ne kadar da güzeldi! Hele ağaçlar, yağmur kesildiğinde nemli yapraklarıyla her zamankinden güzel olacaklardı. Her şey güzeldi Madrinha Flor için. Yıllar oluyordu bu yere göçeli; buraya yerleşmişti. Maranhão'nun uçsuz bucaksız derinliklerinden gelmişti. Hoşuna gitmişti burası. Kalmıştı. Kimse, ne pahasına olursa olsun, onu bu toprak parçasından söküp atamazdı. Geçen yıllar gözlerinin önüne aynı şeyleri getiriyordu... Yağmurdu, ateşli hastalıklardı ve sivrisineklerdi bunlar. Soğuk bastırıyordu, yıldızlı geceler, kulübenin ocağında ateş... ve her keresinde yeni bir tılsımlı güzellikti bu. Ama uzun zaman oluyordu, çok uzun. Pişirdiklerini yemek isteyen katırcıları, sığır çobanlarını doyurmaktan elleri aşınmıştı. O kadar.

Ocağa doğru döndü ve yeniden gülümsedi. Hayatı, Chico do Adeus'un hayatının tam tersiydi. Onda yerinden kımıldamadan yolculuk etme tutkusu vardı. Buruşuk, lekeli, içinde uçsuz bucaksız yeryüzünün resimleri bulunan eski bir dergi buldu mu, o yerin adını hecelemek ve yüreğinde bir yolculuk rotası düşlemek için gözlerini dört açardı adam. Yaşlı sığırtmaç. Bu yoldan Copacabana Plajı'nı, Buenos Aires'i, Güney Fransa kıyılarını, Alabama'yı gezmişti... Ama gitmiş olduğu en uzak yer Cape Verde'ydi. Bu adı çok güzel bulduğu içindi kuşkusuz, çünkü kendi coğrafyasının karmaşık yollarında bir dergiden görüp eğri büğrü telaffuz ettiği "subway" gibi garip bir kelime bile güzel bir ülkenin ismini andırıyordu. Hele çılgınca düşüncelerinden vazgeçirmeye çalışsınlar... hemen, dövüşmeye hazır, bıçağını kapar ve herkesi hadım edeceğini söyleyerek gözdağı verirdi! Fırsatını bulunca da dünya görüşünü açıklardı. Deniz, var olmayan bir şeydi. Yeryüzünü parçalara bölen nehirlerden başka şey yoktu. Pek çok nehir olduğunu biliyordu, ama deniz... Böyle bir saçmalığı da nereden bulup çıkarmışlardı? Tuz dolu, koca bir su çukuru ha? Ahmak olmak gerekirdi böyle bir şeye inanmak için. Nasıl olurdu ki? Denizin üzerine hiç yağmur yağmaz mıydı? Yağmur yağdı mı da nasıl eritmezdi tuzu? Yağmur yağmıyorsa, nasıl hep su dolu olurdu deniz, anlattıkları gibi. Denizin, balıkçıların sözünü ettiği Amazon gibi büyük nehirlerden biri olması gerektiği açık seçik ortadaydı. Ama Cape Verde'yi, *Subway*'i çevreleyen deniz masalları anlatmasınlardı kendisine, üstüne üstlük, günahları boyunlarına, tuzlu suyla dolu denizi...

Ama iyi yürekli olmaya iyi yürekli adamdı doğrusu!... İşin kötüsü, taştan da kalın kafasına rağmen bulunduğu yerden bir karış öteye kımıldamayı başaramamasıydı. Madrinha Flor da herkes gibi Chico do Adeus'un yüz elli kilometrelik bir çevreyi tanıdığını biliyordu: Kuzeyde, güneyde, doğuda, batıda. Bunun dışında, kala kala o düşlerine elveda deme tutkusu kalıyordu. Böyle böyle Chico do Adeus olmuştu o. İyiydi de bu, çünkü başka adı yoktu. Rüzgârın sürüklediği tohum gibi çıkmıştı ortaya; ufacık boyu, kocaman karnıyla. Orada kalmış, büyümüş, her işi yapmıştı, bir erkek olmuştu, hep büyük bir yolculuk yapmayı umduğundan hiç evlenmemişti; büyük çiftlikler hesabına sığırtmaçlık etmiş, toprağı işlemişti; hayatı boyunca kürek sallamış, *lasso*[1] savurmuştu. Köşesinden ayrılmadan düşleriyle vedalaşmayı sürdürerek beyaz saçlar edinmişti.

---

1. (Fr.) Kement, ip, halat. (Y.N.)

Chico do Adeus'un kırık dökük ahıra gitmek üzere kulübeden çıktığını görünce, Madrinha Flor gülümsedi. Yağmur nehrin üzerine boşalıyordu. Kutsanmış yağmur! Ama Chico do Adeus iyi adamdı. Doktor geldiği gün herkesi çağırmış, herkes de birbirinden beter hastalığını ortaya dökmüştü. Üstüne üstlük, herkes başına gelen felaketleri anlatmak için göz yaşartıcı, acınacak bir yol bulmuştu... Sıra Chico do Adeus'a geldiğinde, şapkasını çıkarıp sağ elini başının üzerine koymuştu, pek tedirgindi, çünkü hiçbir hastalık çektiği yoktu. Hiç dişi ağrımamıştı, kafası da başına dert olmayacak kadar kalındı. Asıl garibi, doktor fişini hazırlamak istediğinde ortaya çıkmıştı:

"Adınız?"

"Chico do Adeus."

"Chico do Adeus ne?"

"Adeus do Adeus! Tanrı'ya emanet, o kadar!"

Doktor yuvarlak başını kaşımıştı. Ne kadar büyüktü ve bilinmeyenlerle doluydu Brezilya!

"Yaş?"

"Bilmem, bayım..."

"Üç aşağı beş yukarı?"

Chico do Adeus, parlak zekâsını ortaya koymak istemişti. Ama zekâsı kellesinin taşı andıran sertliğine toslamış ve açık seçik salaklığı çıkıvermişti ortaya.

"Üç aşağı beş yukarı yaşım olmadı hiç, doktor."

Millet bıyık altından gülmüştü, ama doktor ciddi görünüşünü değiştirmemiş, kimse de istifini bozmamıştı.

"Bir derdiniz var mı?"

"Hayır, bayım..."

"Ateşli hastalık geçirdiniz mi?"

"Hayır, bayım..."

"Baş ağrısı, karın ağrısı? Zührevi hastalıklar geçirdiniz mi?"

"Hayır, bayım..."
"Demek hiç derdiniz yok? Hiç hastalanmadınız mı?"
"Yani, doktor, dört yıl oluyor, Bay Climero de Zuza hesabına nehrin öbür yakasında balığa çıkmıştım, Amargozinho denen yerde, ama sanırım oranın bir adı daha var, bir şey oldum üstünüze afiyet... Söyleyebilir miyim doktor?"
"Ben doktorum. Bu iş için buradayım. Söyleyin."
"Üstünüze afiyet, bir karın ağrısı... Sanırım timsah kuyruğu ve çiğ muz çorbasına koyduğum kırmızıbiber neden oldu buna..."
Doktor kendini güç tuttu.
"Peki. Ya şimdi... Bir şey duyuyor musunuz?"
Brejão'lu Bastiana dayanamadı:
"Doktor, bu ahmakla vaktinizi boşa harcıyorsunuz. Onun gibi bir hayvan, hastalığı bile korkutur."
Chico do Adeus patladı:
"Biliyor musunuz, doktor, beni asıl korkutan şu karı. Şu bir türlü erkek bulamayan, şu karı sesli rezilin peşimden koşması talihsizlik değil de nedir? Ne zaman hayvanları suya indirsem, La Matroca Boğazı'nda kıyıya oturur, bacaklar yukarda, etek açılmış, hava basar, canımın bir şey çekebileceğini düşünür. Ama bana gelmez böyle şeyler, karı kısmı efendi olmalı, öte kıyıda ıhtırılan kabaklar gibi değil..."
"Kapa çeneni, büyücü! Doktor, şuna iyice bakın, sanırım piranhalar şeyinin yarısını kapıp götürmüş."
Bastiana gülmekten kıpkırmızı kesilmişti.
Doktor edepli havayı geri getirmek için sertçe konuştu:
"Susun. Çalışabilmek için sessizliğe ihtiyacım var."
Chico do Adeus, doktorun önündeydi, saygılı ve şimdiden olup biteni unutmuştu.
"Demek bir şey duymuyorsunuz?"

"Duyuyorum, bayım, küçükten beri bir şey duyuyorum."
"Söyleyin."
"Yolculuk etme isteği."
"Hastalık değil bu."
"Hiç duymadığınız için..."
"Hadi hadi, Tanrı aşkına, ben acıdan söz ediyorum, gerçek acıdan."
"Ha, o yönden bir derdim yok, koruyucum Aziz Antonho de Catingereba sayesinde, kazan götü gibi kara olan tek gerçek küçük Aziz Antonho sayesinde. Ondan söz edildiğini işittiniz mi, doktor?"
"Dostum, bir şey duymuyorsanız neden bana başvurdunuz?"
"Size baş maş vurmadım, doktor. Sizin herkese bakmak istediğinizi söylediler."

Yağmur nehrin dirseğinde yitip gitmişti. Güneş yeniden burnunun ucunu gösterdi. Madrinha Flor, kulübenin öbür yanına baktı. Doktor en yeni hamağının üzerinde uyuyordu, ziyaretler için kullandığı hamakta. Ve horluyordu... Uzun uzun horultular. Ayağı sallanıyor, düzenli olarak kulübenin kirişine değiyordu. Şu lanet olasıca uyku, güneşten gelmeliydi. Doktor bu güneşe alışkın değildi; öylesine beyazdı, teni o denli narin ve solgundu ki, şimdi yakıcı güneş altında kararmıştı. Madrinha Flor da bir türlü doktoru anlayamıyordu. Leopoldina'dan nehir yoluyla geldiğini söylüyordu doktor. Burası da son durağı olacaktı. Bir hafta sonra dönüş yolunu tutması gerekiyordu. Asıl kötüsü, gelecek yıl sonucu görmek için geri geleceğiydi. Bu kez daha aşağı inecek, başka araştırmalar yapacak, başka hastalara bakacaktı... Ah, şu zengin insanlar gerçekten gariptiler!.. Burada olduğuna göre neden nehir yoluyla Belem'e kadar gitmiyordu? Zamanı olmadığını söylüyordu... ama... bu, Madrinha Flor'u niye ilgilendirsindi? Bu, doktoru ilgilendirirdi... Doktorun evine dönmek istediğini anlıyordu Madrinha Flor. Evine dönmek, evet buydu doktorun istediği!.. Karısına ve çocuklarına kavuşmak. Çantasında incecik, açık renk saçları yapılmış, bir sürü miniminnacık, hepsi de yepyeni pabuçlu ve giysili, tertemiz kokan kız ve oğlan çocuğuyla çevrili bir kadın fotoğrafı vardı.

Madrinha Flor, kahveyi ısıtmaya koyuldu. Doktora seslenmesi, ona kahve vermesi, saatin neredeyse dört olduğunu söylemesi gerekiyordu; gidip ne yapacaksa yapsındı, yoksa akşam gözüne uyku girmeyecek, durmadan gevezelik edip duracaktı. Sonu gelmeyen bir tatava olacaktı bu. Çoğu kez anlamadığı şeyler söylüyordu. Madrinha Flor'un gözleri uykudan yanıyor, hamağa uzanmak için dayanılmaz bir istek duyuyordu; ama doktor bunu fark etmiyordu bile. Konuşuyor babam konuşuyordu... Ertesi gün erkenden, daha gün ışımadan Madrinha Flor'un horozları uyandırması, tavukları yoklaması, yumurtlamak üzere olanları anlayıp bir yere kapaması –yoksa hayvanlar açıktaki yumurtaları yiyorlardı– gerektiğini unutuyordu.

Kahve ibriği ilk buhar dumanını koyverdi. Eski kupayı aldı, bir yandan düşünürken bir yandan da doldurdu: "Gelen teknelerden birinin yeni mutfak eşyası getirmeyişi çok yazık. Sık sık ısmarladım, ama insanın mangırı olmadı mı eşyalarını yenilemesi kolay değil. Şimdi altın yaldızlı resimlerle süslü bir tabak takımım olsaydı, doktora, böylesine kibar bir adama, eğri büğrü bir kupayla kahve vermek zorunda kalmazdım..." Kendini avuttu. Doğrusu doktor, burada, Araguaia Sertão'sunun[1] derin-

---

1. Brezilya'nın kıraç, çorak kuzeydoğu bölgesi. (Ç.N.)

liklerinde, Bananal Adası'nın göbeğinde, kentin lüksünü ve bir otelin sağladığı rahatlığı bulamayacağını biliyordu. Hamağa doğru ilerledi. İpi tutup sarstı. Sesi çok tatlılaştı:
"Doktor, birazcık kahve."

Adam, çevresindekileri ilk kez görüyormuşçasına gözlerini açıp esnedi. Kıpkırmızı gözkapakları tembellik ve gevşeklik doluydu. Elini önü açık olan gömleğinden içeri kaydırdı, beyaz ve kıllı göğsünü kaşıdı.

"Yoksa bir sumak kaynatmamı mı isterdiniz?"
"Hayır, Madrinha Flor. Kahve daha iyi. Ayıltıyor."
Az şekerli ve ısıtılmış kahveyi ufak yudumlarla içti.
"Adam geliyor mu?"
"Ze Oroco mu? Andedura onu bulup söylediyse gelmesi gerekiyor. Şu saatte, Mortes Nehri üzerindeki Piqui'ye yaklaşmış olmalı... Yüzmek istemez miydiniz, doktor?"
"İyi düşündün. Küçüğü çağırır mısınız?"

Madrinha Flor kapıya yaklaştı, dünyanın öbür ucuna sesleniyormuşçasına nehre doğru bağırdı:
"Giribel! Ho! Ho! Giribel!"

Göz açıp kapayana dek çocuk göründü; kıyıdan koşarak geldi. Dişleri plajın kumları gibi beyaz iki dizi oluşturuyordu. Bir elinde oltasının kamışını tutuyordu, öbüründe de yaşama dileğiyle hâlâ debelenmekte olan bir salkım kırmızı piranhayı.

"Geldim Madrinha."
"Kayığı hazırla, doktoru öbür yakadaki açık renk kumsala götür de yüzsün."

Doktor, hâlâ inatçı bir sisi andıran havanın getirdiği o büyük uyuşukluğun kalıntısını silkeleyerek beyaz hamakta oturuyordu. Şiş gözleri yavaş yavaş Madrinha Flor'un bacaklarına doğru kalktı. Bunların güçlü, güzel bacaklar olduğunu keşfetti ve ilk kez kadının genç olması gerektiğinin farkına vardı. Gözlerini biraz daha kaldır-

dı ve kaba bir etekliğin sardığı yuvarlak kalçaları inceledi. Belli belirsiz tedirgin edici, ama aynı zamanda da hoş bir istek duydu içinde...
Kadın döndü:
"Giribel kayığı getirmeye gitti. Geliyor."
Doktorun gözleri, karşısındakine sezdirmeden, geri kalanı inceledi. Madrinha Flor kupayı aldı ve ocağa doğru yöneldi.
Bunun üzerine adam gerinerek ayağa kalktı. Çantasını açtı, sabunla havluyu çıkardı... Bir daha kemiklerini çatırdatarak gerindi. Kapıya yaslandı ve gözleri rahatsız eden nehre baktı; o denli güçlüydü nehrin parlaklığı. Yeniden içeri girdi. Boynundan aşağı ince bir su akıyor, göğsünün nemliliğinde yitiyor, toplanıyor ve gömleğinin içine sızıyordu.
"Adam hakkında daha çok şey öğrenmek isterdim. Adı neydi? Ze ne?"
"Ze Oroco."
Ateşin üzerinde bir şey tatlı tatlı cızırdadı ve kabaran yağın güçlü kokusu duyuldu.
"Nasıl geldi buraya?"
"Çok oluyor. Ben o sıra genceciktim. O da. Pedra'nın orada ev mev yoktu daha. Bütün hatırladığım, hüzünlü bir adamın gelişi. Kentli olduğu söyleniyordu. Buraya yerleşti. Nehrin üzerindeki birçok yerde oturdu, ama sonunda burayı seçti. Şimdiye kadar, her yıl, kentten kendisine gönderilen parayı almak için nehir boyunca Leopoldina'ya kadar gider, döner. Ona Ze Oroco dediler, adı Ze Oroco kaldı. Basit bir öyküdür bu, doktor."
"Buraya niçin geldiğini kimse bilmiyor mu?"
"Tanrı'dan başka hiç kimse. Çünkü Ze Oroco kimseye bir şey anlatmaz."
Madrinha Flor gülümsedi.

"Ze Oroco böyle olmadan önce, ondan bir oğlan çocuk doğurdum. Öldü, şu kadarcık bir küçük melekti."

Madrinha Flor boşlukta eliyle ölenin boyunu gösterdi.

Doktor pantolonunun cebinden bir sigara çıkardı, bir kibrit çaktı. Kadını yeniden belli bir ısrarla incelemeye koyuldu. İçinden, kendi kendine söyleniyordu: "Bugün tam heyheylerim üzerimde!"

"Çok zamandır mı böyle?"

"Doğrusu, zaman hesabını şaşırdım. Ama o lanet olasıca kayığı bulur bulmaz taşındı."

"Şiddete başvurduğu olur mu, zaman zaman?"

Madrinha Flor istemeden dizinin üzerindeki dolgunca bir baldır parçasını ortaya koyarak ellerini eteğine sildi.

"Ne diyorsunuz? Her zaman tatlılıkla konuşur, hiç öfkelenmez. Ondan daha yardımsever yoktur. Bütün hastalananların yardımına koşar. İstendiğinde araçlarını ödünç verir. Olta iğnesi verir, giysilerini paylaşır... bir tek..."

"Bir tek ne?"

"Birden, atamadığı bir hüzün çöker üzerine. Kimseyle konuşmaz olur. Yemeden içmeden kesilir. Sanki hiçbir şey görmez, hiçbir şey duymaz. O zaman ben aklından zoru olduğunu ve herkesi öldürdüğünü düşünürüm. Böyle efkârlandı mı bir tek şey düşünür, kayığıyla ortadan kaybolur, göllerde, boğazlarda avlanır, bazen aylarca görünmez."

"Ya şu kayık hikâyesi, doğru mu?"

"Ben hiç görmedim, ama işiten kişiler var."

Madrinha bir an sustu, sonra konuşmasını sürdürdü:

"Ama bilinir ki, nehrin üzerinde ne olursa Ze Oroco anlatmıştır. Yukarılara yağmur mu yağdı, nehir yükselecek mi, bir balık akını mı var... Her şeyi bilir o."

"Ama nereden sezer bunu?"

"Söylentiye göre Rosinha anlatır."
"Kim bu Rosinha?"
"Şey, doktor, kayığının adı."
"Kayığın her şeyi bilebileceğine inanıyor musunuz?"
"Bilmem, doktor. Ama bizim buralarda, alışılmamış o kadar çok şey görülür ki..."
"Peki ama kayık bütün bunları nereden bilebilir?"
"Balıklarla, piranhalarla, *corvin*'lerle, *jaribu*'larla konuşarak..."

Doktor gülümsedi. Göründüğü kadarıyla tek deli Ze Oroco değildi. Ama, bu iyi yürekli insanlar öylesine basittiler ki...

"Geldi doktor."
"Kim?"
"Giribel."

Doktor, bembeyaz bir gülümsemeyle kendisine bakan küçük zenciyi süzdü:

"Nerede öteki, Coro?"
"Coro, gün ışırken yeni doğuran bir ineğe bakmak için Chico do Adeus'la birlikte gitti."
"Hadi bakalım."
"Kayık ileride, öbür koyda," dedi Giribel.

Kulübelerin önünden geçtiler. Herkes gündelik minicik hayatını yaşıyor ve doktorun ne yaptığına dikkat bile etmiyordu; kocaman kırmızı yüzüne alışmışlardı.

"Bakın doktor, *simbaiba*[1] çiçeklerinin üzerindeki küçük üçgene!"

Doktor gözlerini Giribel'in işaret ettiği yöne çevirdi:

"Şurada görünen dam kenarı, Ze Oroco'nun kulübesi işte."

"O yolculuktayken kulübeye kim göz kulak olur?"

---

1. Mor çiçekler açan bir ağaç. (Ç.N.)

"Hiç kimse. Ancak bir Kızılderili buradan geçerse evde kalır. Kimse Ze Oroco'nun eşyasına dokunmak istemez, çünkü bir şey istendi mi hiç hayır demez o."
Doktorun aklına bir şey geldi.
"Hey! Giribel! Ze Oroco'nun kayığını tanır mısın?"
"Tabii... Rosinha."
"Onu nereden buldu?"
"Ölmek üzere olan bir Kızılderili verdi kendisine. Curumare adında ufak tefek bir ihtiyar."
"Ze Oroco'nun kayığıyla konuştuğunu hiç gördün mü?"
Giribel, yuvalarından uğramış gözlerle doktora döndü, gözünün bütün akı ortaya çıktı, dudakları titredi:
"Biliyor musunuz, doktor, babam bundan söz edilmesini sevmez."
"Peki ama basit bir kayıktan bu kadar korkmak neden?"
"Kötüdür o. Lateni'nin gücü vardır onda."
Bu insanlar yine anlamadığı şeylerden söz etmeye başlıyorlardı.
"Kim bu Lateni olacak şeytan?"
"Söylediniz işte."
Alelacele haç çıkardı ve başparmağının ucunu öptü.
"Demek, Lateni şeytanın ta kendisi?"
Giribel başını salladı ve isteksizce konuştu:
"Lateni, Carajá Kızılderililerinin kötülük tanrısı..."
Hiçbir şey öğrenemeyeceğini anlayan doktor, sigarasını tüttürerek sessizce yürüdü. Şimdi beyazların topraklarını geride bırakmışlar, Kızılderililerin bölgesine girmişlerdi. Derme çatma, dağınık, sayısı çok olmayan kulübeler. Hepsinin içi boştu. Bir tek kulübenin girişinde, yere oturmuş, eciş bücüş parmaklarıyla bir hasırın samanlarını ören yaşlı bir kadın gördü. Belirli bir ustalıkla

hiç bakmadan yapıyordu bunu. Ağzında sönmüş bir pipo. Ve lifleri ayırıp birleştiren parmakları.

"Şimdi yağmurlar kesilir, nehir alçaktır, ne kadar Kızılderili varsa kumsalda yaşar, güneşte. Cunhazinha ve Ariore bütün gün suda hoplayıp zıplarlar. İşte kayık, doktor."

Giribel alaycı denebilecek bir bakışla doktorun sarsak sarsak gelişini gözleyip bayır aşağı koştu. Doktorun binmesi için kayığı tuttu. Adamın burna yerleştiğini görünce kayığı itti, nehrin üzerinde kaydılar.

Kayık uzaklaşıyordu, öbür yakadaki kumsaldan gelen rüzgârın yumuşattığı yakıcı güneş tekneye egemen oldu.

Uzakta, avlanmak için nehri gözleyen *manguari*'ler[1] dönüp duruyorlardı. Giribel, kendinden pek hoşnut, kürek çekiyordu. O an bir erkekti, bir erkek sorumluluğu yüklenmişti, sekiz yılı aşkın bir süredir yörede görünmeyen Peder Serafim'den sonra hayatında gördüğü en önemli kişiyi bilek gücüyle taşıyordu.

Kayık bir *sarandi*[2] kümesine sürtündü, kuşlar gürültüyle havalandılar, sonra parlak renkli kuyruklarını sallayarak bir *piquizerio*'nun[3] dallarına kondular.

"Bu kuşları kimse yemez, doktor. Sopa gibi kupkurudurlar. En iyisi birini yakalayıp gece timsah avlamak için koca bir iğnenin ucuna takmaktır."

Kumsala vardılar. Kulübeleri andıran saman yığınları büyük beyaz kumsalın ortasına dikilmişti. Doktor belli belirsiz bir hoşnutsuzlukla kaşlarını kaldırdı.

Giribel anladı ve açıklama yaptı:

"Buraya hiç gelmemiş miydiniz? Coro hiç getirmemiş miydi? Doğrusu, bizim en iyi kumsalımızdır."

---

1. Martıyı andıran bir kuş türü. (Ç.N.)
2. Bir kamış türü. (Ç.N.)
3. Yağmur ormanlarında görülen, özellikle Brezilya'nın orta batısında meyvesi çok sevilen bir tropik ağaç. (Y.N.)

Doktor ayaklarını kuma gömerek olduğu yerde durdu. İlerlemek istemez gibiydi.

"Kızılderililer mi var sanıyorsunuz? Yok. Gün ışırken Mortes Nehri'nde avlanmaya gittiler. Rahat rahat yüzebilirsiniz, kimse yok."

Ilık, nefis rüzgâr yaklaşmaya kalkışan her türlü sivrisineği uzaklaştırıyordu. Meltem, tembel ve şen, kumun üzerinde döneniyor, daha ileride, bir susamuru gibi parlak ve çevik, yeniden çıkıyordu ortaya. Giribel yüzerek kumsala doğru geldi. Güldü.

"Gelebilirsiniz doktor. Burada piranha yok."

Doktor arkasına döndü, soyunmaya başladı. Sonra geniş adımlarla nehre doğru yürüdü.

Giribel adamı gözlüyordu:

"Maymun gibi kıllısınız."

Doktor balıklama atladı ve suyun içine oturdu. Göğüs kılları akıntıda yüzmeye koyuldu.

Giribel düşündü: "Herhalde bu nedenle herkesin önünde yüzmeyi sevmiyor."

"Neden siz böylesiniz de Kızılderililer kılsız?"

Doktor, çocuğa söyleyecek bir şey bulamayıp güldü:

"Böyle işte. Ten rengi gibi bir şey bu, beyaz insanlar var, siyah insanlar var ve Kızılderililer gibi başkaları var."

Sabunu aldı ve beyaz bedenini sabunlamaya koyuldu.

"Yakala! Kap sabunu."

Giribel sabunu aldı ve burun deliklerine götürdü. Uzun uzun, büyük bir zevkle kokladı.

"Üff! Zengin olmak çok iyi! Böyle güzel kokan şeyleri olabilir insanın."

Zevkten gözlerini yumdu. Sonra, doktorun yaptığı gibi, sabun parçasını bütün bedeninde gezdirdi.

"Hoşuna gidiyor mu? Buradan ayrılırken sana bir sabun bırakırım. Bende çok var bunlardan."

"O kadar güzel kokuyor ki, insanın canı yemek istiyor. Suya dalmak beni üzüyor, bütün bu güzel köpük gidecek."

İkisi de güldüler ve aynı anda suya daldılar.

Sonra kurumak için kumsala oturdular.

"Giribel!"

Küçük zenci, dikkat kesildi.

"Madrinha Flor buralı biriyle evli mi?"

"Hayır, efendim."

"Ama Ze Oroco'dan bir çocuğu olmadı mı?"

"Çok uzun zaman önceydi bu... Ama şimdi..."

Kurnaz kurnaz güldü.

"Şimdi ne?"

Giribel göz kırptı.

"Eskiden birçok kere evlendi. Ama şimdi, uzun zamandır evlendiği yok..."

Doktor havluyu aldı, gülümsedi ve gecenin kolundan çekip sürüklediği ikindiyi süzdü.

3

Ağaçların dili

Kayığı, kuma gömülmüş duran küreğe bağladı. Atladı, ayaklarının altında yumuşacık kumu yassıltarak. Şap... şap... şap...

Güneş tümüyle yitip gitmeden, Ze Oroco, ateş yakmak ve geceyi ılıtmak için kuru odun peşinde kumsalda hızlı adımlarla yürüyordu.

Az sonra, koca bir kuru dal demeti altında iki büklüm geri döndü. Kayığa yaklaştı. Dalları yere attı, ellerini, sonra da ağrılı omuzlarını ovuşturdu.

"Offf! Vay canına! Kumsalda odun taşımak iki kat güç."

Birkaç parça çalı çırpı seçti, ateşi hazırlamaya koyuldu. Hafifçe kayığın içine atladı, araçlarını karıştırdı, tavayı ve tencerelerden birini aldı. Sonra bir parça balık çıkardı. Her şeyi sakin sakin yapıyordu: Onunki gibi bir hayat, sarsıntısız, çok düzenli geçmeliydi. Doktoru ve Pedra'ya varmadan geçireceği iki geceyi düşündü. Küreği ve kancayı kullanacağı, uzun ve yakıcı iki güneşli günü... Bedeninin kokusunu içine çekti. Yıkanmaya ihtiyacı vardı. Kayığı güneşin altında bilek gücüyle yürütmek, insanın bedenini ekşi, leş kokulu bir tere batırıyordu. Yemeği pişirmeye başlamadan bir yıkansa iyi ederdi. Çok geçmeden, hava kararırken soğuğun çıkmasından önce, vızıldayan ve sokan sivrisinekler sürüler halinde geleceklerdi. Tanrım, ne de can yakarlardı... Düşündüğünü hemen yaptı. Soyundu, piranhaların korkusundan, suların bulanık olmadığı, akıntılı bir yer aradı. Hoşnutlukla suya daldı ve ağrıyan belini dinlendirmek için uzandı. Ağzını suyla dolduruyor, suyu hafifçe fışkırtıyordu. Uzakta, gökyüzünde hâlâ küçük bir mavi köşe vardı. Tepesinde kendini rüzgâra bırakan *jaribu*, yeniden geniş daireler çiziyordu. Dudu kuşları gırtlaklarını yırtıyorlardı. Güneyden gelen bir bulut uzun gölgesini birden Ze Oroco'nun ve kayığın üzerine düşürdü. Bulut çabucak geçti.

Sırtüstü uzandı, geniş gökyüzünü seyretti. Tanrı'nın bütün iyi niyetini kapsayabilmesi için gökyüzünün gerçekten çok geniş olması gerekiyordu. Su kulağının dibinde tatlı tatlı akıyordu. Bu ânın sessizliğinin ve yüreğindeki huzurun tadını çıkararak gözlerini kapadı... Gözlerini açtı ve birden gecenin alışılmıştan daha erken bastırdığını fark etti; bir sıçrayışta ayağa kalktı, her yanından sular akıtarak kumun üzerinde kayığa kadar yürüdü; bir çantanın içinde güzel kokulu sabunu aradı; sevgi dolu bir yumruk attı kayığa: "Ah Rosinha!" Döndü, suya girdiği yere geldi. Vay canına! Dışarısı amma da soğuktu! Suyun içi başkaydı. Bedeni dinlendiren ılık bir su. Oturdu, sabunlanmaya koyuldu. Köpüğün kıllarına değerken çıkardığı hışırtı kadife gibi yumuşak bir duygu veriyordu. Madrinha Flor'la kırıştırdığı günleri, Madrinha'nın saatlerce, kedi gibi, göğsünü okşayışını düşündü yeniden.

Suya dalıp durulandı. Sudan çıktı, yakması gereken ateşi ve bidonun dibinde kalan zeytinyağıyla kızartacağı balığı düşünerek rüzgârda kurundu.

Ateşin ışığı kayığın burnunu aydınlatıyordu. Siyahla çevrili kırmızı harfler pul pul dökülmeye başlamıştı.

"Biraz boyam olduğunda adını yeniden yazacağım, Rosinha!.."

Ze Oroco akşam yemeğini bitirmiş, her zamanki gibi kayığın yanında ateş yakmıştı... Hamağını kumun içinde açtığı bir çukura yaymış, giysilerini yastık niyetine dürmüş ve şimdi, eski bir yorgana sarınmış ateşin yanında sigara içiyordu.

Gerçek bir gece, güzel bir gece, aysız, hiçbir şeysiz. Rengârenk yıldızlar gökyüzünde. Henüz uyumamış olan hayvanlar uykusuzluklarını gürültüyle belirtiyorlardı. Su yelvesinin pis hırıltısı!.. Uyandığında dertli kişiler gibi yakınıyordu. Hınzır bir kuş, gürültü etmek için berikinin uyumasını bekleyerek bir yerlerde debeleniyordu.

Ze Oroco kayığın daha yakınına uzandı. Korkunç bir gevezelik etme isteği duydu:

"Rosinha, bu gece senin gecen."

"*Xengo-delengo-tengo...*"

"Kızgın ve öfkeli değilsen niçin *xengo-delengo-tengo* diyorsun?"

"Bir şey düşünüyorum. Neden şu doktor seni çağırttı?"

Ze Oroco dişlerinin arasından ıslık çaldı:

"Kaygıları daha sonraya bırakalım. Şu hep acılı olaylar düşünme tutkusu!.. Hemen bir hikâyeye başlasan daha iyi edersin."

"Hikâyelerimin hep aynı olduğunu fark etmiyor musun?"

"Olsun, yine de seviyorum hikâyelerini."

Rosinha karşı çıktı:

"Ben, sizler gibi etten kemikten değilim, bir şeyler uyduracak koca bir kafam yok. Bütün bildiklerimi, yaşlı kişileri dinleyerek öğrendim. Ama hep aynı şeyleri işitmekten nasıl yorgun düşmediğini anlamıyorum... Hangi hikâyeyi istiyorsun, bugün? Orman Yasası Urupianga'nınkini mi, yoksa ağacın hikâyesini mi?"

Ze Oroco bir an düşündü, sonra kararını verdi:

"Geçenlerde büyük timsahın hikâyesini anlatmıştın. İyi, iyi, ağacınkini pek hatırlamıyorum da üstelik."
"Ortasına doğru başlayabilir miyim?"
Ze Oroco tartışmayı kesmeye çalıştı:
"Yalvartma insanı, Rosinha, baştan başla."
"Ah! Yorgun olduğumu, bütün gün canımın çıktığını unutuyorsun..."
Ze Oroco bütün bu serzenişleri ezbere biliyordu, aldırmadı bile. Tersine hikâyeyi dinlemenin sabırsızlığıyla delirerek kuma iyice yerleşti, dudaklarının kıyısına bir sigara kıstırdı.

Rosinha dikkatini topladı, düşündü ve hikâyeye başladı:

"Bir tohum olan gövdesini sıkıştıran toprağın kokusu boğucuydu. Başlangıçta, rüzgâr onu yere fırlattığında biraz kımıldanabiliyordu. Ama daha sonra, o rüzgâr görevini tamamlarken üzeri kumla kaplanana dek dönmeye koyulmuştu. Yavaş yavaş soluk almayı, bu hapisliğe alışmayı başardı. Bir şey ona bu durumun uzun sürmeyeceğini söylüyordu... Büyük bir ürküntü minicik varlığını kaplamaktaydı, çünkü kapkara toprak dışarıda olup bitenlerden hiç söz etmiyordu. Güneşi özlüyordu, kuşların cıvıltısını da... Yine de yatışıyor, bu gizin değişiminin gerekli bir bölümü olduğunu anlamaya çalışıyordu.

Ve günler geçiyordu, bitmek tükenmek bilmez ve tekdüze, sıcak saatler her gün biraz daha uzundu. Bazen solucanlar sürünürken kuşkulu bedenine değiyorlar, bu da onda eski dünyasına dönme isteği uyandırıyordu!

Konuşamıyordu, çünkü her şeyi boğan sıcak toprak, sözlerini sessizliğe dönüştürmekteydi. Aynı tasa içinde, kendisi gibi bu alçakgönüllü bekleyişe katlanan öbür tutuklu tohumları da düşündü.

Mutlak bir sessizlik hafif ürpertilerinin yerini alana ve bir tür uyku, elini kolunu bağlayana dek. Büyük bir gürültü onu uyandırdı. Doğa gemi azıya aldığından toprak korkuyla titriyordu. Yağmurun yere çarparken çıkardığı ses ve ıslak toprağın güzel kokusunu duydu. Sonra, yağmur taneleri içeri aktı, toprağın derinliklerine kadar sızdı... Gökyüzünde ve öfkeli nesneler arasında yaptıkları bu uzun yolculuktan yorgun düşmüş, geliyorlardı...

Küçük tohum canlandı, çünkü tanecikler gitgide yaklaşıyorlardı. Sonunda, soğuk bir şeye değen sırtı ürperdi ve tatlı bir ses konuştu:

'Hey! Küçük! Şimdi çıkabilirsin, toprağı delebilir, özgürlüğüne kavuşabilirsin.'

Tohum zar zor gözlerini açtı ve kekeledi:

'İyi geceler, hanımefendi...'

Su damlası güldü:

'Gece değil, küçük, gündüz.'

'Nereden bilebilirim? Burası öyle karanlık ki...'

Yağmur güldü.

Tohum utana sıkıla sordu:

'Bütün bunları nasıl bilebiliyorsunuz?'

'Aman, küçük, ben yağmur damlası olarak yaşamaktan yorulmuş yaşlı bir yağmur damlasıyım.'

'Nereye gidiyorsunuz şimdi?'

'Şimdi kız kardeşlerimle birlikte, yıllar sonra büyük bir nehir haline gelecek küçük bir akarsu yaratmaya gidiyorum. Uzun süre nehir olarak yaşayacağım, bir ebemkuşağı beni içip yeniden yağmur damlasına dönüştürene dek...'

'Ve hayatınız boyunca yağmur tanesi olarak mı kalacaksınız?'

Yağmur tanesi hüzünlendi ve daha değişik bir sesle karşılık verdi:

'Bir hayvan beni yutabilir, o zaman her şey biter. Bu olaydan sonra bir daha konuşamam. Beni eski düşünce-

lerime döndürüyorsun: Niçin doğduğumu ve nereye gideceğimi bilmiyorum. Eninde sonunda hepimiz böyleyiz ya...'
Yağmur tanesi sustu.
'Çok yorgun olmalısınız, değil mi?'
Tohum, yağmur tanesinin ağladığını ve bunu saklamaya çalıştığını fark etmişti. Yağmur karşılık verdi yine de:
'Bir parça, ama şimdi yola koyulmazdan önce birkaç saat iyi bir uyku çekebilirim.'
'Ya ben?'
'Ne var, küçük? Tir tir titriyorsun?'
'Ah, Yağmur Ana, doğmaktan öyle korkuyorum ki!'
Yağmur Ana'nın parmakları tohumun sırtını yokladı ve belirli bir noktada durdu:
'Burası olmalı, kabuk çok ince. Onu biraz daha yumuşatacağım, sen de biraz çaba harcarsın...'
Başka bir şey söylemedi. Tohum soluğunu tuttu. Tuttu, tuttu. Biraz daha tuttu. Patlayacak gibi olduğunu hissediyordu. Böyle bir çaba harcamış olmaktan ötürü neredeyse mosmordu. Bir şey debeleniyordu içinde; yaprak dolu dallar olmalıydı bunlar.
Yağmur yeniden güldü:
'Bir kere daha dene.'
Tohum derin bir soluk aldı ve büyük bir acı gövdesini deldi geçti. Sanki derisi yukarıdan aşağıya yarılıyordu. Kollarından birinin ucu dışarı fırladı.
'Ah! Çok acıyor! Uff! Pek soğuk!'
'Saçmalıyorsun... Dur, sana yardım ediyorum!'
Tohumun korkusu yeniden boy gösterdi, sesi biraz titriyordu:
'Ama nereden doğacağımı bilmiyorum.'
Yağmur tanesi kahkahalarla güldü:
'Böyledir. Şimdi öbür kolunu uzat.'
Öbür yapraklı kolunu da uzattı ve bu kez daha az

canı acıdı... Hem kabuğunun dışında hayat yeni bir serüvene benziyordu; o an, garip bir şey duydu.

İncecik, ufarak gövdesinin nemli toprağa değmesi hayatı yeni bir sevinçle dolduruyordu.

Yağmur tanesi esnedi:

'Görüyor musun kızım? Doğmak o kadar güç bir iş değil.'

'Ama insanın canını yakıyor...'

'Can yakmasa hayatın bunca değeri olmazdı. Şimdi ilerlemeye çalış. Dışarı çıkmalı, yürümeli, seni öbür yandan ayıran uzaklığı aşmalısın. Alışkın olmadığın için bu iş bütün geceni alacaktır... Artık Tanrı'ya emanet ol... Ben biraz kestireceğim.'

Yağmur tanesi yan döndü. Uykuya dalıp gitmeden önce sevgi dolu bir sesle şunları söyledi:

'Hayatı seveceksin... Özellikle yağmurdan sonra.'

Gürültüyle esnedi ve minicik bitkinin yüreğinin teşekkürünü duymamış göründü:

'Sağ olun Yağmur Ana...'

Yağmur Ana'nın hakkı varmış: Başını dışarı çıkarmayı başardığında bir baş dönmesiyle gözleri kapandı. Belki de bütün bir gece boyunca kumu açmaktan, koca tohumları ve bazen kuru bir kabuğu itip kakmaktan yorgun düştüğü için. Kendini toplamak amacıyla kollarını kaldırdı. O an kahkahalar ortalığı çınlattı.

Bütün gücünü topladı, gözlerini bir sürü yüksek ağaca doğru kaldırdı. Ürkek bakışı, görünürde, yaşlı bitkiler üzerinde büyük bir etki yaratmıştı.

'Bakın!' diye bağırdı bir *simbaiba* fidanı, 'Zavallıcık korkudan titriyor!'

Yaşlı *jatoba* gür yapraklarını hafif hafif titretti:

'İlk bu doğdu. Ne kadar da yeşil ve narin!'

Tucum palmiyesi sivri, ince parmaklarını uzattı ve gevşek gevşek mırıldandı:

'Göründüğü kadarıyla bu bir *umburana* fidanı olacak!'

'Yanılıyorsun şekerim. Nefis bir beyaz *canjirinha* fidanına dönüşecek,' dedi yaşlı *jatoba*.

Bunun üzerine, genç bitkinin gözleri yüksek ve gür yapraklı ağaçları daha bir sakin süzdü. Ne kadar da güzeldiler! Açık ve güçlü bir yeşil renkteki yaprakları ışıkta pırıl pırıldı. Yağmur Ana, hayatı seveceğini ve coşturucu bulacağını söylememiş miydi? Her şey bir yeşillik cümbüşüydü, hep yenilenen, değişik bir yeşillik cümbüşü. Tohumken renklerini hiçbir zaman açık seçik görememişti, çünkü kendisini koruyan bir zar buna engel oluyordu. Şimdi bu engel kalkmıştı. Ağaçları saran ve birbirlerine geçtikçe eğri büğrü koca zincirler oluşturan eflatun sarmaşıklara bakıyordu. Erguvan rengi asalak çiçekler morumsu sapları üzerinde dikiliyorlardı. Yapraklarından her birinin üzerinde, terk edilmiş bir yağmur damlacığı bulunduruyorlardı. Eflatun bir küçük *simbaiba* kümesi, rüzgârda salınan bir büyük demet oluşturuyordu. Sonra, yaprakları daha ayrıntılı inceledi. Hepsi birbirinden farklıydı. Hepsi de, son yağmurla cilalanmış, değişik bir yeşildi. Ya bütün bunlardan yükselen koku! Bu tozdan arınmış toprak kokusu, eciş bücüş koca köklerde toplanan toprağın çürük kokusuna karışıyordu...

Ah! Ne zaman bunlar gibi güçlü pençeleri olacaktı. Yeniden çevresine bakmaya koyuldu ve bütün gövdesiyle rüzgârda eğilip bükülen *tucum* palmiyesinin inceliğini fark etti.

O an *jatoba*, bir anda büyük bir sevgiyle canlandı ve yüzyılların oluşturduğu sesini tatlılaştırdı:

'Narin bir güzel küçük kızsın sen. Benden korkma. Senin dedenim, anlıyor musun?'

Başını evet dercesine salladı.

Jatoba, hayranlıkla kendinden geçmiş, konuşmasını sürdürüyordu:

'Bu kadar uzakta olmasaydın seni kollarıma alırdım...'

Güldü ve daha da tatlı bir sesle, 'Ağaçlar birbirleriyle kucaklaşamazlar,' dedi. 'Sana sevgimi belirtmemin bir yolu bu. Ama bana güvenebilirsin.'

Bunun üzerine çevresine daha dikkatle baktı, yalnızca büyük ağaçlar olduğunu gördü. Kendisi kadar miniminisi yoktu. Yaşlı ağaçlarda böylesine bir tatlılığın nedenini kolayca anladı.

Dede, düşüncelerini sezmişti:

'Uzun zamandır rüzgârdan buraya bir tohum getirmesini istiyorduk. Görüyorsun, hepimiz yaşlı ağaçlarız. Çocuksuz bir hayat da çekilmez, çirkin bir şey.'

Beyaz *canjirinha*'nın gözlerinin kapandığını gördüğü için sustu. Uyku, *Jatoba* Dede'nin sözlerini uzaklaştırıyordu. Gözleri ufalıyor, ufalıyordu... Güçlükle, uzakta, en ufak bir serseri bulutun gölgelemediği masmavi gökyüzünü seçebiliyordu. Yine de hızla uçan ve ortalıkta görülmeyen bulutların yerini alan bir beyaz leylek sürüsünü de görebildi.

Zaman geçiyor, geçiyordu. Şimdi dede çok yakınındaydı. Günlerini gevezelik etmekle geçiriyorlardı:

'En çok istediğim şey şimdiden büyümek, bir genç kız olmak...'

'Her şeyin zamanı var, yavrum.'

'Biliyorum, dede. Ama anlıyorsun ya, bu boyumla bir şey gördüğüm yok. Bana nehirden söz ediyorsun, çıkardığı sesi duyuyorum, o kadar. Nehrin çok yakınında olduğumu biliyorum, ama göremiyorum onu, çok küçüğüm.'

'Nehre bakacak çok zamanın olacak kızım.'

Dede duygulanmıştı, içini çekti hafiften. *Jatoba*'nın

tutumu genç bitkiyi meraklandırmıştı. Aklına bir anısı geldi... Hah! İlk günlerde *tucum* palmiyesinin söylediği bir cümleyi hatırlıyordu: "Nehre bu denli yakın doğduğu için çok yazık!" Dedenin ağzını aramaya karar verdi:

'Dinle, küçük dedecik, neden nehirden söz etmeyi sevmiyorsun?'

Dede bir şey söylemedi, ama artan bir sevgiyle baktı küçüğe. Küçük *canjirinha* üsteledi:

'Neden *Tucum* Teyze nehre bu denli yakın doğmama üzüldüğünü söyledi?'

'Saçma bu Nininha *(canjirinha*'yı böyle kısaltıyordu), her söylenene kulak asma. Yakında nehri görebilecek ve merakını giderebileceksin.'

Nininha, dedenin numara yaptığını fark etti. Ayrıca kötü bir oyuncu olduğunu da. Gülmeye çalıştı, ama bu daha da yapay geliyordu.

'Yarasayı hatırlıyor musun, Nininha?'
'Pişşştt! Hem de nasıl! Ne korkmuştum!'
Ve kafasında o sahneyi yeniden yaşadı...

... Başlangıçta, ilk dalları belirdiğinde, hepsi cılız, acınacak durumdaydı. Yine de dallarıyla kıvanıyordu. Günlerini onlara bakmak, büyüyüp büyümediklerini, kalınlaşıp kalınlaşmadıklarını, bir şeyin yumuşak ve parlak derilerini sıyırma tehlikesi olup olmadığını gözlemekle geçiriyordu. Derken bir öğleden sonra, rüzgârın hafifçe uykuya daldığı sıra, Nininha, soğuk bir şeyin en kalın dalına sarıldığını hissetti. Ah! Ne büyük korkuydu o! Ne iğrenç, korkunç bir hayvandı! Kendini tutamadı! Bir çığlık koyverdi. Ölüyormuşçasına bağırdı. Ortalık birbirine girdi. Komşu ağaçlar sıçrayarak uyandılar. Dedenin alnında soğuk terler belirdi. Nininha durup dinlenmeksizin bağırıyordu.

'Git buradan pis hayvan! Canavar! Büyücü!..'

Ama ağaçlar bu büyük korkunun nedenini gördüklerinde bastılar kahkahayı. Çığlıklardan ürken hayvan, ıslık çalarak uzaklaştı. Nininha öfkeden kudurmuş, titriyordu:
'Hiçbirinizde yürek yok! Bu korkunç hayvan beni yutabilirdi, ölebilirdim ve siz yine gülerdiniz!'
'Bir şey değil bu, ahmak, zavallı bir yarasacık, o kadar!..'
Başını önüne eğdi ve kimseyle konuşmak istemedi. Ama bu durum bir çeyrekten fazla sürmedi, çünkü bir ağacın yüreği kin tutmayı bilmez. Az sonra, her şeyi öğrenmek isteğiyle yeniden dedeyle gevezelik ediyordu...
'Hatırlıyor musun, Nininha? Ben gözlerimi kapıyor ve her şeyi yeniden görüyorum. Neydi o halin!'
'Sen küçükken hiç böyle korkmadın mı?'
'Böyle korkmadım hiç. Ama gençken bir pembe leylek dallarıma yuva kurmak istediğinde isyan ettiğimi hatırlıyorum.'
'Bu, hiçbir zaman izin vermeyeceğim bir şeydir!'
Jatoba Dede gülümsedi:
'Yok, canım! Üstelik bu seni çok sevindirecek. Öyle güzeldir ki! Eninde sonunda bizim varlık nedenlerimizden biridir bu. Ve kuşlar, ulu Tanrım, doğanın bütün rengi ve neşesidir.'

O sıra, yaşlı bir *Landi*, zamanını iç çekmekle geçiren ve yalnızca yakınacağı zaman konuşan, gevezelikle ilgisiz bir ağaç, derinden iç geçirdi.
Nininha alçak sesle sordu:
'Neden bu böyledir, dede?'
Dede de sesini alçalttı:
'Çünkü... Ne kadar dik, yüksek, sağlam, üstelik ne güzel bir gövdesi olduğunu görüyorsun değil mi?'
Nininha başıyla onayladı.
'Bu yüzden kaderi bir Kızılderili kayığı olmak. Yakında Kızılderililer gelecek ve onu götürecekler.'

'Ama neden yakındığını anlamıyorum. Gitmek istediği için mi, istemediği için mi?'
'İnsanı şaşırtıyorsun. Ben de hiç bilmiyorum.'
'Böylesine suratsız olduğuna göre, kuşkusuz gitmek istiyordur.'
'Şşşt! O kadar yüksek sesle konuşma, seni işitebilir.'
Konuyu değiştirdiler:
'Dede, bana verdiğin sözü ne zaman tutacaksın?'
'Yakında.'
'Neden bugün olmasın dedecik?'

Bu sesle, böyle konuştuğunda ve yaşlı ağaca 'dedecik' dediğinde partiyi kazanmış demekti. Biraz daha üsteledi:

'Neden olmasın, dedecik? Pazartesi benim doğum günüm, armağanım olur.'

Dede, elini aklaşmış yapraklarının yakınındaki ağzında gezdirdi:

'Tanrım! Zaman nasıl da geçiyor! Sen doğalı neredeyse iki yıl olacak...'
'Öyleyse?'
'Peki, küçük şeytan. Söz veriyorum. Şimdi sus, düşünmeye ihtiyacım var.'

Nininha ona bir öpücük yolladı ve öğle sonrasının geri kalan bölümünü, bir örümceğin ağını ne büyük sabırla ördüğünü gözlemekle geçirdi.

Gece gelmek bilmiyordu. Akşamüstü her zamankinden daha uzun sürmek ister gibiydi. Sonunda yuvalarını arayan ilk kuşlar kanat çırparak geçtiler: Beyaz leylekler, sürüler halinde dönüyorlardı; sutavukları boğuk bir sesle homurdanarak havalanıyorlardı; sorguçlu leyleklerin pembemsi tüyleri daha koyu bir renge büründü; dudu kuşları dünyanın gürültüsünü çıkarıyorlardı... Nininha'nın gözleri beklemekten yorgun düşüp kapandı. Ve gecenin karanlığı, onu, saf ve düşten yoksun bir uykuya dalmış olarak yakaladı.

Dedenin sesi alçacık, duyuldu:

'Nininha! Nininha!'

Şaşkınlıkla açtı gözlerini. Gece ne kadar da karanlıktı! Nininha sanki yeniden kara toprağın karnına dönmüştü (bir ürperti her yanını dolaştı). Ama yüreği yatıştı.

Dedenin sesi:

'Görüyor musun, Nininha?' dedi. 'Bu gördüğün, bütün gizleriyle gecenin ta kendisi.'

Gözleri, kendisini çevreleyen karanlıkta gezindi.

'Ama çok güzel, dede!'

Birbirlerine göz kırpan yıldızlar oyun oynar gibiydiler. Sayıları öylesine çoktu ki, elinde olmaksızın yüksek sesle saymaya koyuldu.

'Bunu yapma, yavrum, parmakla yıldızları gostermek siğil yapar!'

'Yıldızlar hep böyle farklılar mıdır?'

'Hep, Nininha. Birkaç tanesi birbirlerine yakın oturur ve aynı ailedendirler. Bir haç oluşturanlara Güney Haçı denir. Öbür yandaki büyük bir kuyruğu olan Büyükayı'dır. Gece yolculuk eden *garimpeiro*'lara kuzeyin nerede olduğunu gösterir.'

'*Garimpeiro*'lar nedir?'

'Elmas arayan birtakım insanlar.'

'Elmas nedir?'

'Elmas, nehirlere düşen ve yıldıza dönüştükten sonra elmas halini alan küçücük bir güneş damlasıdır. İnsanlar elmas yüzünden birbirlerini boğazlarlar.'

'İnsanlar, yıldızlar yüzünden de birbirlerini boğazlarlar mı?'

Dede güldü:

'Yıldızlar insanları ilgilendirmez!'

'Dede, insanlardan çok söz ediyorsun. İnsanlar nedir?'

'İnsanların ne olduğu anlatılamaz. Yeryüzünün en korkunç şeyidirler. Bütün zamanlarını birbirlerini yok edecek şeyler keşfetmekle geçirirler. Bir gün insanları göreceksin.'
Karanlıktan bir karşı çıkma çığlığı yükseldi. *Landi*' ydi bu.
'Susma saatinin geldiğini bilmiyor musunuz? Saat çoktan onu geçti.'
Dede sesini alçalttı:
'Şimdi ses çıkarma. Komşuları rahatsız ediyoruz. Gecenin bayramını seyretmek için bir şey söylemeden duracağız. Doğa, ilkbaharı ve Urupianga'nın dönüşünü kutlamaya hazırlanıyor...'
Rüzgâr hızlanmaya ve ağaçların yaprakları arasında türkü söylemeye başladı. Onunla toprağın kokusu ortalığa yayılıyor, çiçeklerin kokusu dünyayı tutuyordu. Nininha'nın yüreği zevkten çatlayacaktı sanki.
Gökyüzünde bir aydınlık belirdi, ay bu aydınlığın üzerindeydi. Ay kapkara gözleriyle yaban zambaklarının beyaz kupalarından içmeye koyuldu. Ah! Ne kadar güzeldi bu görüntü!
Ateşböcekleri aya eşlik ediyor, ışıktan bedenleri her yanı parlak küçük renklerle aydınlatarak göz kırpıyordu. Baltalıklarda dörtnala koşan hayvanların çıkardığı gürültü duyuldu. Yabandomuzları o yönde geçiyorlardı ve aynı anda orman gün gibi aydınlandı. Yabandomuzlarına binmiş cinler, alev dillerinden oluşmuş kızıl bedenleriyle ay ışığında kumsalın beyaz kumunda dans etmeye gidiyorlardı.
Nininha hâlâ nehri göremediğinden içini çekti.
Toprak kavalların sesi, gecenin karanlığını çınlattı ve yaşlı kır tanrıları da müzikle uyumlu sallanan kızıl sakallarıyla geçtiler. Peşlerinde ağır ağır, neredeyse hareketsiz dans eden su perileri, ilkbaharı haber vermek için ağaçların tepesine koymak üzere çiçeklerden çelenkler örüyorlardı.
Nininha heyecandan soluk alamaz olmuştu neredeyse.

Tek ayağının üzerinde seken *Saci*, piposunu tüttürüyor, kırmızı külahı da sıçramalarına uyup sağa sola sallanıyordu.

Sonra bir mucize olmuş gibi, henüz bütün yüzünü göstermeyen, ama yine de bembeyaz tenini ortaya koyan ay, kavallarla bir ağızdan şarkı söylemeye koyuldu.

Bunun üzerine bütün yıldızlar, bir ışık cümbüşüyle Nininha'nın henüz göremediği nehre doğru kendilerini bıraktılar.

Orman sustu ve gece yeniden karardı. Nininha'nın gözleri tatlı tatlı kapandı...

Nininha uyandığında güneş çok yükselmişti. Büyük bir tembellik, bedeninin üzerinde ağırlığını hissettiriyor, soluğunda seziliyordu.

Yaşlı *simbaiba*, duygulanmış, ona bakmaktaydı:

'Ne o, dağsıçanı, uykusuz bir gece geçirdin, gündüz hâlâ gözlerinden uyku akıyor...'

'Hatırlatmayın, dedecik. Gece akıllara durgunluk veren bir şey!'

Landi homurdandı:

'Evet, insan rahat uyudu mu akıllara durgunluk veren bir şey.'

Nininha ağzını açmadı. Çok iyi yetişmiş bir *canjirinha* olmasa, bu oyunbozana kaba bir yanıt verirdi.

Öbür yana döndü. *Jatoba* Dede hâlâ uyuyordu. *Tucum* Teyzesinin kendisine seslendiğini işitti. Ona gülümsedi. İncecik, uzun boylu, hindistancevizinden bilezikleriyle ne kadar da zarifti teyzesi.

'Şu yaşlı suratsızın dediklerine kulak asma. Yakında mutlu olacak. Doğa Anamız bilgelik doludur. Ona bir Kızılderili kayığı ruhu vermiş, nehirde gidip gelebileceği gün yeryüzünün en mutlu yaratığı olacak.'

'Teyzecik, bütün hayvanların sözünü ettiği şu Urupianga kim?'

'Urupianga ormanın sesi, hayvanların tanrısıdır. Her yıl, ilkbaharda görülür. Çok yakışıklıdır! Uzun boylu, esmer, geniş omuzlu. Hayvanlar onun sırtını okşamaya, saçlarını örmeye bayılırlar. Urupianga konuştuğunda bir ses değildir bu, bir müziktir. Ben onu bir kerecik gördüm, göz açıp kapayıncaya dek.'
'Teyzecik, tanrımız nasıldır?'
'Ağaçların tanrısı mı? Bitkisel, sakin bir tanrıdır. Calamanta derler adına. Bize ihtiyaç duyduğumuz tek şeyi verir: sabrı. Sakin sakin yaşama ve kıpırdamadan geleceği bekleme sabrını.'

Tucum Teyze, Nininha'nın yaşlı *Landi*'ye yönelttiği şaşkın bakışları anladı. Açıkça görüldüğü gibi, Calamanta'nın bu ilkeleri yaşlı, suratsız *Landi*'yi hiç ilgilendirmiyordu.

'Bir Kızılderili kayığı olmak *Landi*'ye güç gelecek mi?'
'Sanmıyorum. Yakında Kızılderililer onu keşfedecekler.'
Yağmurun geçmesi gerek... Zamanın geçmesi gerek..."

Rosinha esnedi ve Ze Oroco'ya baktı. Çok güzel bir şeydi bu. Adamın gözleri sönmek istemezmiş gibi parıldıyordu.
"Devamını anlatmamı istiyor musun?"
"Tabii! En güzel yeri devamı!"
"Ama yarın acelemiz var, erken kalkmamız gerekiyor."
"Neden acelemiz olsun, Rosinha?"
"Doğru. Öyleyse devam edelim."

Ve zaman geçiyor, geçiyordu. Nininha'nın dalları gelişiyor, daha da yükseliyor. Hayat her gün dersini veriyordu ona.

İlkbahar çiçekler arasında şarkı söyleyerek belirdi. Dedenin yüzü bile, alnına ve eğri büğrü kollarına sarılan kucak kucak çiçekle yepyeni bir gençliğe kavuştu. Sonra çiçekler soldu ve sonbahar rüzgârı, kuru yaprakları bozguna uğrattı. Dallar kirli, donuk bir sarı renge büründü. Bu da hayatın gerekli bir dönemiydi. Calamanta ne yaptığını biliyordu.

Yağmur hayatı tehdit etti. Gökyüzü karardı, çekilmez oldu. Bir gün yukarıdan aşağıya yarıldı. Nininha minnetle gülümsedi. Yeryüzünü sulamaya ve başka tohumlara can vermeye gelen Yağmur Ana'yı hatırlıyordu. Arkadaşı ve koruyucusu o saatte nerede olabilirdi acaba? Dost yüzünü arayarak düşen her yağmur damlasına bakıyordu...

Ve nehir kabardı, bulundukları yere yaklaştı. Öfkeli homurtusu işitildi, ilerliyor ve sağanakların hırpaladığı ormana hikâyelerini tekrarlıyordu. Kuşlar gizlendiler, kurbağalar bataklıklardaki sazlar arasında vıraklamalarını iki kat çoğalttılar. Kaplumbağa yakınma dolu çığlıklar atıyor, martılar çok uzaklara göçüyorlardı; ancak yağmurdan sonra döneceklerdi. Suların azgınlaşma çağıydı. Ezici geceler daha ağır ve daha uzun oldu.

Dede hâlâ yeşillikle örtünmeyi başarabiliyordu, ama en garibi düşünceli ve sessiz olmasıydı. Tasalı tasalı nehre bakıyordu.

Islanan ve tüylerinin rengi atan birtakım kuşlar, başka barınaklar arayarak sessizce uçuyorlardı. Sanki bütün hayvanlar, su baskınları süresince uyuyabilecekleri bir sığınak arıyorlardı. Pürtük pürtük gövdeli koca timsahlar göllerin altını üstüne getiriyorlardı, av peşinde gezen bildik piranhalar gibi... Gelip geçen hayattı bu.

Nininha hızla büyüyordu.

Sular daha çekilmeden nehri görebiliyordu şimdi. Ama çok beklediği nehir değildi artık bu. Çünkü bulanık ve çamurlu, artan bir keyifsizlik içindeydi. Tek şiirli yanı, bambulardan oluşmuş bir sal üzerinde beyaz bir leyleğin görkemli geçişiydi.

Yeniden kuru mevsimin dönüşünü beklemek gerekliydi.

Bu arada, hatırında tuttuğu en güçlü izlenim, akıntının sürüklediği koca ağaç gövdelerinin geçişiydi. Böyle anlarda, dedenin gözlerinin nemlendiğini fark ediyordu.

'Birtakım şeylere alışmak, duyuları törpülüyor,' diye düşünmekteydi Nininha, yağmur kesilmeye karar verdiğinde. Yaşadığı üçüncü yağmurlu yıldı bu ve şimdi, sıradan bir görünüş almaktaydı. Uzun bir ayrılıktan sonra güneş ilk kez göründüğünde herkes sevinçten coştu. Nininha neredeyse *Tucum* Teyze'nin boyunda uzun bir genç kız olmuştu. Geceden yararlanmak için dedenin kendisine seslenmesine artık gerek duymuyordu. Dilediği zaman uyanabiliyor ve saatlerini, karanlığı gözlemekle geçirebiliyordu.

Güneş yeniden gökyüzüne yerleştiğinde –aylar boyu sürecekti bu– ağaçlar son yağmur damlalarını düşürmek için silkindiler, güneşle sıcağı derin derin içlerine çektiler.

Nehrin suyu alçalmaya başladı. Kuşlar sürüler halinde geri döndüler. Nehir bir ayna gibi dümdüz oldu ve hayatın türküsünü çağırdı. İlk kumsallar şaşkınlık içinde belirdiler, sonra başkaları, daha başkaları. Bunca zaman nehrin dibinde uyumaktan yorgun düşmüş bir görünüşleri vardı. İlk timsah, güneşin altında, kumlarda uyuklamak ve ıslak pullarını kurutmak için yaklaştı.

Devamlı üzgün ve düşünceli olan bilge *jaribu*'lar, kumsalların kıyısında yürüyor ve hâlâ esmer olan kumda ayak izlerini bırakıyorlardı. Hava kararırken sorguçlu leylekler, nehirdeki adacıklara konuyor ve yassı gagalarıyla uzun, pembemsi kanatlarını düzlüyorlardı.

Kumsallar genişler genişlemez, kendilerine yaklaşan bir şey oldu mu iğrenç çığlıklarını koyveren martılar yeri kazıp yumurtlamak için geri döndüler.

Uzakta, çok uzakta, Kızılderililer balık avı mevsimini başlatmak için nehir boyunca iniyorlardı. Derme çatma kulübeler yapıyorlardı. Gece, marakasların sesine uyup tanrıları için, ay için, güneş için, Çobanyıldızı için güzel şarkılar söylüyorlardı.

Nininha gecenin susuzluğunu ayla gideremediği sürece yıldızlarla beslendiğini biliyordu. Dost nehir, yıldızların ılık sularında yaşamasına ses çıkarmıyor, uykuya daldıkları için ağır ağır akıyordu.

Hayat buydu. Bütün olgunluğuyla bütün güzelliğiyle gerçekleşen hayat.

Bir gün Nininha, büyük bir kişi olduğunu hissetti. Yapraklarının yeryüzünün en güzel yaprakları olduğunu düşünüyordu; çok doğal bir inançla. Yaprakları, rüzgârda birbirlerine dolanıyor, geniş, yeşil, hep hareket halinde bir saç oluşturuyorlardı. Gümüşsü beyaz gövdesinin cilalı bir kabukla kaplanması için pek çok yağmurun ve pek çok kurak mevsimin geçmesi gerekti. Dalları güçlendi; daha şimdiden büyük bir kuş yuvasını barındırmaktan korktuğu yoktu.

Jatoba Dede'ye bir göz attı:

'Evet, Nininha! Genç bir kızsın, güzel bir ağaç oldun... Gülümsemene gerek yok. Ben de genç oldum, Calamanta'nın bana bağışladığı o bütün güzellikle kıvanç duyuyordum.'

'Ah! Dede! Neler söylüyorsun!'

Dedeye duyduğu sevgiyi hiçbir zaman yitirmemişti; özellikle yaşlılığın, onun dallarını kararttığı, narin ve kolay kırılır bir duruma getirdiği şimdi. Yıllar geçtikçe kökleri kurumuş, gövdesi hâlâ güçlü olduğu halde bu kökler kahverengi, hastalıklı bir renk almıştı. Şimdi dede, zamanını uyuklamakla geçiriyordu. Konuştuğunda da her şeyi, tarihleri bile birbirine karıştırıyordu. Beyaz karıncaların kulakları dibinde uyumaları ve uyandıklarında bu kulakları yemeleri umurunda değildi. Yapraklarını boğan zararlı otlara karşı da kayıtsızlaşmıştı. İri kara karıncaların bile, her yanını kaplamalarına bir şey demiyordu. İlkbahar yaklaştığında yaprakları küçücüktü, kokusuzdu, iri tohumları neredeyse hiç meyve vermiyordu.

Nininha bunu düşünmekten hoşlanmıyordu. Onu gözlerken yüreği üzüntüyle eziliyordu. Zaman geçtikçe yaşlı *jatoba* daha da içine kapanıyordu. Başı eğik, uykulu duruyordu. Gözlerini açtığında belli belirsiz bir parıltı kalıntısı beliriyordu...

Landi yine dimdik ve tepeden bakıyordu, hep kurtulacağı ânın özlemi içindeydi. Durmadan içini çekme alışkanlığı edinmişti, en ufak şeyde *Tucum* Teyze'yle ya da *Simbaiba* Amca'yla zorlu bir tartışmaya girişiyordu. Başka zamanlar hep aynı konuşmaları yineliyor, tek başına söylenmeye koyuluyordu:

'Neden gelmiyorlar? Allahın belası tembel Kızılderililer!.. Köyde oturuyorlar, birbirlerinin kayığını çalıyorlar ve ben bekliyorum! Günün birinde beni bulacaklar mı acaba?'

Ve somurtuk, zaman zaman bir iniltiyle bozduğu acılı suskunluğuna dönüyordu.

Bir gece Çobanyıldızı'nın gökyüzüne egemen olduğu sıra, coşkun bir kahkaha işitildi. Düş gören *Landi*'ydi bu.

Dede, Nininha'ya sordu:

'İşitiyor musun, Nininha? Ancak düşünde gülüyor.'

Ötekileri rahatsız etmemek için alçak sesle ekledi:

'Zavallı!'

Herkesi şaşırtan bir şey oldu, ertesi sabah *Landi* gülümseyerek uyandı. Dudaklarında gülümsemesiyle, herkese dostça selam verdi. Garipti bu. Konuştuğunda tatsız homurtular koyvermekten başka şey yapmayan *Landi*, şöyle diyordu:

'Ah, dostlarım! Harika bir düş gördüm.'

Merakla kendine bakıldığından, gördüğü düşü anlatmak için yalvarmalarını beklemedi:

'Düşümde Kızılderililerin beni gördüklerini, kıyı boyunca geldiklerini ve buraya ulaştıklarını gördüm! "Ne güzel *Landi!*" diye bağırdı içlerinden biri. "On kişiyi taşıyabilecek bir kayık yapılır bundan," dedi bir başkası. "Kesiyor muyuz?", "Hadi, işbaşına." Ve ses etmeden baltalarını çıkardılar, etimi kesmeye koyuldular.'

Nininha kendini tutamadı, *Landi*'ye sordu:

'Çok can acıtıyor mu, Bay *Landi*?'

Ağacın gözleri, kamaşmışçasına değişti:

'Can acıtmak mı? Hiç bile! Canım acısaydı da değerdi. Baltalar her vuruşta biraz daha derine giriyordu. Tak, tak, tak. Kızılderililerin sırtları terden pırıl pırıldı. Kırmızı tahtamdan kan akıyordu... Sonra bir çatırtı işitildi. Gövdem sallandı, Kızılderililer düşüşüme bakmak için uzaklaştılar. Gövdem iki yana sallandı ve eğildi, önce hafiften, sonra korkunç bir gürültüyle yere devrildim. Binlerce acılı çığlık ortalığı çınlattı. Sarmaşıklar, asalak bitkilerdi bağıranlar. Hepsi acıyla ve korkuyla bağırıyorlardı...'

Landi bir an durdu.

'Benim üzerime düşmedin ya, hiç değilse?' dedi dede.

'Hayır. Seni sıyırdım, ama korkudan sapsarı kesildiğini de gördüm.'

'Korkulmayacak gibi mi?'

Sustular. Ama konuşma tatlıydı, dede sordu:

'Sonra, *Landi*?'

'Sonra, kollarımı kestiler. Ertesi gün başka Kızılderililer geldi, nehre kadar sürüklenmeme yardım ettiler. Gövdemi, buradan uzaktaki bir kumsala taşıdıklarını hissettim. Orada beni kurumaya bıraktılar... Çok yazık...'

'Neden çok yazık?'
'Çok yazık, çünkü uyandım.'
Büyük bir hüzün gelip geçti gözlerinden ve bir damla gözyaşı gövdesine aktı.
Nininha yaşlı *Landi*'ye acıdı. Çok tatlı bir sesle, 'Ama her zaman bunu anlatmaz mıydınız?' diye sordu.
'Arada bir fark var, küçük. Eskiden gözlerim açık düş görürdüm. Bu kez uyurken düş gördüm. Uyundu mu, düşler gerçeğe daha çok benzer...'
'Uyanmasaydınız ne olacaktı?'
'Biliyorsun. İyi kurumak için bütün bir yıl güneşin altında yatacaktım, sonraki kuru mevsimde Kızılderililer, beni köylerinin yakınındaki başka bir kumsala götürmek için geri geleceklerdi. Tahralarıyla beni yontmaya başlayacaklardı, gövdeme bir Kızılderili kayığının ince uzun biçimini vermek için ince ince şeritler keseceklerdi. Sonra, karnımı yaracaklardı. Ancak ondan sonra beni köylerine götürecekler, orada gerçek bir Kızılderili kayığı olmam için gerekeni yapacaklardı. Ah, üzerinde yüzsem nehir bana ne hikâyeler anlatırdı!'
Landi sustu.
Tucum Teyze yapraklarını silkeledi:
'Bunun için mi öyle gülüyordunuz?'
Landi sabırsızlandı:
'Yeterli bir neden değil miydi?'
'Zevk meselesi.'
Landi öfkeden kıpkırmızı kesilmişti:
'Evet, zevk meselesi. Ama hiç değilse görgü kurallarından habersiz bazı hanımların varlığından kurtulmuş olurdum.'
'Şuna bakın! Ya biz, biz de kaba ve somurtuk bir ihtiyardan kurtulma mutluluğuna ererdik...'
Jatoba Dede tartışmayı kesti:
'Sakin olun, sakin olun dostlarım! Çok güzel olacağı anlaşılan bir sabahı berbat etmeyelim.'

Landi yakındı:

'Bu kendini beğenmiş sıskanın böyle konuşmasına gerek yoktu.'

Bu kez *Tucum* Teyze öfkelendi:

'Ben, ha? Sıska, öyle mi? Pek güzel, sizi dibi delik kayık tahtası sizi. Budalaca düşlerinizle birlikte yaşayın. Konuşun, gülün, sıkın herkesi saçma sapan düşlerinizle... Ama (*Tucum* Teyze'nin sesi ani bir nefretle değişiverdi)... ama buradan hiç çıkmayacaksınız! Hiç! Hayale kapılmayın. Kızılderililer sizi hiç bulamayacaklar, bulsalar bile öylesine yaşlanmış ve düşkünleşmiş olacaksınız ki tahtanız bir işe yaramayacak. Nehri hiç yakından göremeyeceksiniz! Nininha'nın nehirde yüzüp gitmesi çok daha kolay olacak...'

Tucum Teyze umutsuz bir hareketle elini ağzına kapadı. Yaşlı *Jatoba*'ya bir bakış yöneltti. Sonra yüreksizce, Nininha'nın genç gövdesine baktı. Şimdi gözleri yaşlarla doluydu.

Ağaçların bakışlarının birleştiği derin bir sessizlik oldu, bu bakışlar nemliydi.

Nininha'nın yüzü bembeyaz kesilmişti. Soluğu kesik kesikti. Birden bu uğursuz itirafın sırrını keşfediyordu. İlk anda önem vermemişti. Ama sonra, o cümle, kulaklarında çınlayıp durmuştu: 'Nininha'nın nehirde yüzüp gitmesi çok daha kolay... Nininha'nın nehirde yüzüp gitmesi çok daha kolay...'

Büyük bir acının yol açtığı yara, içini sızlattı. Şimdi kaderi açıkça belliydi, doğduğu sıra ağızdan kaçırılan o cümlenin anlamı gibi: 'Nehre bu denli yakın doğduğu için çok yazık!'

Başını eğdi ve gözyaşlarını akıtmaya koyuldu.

Yaşlı *Landi*, gene kargaşalıktan, *Tucum* Teyze'ye bir ahlak dersi vermekte yararlandı:

'İstediğinizi elde ettiniz. İşte çok konuşulduğunda olanlar.'

Jatoba Dede sevgi dolu bir sesle, 'Aldırma sen bu söylenenlere, Nininha,' dedi. 'Hepsi saçmalık. Meyveleri geciktiğinden *Tucum* Teyze sinirli... O kadar...'

Nininha, geceyi üzüntü içinde geçirdi. Bu kez, yıldızlar parlamaktan başka bir anlam taşımadan parlıyorlardı. Garip açıklama onu gerçekle yüz yüze getirdiğinden tılsım bozulmuştu. Güzelliğin nesnelerde değil, kişilerin içinde olduğunu keşfetmişti. Güzellik yitip gittiğinde de, nesneler mat, sönük, inanılmayacak kadar sıradan oluyorlardı. Bir an olsun gözlerini kırpmadığı halde dedeyle bile konuşmak istemiyordu.

Tan atarken, güneş göründüğünde, gülen *Tucum* Teyze'ydi. Meyveleri sevgiyle memesini emen yüzlerce yeşil kabuk halinde patlıyordu.

'Dede, son olarak bana gerçeği söyle, bir daha başını ağrıtmayacağım.'

'Saçma sapan şeyler, Nininha. Canları istediği için geldiler.'

'Hayır, küçük dedecik, sen istedin, değil mi?'

'Sana yemin ederim ki Nininha, böyle bir şey yapmazdım.'

'İyi öyleyse.'

Sustu ve tepesini süzdü. Yaprakları ayrılmış, dört bir yana dağılmıştı. Buna üzülmedi. Hayatın varlık nedeni gerçekten buydu. Yazık ki çok kısa sürüyordu! En iyisi kendi sorunlarını bu kadar çok düşünmemek ve ilgisini başkalarının eylemlerine yöneltmekti.

Selamsız sabahsız bir çift kara leylek tarafından dört bir yana dağılan yapraklarına bakmaya devam etti. Yorgun dişi, kaygılı bir bakışla dinleniyordu; erkek, gelecekte ortaya çıkacak yuvalarının planını yapmaktaydı.

'Sevgilim, sanırım burada eşsiz bir yuvamız olacak.'

'Kuşkusuz,' dedi dişisi gülümseyerek.

'Korunmuş olacağız burada, sen de nehri görebileceksin yine.'

'Bu halimle nehri de göremezsem, sanırım özlem beni öldürür.'

Nininha'nın yüzünde sabırlı bir gülümseme belirdi. Calamanta, paylaştırmayı iyi biliyordu. Bir hayat başlangıcıydı bu.

Nininha içinde, dedenin bütün bunları düzenlediği ve kendisini avutmak için kara leylekleri çağırdığı düşüncesini beslemeyi sürdürüyordu.

Gözucuyla dedenin gülümsediğini gördü. Can sıkacak bir şey yoktu bunda. Dede o kadar iyiydi ki, bütün varlığı bu sevgiyle açılıvermişti...

Yeniden kuşları gözlemeye koyuldu. Ne de kocamandı gagaları! Ucunda büyük bir madenî para vardı sanki. Hiç bunlara benzeyen kuşlara yakın olmamıştı.

Kara leylek uçtu ve dosdoğru ormandaki açıklığa indi. Sarmaşık parçalarıyla geri döndü ve yuvayı örmeye başladı.

O andan sonra da Nininha, hayatı ve acımasız yanlarını unuttu. 'Bir kuşun dallarımda yuva yapmasına asla izin vermeyeceğim,' sözlerini söylediği günler çok gerilerde kalmıştı.

Kuşun, dal ve sarmaşık parçalarını taşımak için kaç kere gidip geldiğini söyleyemezdi. Çalı çırpı örmeye ara verdiğinde, mutlu bir sesle şarkı söylüyordu:

Bir yuva yapıyorum
Şipşirin ve pek güzel

Sevgilim otursun diye;
Önünde de bir bahçe
Zambaklı yaseminli
Sevgilim koklasın diye...

Duruyor, çok tatlı bir bakışla şarkısını hayranlık içinde dinleyip yuvanın yapımını izleyen dişisini süzüyordu.
'Ne diyorsun? Beceremeyeceğimi sanıyordun değil mi?'
'Bir harika bu, sevgilim!'
Yuva hazır olduğunda erkek, nehre doğru uçtu, yemyeşil bir saz dalı ve mor *simbaiba* çiçekleriyle döndü. Hepsini yuvasının girişine ördü ve sevgilisine, 'Bu mor çiçekler kanatlarının pembesi yanında enfes duracak,' dedi.
'Sen bir tanesin, her şeyi düşünürsün.'
Ağır ağır, çok dikkat ederek kendini dallar boyunca bıraktı dişi ve gelip yuvanın üzerine kondu. Hareketlerinin hiçbiri erkeğinin aşk dolu dikkatinden kaçmıyordu.
'İnanılmayacak kadar rahat.'
'Bir eksiğin var mı?'
'Eksiğim yok. Artık yuvayı ısıtmak ve beklemek gerek.'
Sustular.
Nininha hayatında hiç bu kadar kibar kişiler tanımadığını düşündü.
Kuşlar konuşmalarını sürdürdüler:
'Beklemekten başka şey kalmıyor...'
Dişi biraz kızardı, sonra kıvançla ekledi:
'Eli kulağındadır. Yarın ilk yumurtamı yumurtlayacağım.'
'Kaç çocuğumuz olacak?'
'Daha önceleri kaç çocuğumuz olduysa: Üç ya da dört.'

'Yağmur başladığında...'
Bir kaygı gölgesi gelip geçti alnından, ama tasalarını uzaklaştırdı dişi:
'Yağmurun başlamasına daha zaman var: Üç ya da dört ay. O zamana kadar da yavrular büyümüş, ilk uçuşlarını yapmış olurlar.'
Nininha gözlerini indirdi. Kuşlar, istemeden yarasını deşiyorlardı.

'Dört, sevgilim!'
Hoşnutlukla kanat çırpıyordu erkek.
Dişi, ağacın üzerinde dikilmiş, nehre bakıyordu. Tümüyle ortaya çıkmış olan beyaz kumsallar, yere serilmiş büyük bezlere benziyordu.
Erkek kuş anladı:
'Nehri ne kadar da seviyorsun hayatım! Şimdi ne kadar kuluçkada yatman gerekiyor?'
'Bir aydan az.'
'O kadar mı?'
Ve kötü bir iş yapıyormuş gibi fena halde tedirgin gözlerini indirerek şöyle dedi:
'Sevgilim, biraz da benim kuluçkaya yatmama izin vereceksin değil mi? Biliyorsun, altı günden fazla oluyor sen nehre gitmeyeli, balık avlamayalı, gaganı duru suya daldırmayalı... Ben de...'
'Budala! Tabii izin vereceğim. Bunca bahane arama. Öbür kocalar da aynı şeyi yapıyorlar. Babam sık sık annemin yumurtalarının üzerinde kuluçkaya yatardı. Yumurtaların üzerinde dilediğin kadar kalabilirsin. Şimdi kendimi tüy gibi hafif hissediyorum: Nehri şöyle bir yakından görmek isterim. Sonbahar ilerliyor, ağaçlar sararmaya başlıyor, bu da yağmur habercisidir.'
Daha yüksek bir dala sıçradı:

'Gelebilirsin.'

Erkek, sözü ikiletmedi, yuvanın üzerine uzandı, önce iğreti, sonra daha rahat.

Dişi, geniş, pembe kanatlarını açtı ve boşluğa atıldı. Kocasını iyice gözlemek için yuvanın üzerinde daireler çizerek uçtu. Ardından kanatları açık, ince uzun gövdesini kumsala varıncaya dek rüzgâra bıraktı.

Günler daha da ısındı. Güneş her şeyi kavuruyordu. Uzakta, yabanıl otlar yeşil renklerini yitiriyor, ılık rüzgârın altında eğilip bükülen uçsuz bucaksız bir alevden yeleye dönüşüyorlardı.

Kuşlar zamanlarını saydam sularda yıkanmakla geçiriyorlardı. Nehre ancak gecenin ölü saatlerinde yaklaşan ürkek ve yalnız yabandomuzu, şimdi iri ağır gövdesini serinletmek için günün herhangi bir ânında ortaya çıkmaktaydı.

İlkbahar, bütün çiçekleri de yanına alarak çekip gitmişti. Sıcak ve amansız sonbahar, ayrım yapmaksızın bütün yaprakları sarartıyordu. Bir sürü kuru yaprağın cansız, yere düştüğü ve toprağın üzerinde yığınlar oluşturduğu görülüyordu. Gece, büyük canavarların tepinmesi işitiliyordu.

Kaplumbağaların yumurtlaması gecikmedi ve kumsal, suyu arayan minimini noktalarla doldu.

Çok uzakta, insanlar kuru otları yakıyorlardı. Nehrin kendine çektiği duman, büyük sis tabakaları gibi suyun üzerinde dalgalanıyordu. Güneş bu dumanı geçemiyor ve her şeyi gözleri acıtan bir nemliliğe dönüştürüyordu.

Nininha dallarını teker teker inceliyordu. Çirkinlikleri karşısında dehşete düştü. Vıcık vıcık bir toz tabakası kabuğundaki beyazlığın yerini almıştı. Boğucu bir sıcak duyuluyordu. Gökyüzünde koca karınlı, tembel ve ağır bulutlar ilerliyordu.

Yağmurun ve nehirlerin yükselişinin beklenişiydi bu. Dallarının tepesinde, yavru kara leylekler doğmak üzereydiler. Kabukların çatırtısını ve ana kuşun ucu madenî para biçimindeki gagasıyla onlara yardım edişini açık seçik duyuyordu. Öğleden sonra yavrular çirkin bir sesle cıvıldaşmaya başlamışlardı bile: Mızıldanmayı andıran bir cıvıltıydı bu.

Hava karardığında kara leyleklerin yuvası bayram yerine dönmüştü. Yuvalarına dönen bütün büyük kuşlar, yeni doğanları görmek için kara leylek ailesine kadar uzanmışlardı. Nininha'nın, özsudan yoksun, kurumuş yaprakları baştan aşağı beyazdı. Kuş tüylerinden de beyaz. Sütbeyaz sorguçlu leylekler, *jaribu*'lar, ince uzun bacaklı leylekler, su yelveleri ve çevrede, komşu ağaçlarda yaşayan bütün kara leylek aileleri

Ana kuş, yavrularını kıvançla sergiliyordu:

'Şuna bakın!'

Yavrulardan birini sevgiyle kaldırdı.

Bütün ağızlardan yükselen bir hayranlık çığlığı duyuldu:

'Olamaz! İnanılır gibi değil!'

Hepsi, yavruyu incelemek için yaklaştılar.

'Tanrım! Harika bir şey bu!'

'Gerçek bir mucize!'

'Gözlere bakın!'

Söylenenleri anlamışa benzeyen yavru kuş, iri gözlerini devirip duruyordu. Gözbebeklerinin dibinde gökyüzünün mavisi vardı. İri yuvarlak gözleri, üstüne üstlük, upuzun kara kirpiklerle çevriliydi.

'Ama bunlar insan gözleri!'

Duygulanan baba kara leylek, karşılık verdi:

'Ben de öyle diyordum ya.'

Aksakallı yaşlı bir *jaribu* şaşkınlıkla bağırdı:

'*Credo!* Bunca yıl yaşadım, hiç böyle bir şey görmemiştim. Tevekkeli yaşayan bilir dememişler. Bari bu gözler felaket getirmese!..'

'Tanrı bizi korusun!' diye bağırdı ötekiler.

Ama ana kara leylek mutlu ve tasasızdı:

'Hiçbir zaman böyle bir şey olmaz! Şu küçük gözlere bakın!'

Yavruyu biraz daha kaldırdı:

'Gökyüzü gibi masmavi, nehrin suyu gibi saydam. Tanrısal bir kutsamadan başka şey getiremez bu gözler.'

Ağacın üzerinde bir mırıltı işitildi:

'Hadi bakalım dostlar! Neredeyse göz gözü görmeyecek.'

Geç kalan komşulardan bir dişi sordu:

'Yağmurlar sırasında burada mı kalacaksın?'

'Hayır. O zamana kadar yavrular büyümüş olur, havada uçarlar. İçerilere gideriz.'

Şimdiden gölgelik bir dala tünemiş olan baba kara leylek içini çekti:

'Hava sıcak. Bu yıl korkunç yağmurlar olacak. Gerekli de, çünkü son yıllarda nehir pek kabarmadı.'

Esnedi:

'Uykum var. Yarın avlanmak için erken kalkmam gerek. Şimdi fazladan dört boğazımız var.'

Ve baba kara leylek uyudu.

Her geçen gün sıcaklık artıyordu. Yavru kara leylekler şimdiden yuvadan dışarı çıkıyor, gümüşsü beyaz tüyleri pembe bir tüy yumağına dönüşüyordu.

Yumurcaklar su gibi konuşuyorlardı; yaramazlıklarını önlemek için anaları onları yakından izlemekteydi.

Bir sabah ilk deneme uçuşlarını yaptılar. Korkuyorlardı. Hepsi daldan atladılar ve öylesine bir ürküntüyle uçtular ki Nininha yüreklerinin atışını işitti. Hepsinin değil ama. Bir *dişinin* hiçbir şeyden korkusu yoktu. Kahkahalar atarak nehrin kıyısına ilk ulaşan o oldu. İlk kez uzun acemi ayakları üzerinde, nehrin sularında avlanan yine oydu. Acemi küçük kardeşleri için her şeyi o keşfediyordu. Onları alaya alıyordu:

'Çabuk öğrenin, sizi sümsükler! Yoksa geride kalırsınız. Bakın gökyüzü nasıl.'

Uzakta koca koca bulutlar oluşuyor, yeryüzünü tehdit ediyorlardı.

Üç gün sonra yavruların hepsi kusursuz uçuyordu. Ana kara leylek, onları yanında tutmakta çok güçlük çekiyordu.

Bir hafta daha geçti, bulutlar kara ve ürkütücü oluyorlardı.

Jatoba Dede'nin gözleri, hoşnutsuzlukla her şeyi inceliyordu. Yağmurla birlikte uyuklaması geçecekti, ama...

Nininha'ya bir göz attı ve üzüntü içinde olduğunu fark ederek sözlerini kendine sakladı.

Yaşlıydı, dedeydi. Gözleri artık bir sözde canlılığı korumaktaydı. Hayattan yorgun düşmüş gibiydi. Hele kuraklık geldi mi, gözlerini birkaç gün açık tutuyordu. Sonra yeniden uykuya dalıyordu. Yağmur başladı mı aynı şey oluyordu. Ne kadar acıydı, yaşlılık.

Nininha'ya ara sıra bir göz atıyor, onun durumuna gıpta eder gibi bir izlenim bırakıyordu; hayat artık onu ilgilendirmez olmuştu.

Nininha'nın düşünceleri dağıldı, çünkü bir umutsuzluk çığlığı ortalığı çınlatmıştı.

Bu haykırışın geldiği yöne çevirdi başını. Yaşlı *Landi*, kaşları çatık ve gözleri öfkeden çakmak çakmak, yumruklarını sıkmış, gökyüzüne lanet yağdırıyordu:

'Bu ne büyük cehennem azabı... Yine yağmurlar yağacak. Bense hâlâ buradan çıkmayı başaramadım!'

Hep dimdik, hep sapasağlam ayakta olan *Tucum* Teyze, 'Ben demedim mi? Biliyordum, burada öleceksin ve herkesi tatsızlığından kurtaracaksın,' dercesine gülümsedi.

Derken genel bozgun başladı. Orman taşınıyordu. Her yönde koşuşan hayvanlar görülüyordu. *Ariranha*, titrek bir sesle timsahla konuşuyordu:

'Sallanma, geliyor.'

'Denklerim hazır.'

Benekli pars arkadaşlarını çağırmak için kükredi. Martılar sürüler halinde toplandılar, uzak bir deniz kıyısına doğru ilk yola çıkan onlar oldu. Kaygılı ormanın telaşının yırtıcı hayvanların gürültüsüne karıştığı işitiliyordu. Perdeayaklılar sarmaşıkları kopararak, dalları ezerek bataklıklar arasında koşuyorlardı. Kırılan bambular çatırdıyordu. Bu delice koşu sırasında sökülüp atılan asalak bitkilerden kuru çiçek kalıntıları dökülüyordu.

Tanrım! Hiç kuşkusuz orman çıldırmıştı!

Sinirlilik bütün canlılara yayılıyordu. Karıncayiyen elinden geldiğince derinliklerine girdiği orman yolculuğunda düzinelerle ayının da birlikte gelmesine ses çıkarmadı.

'Gelin... Gelin... Mata Fechada Gölü'nde *buriti* palmiyelerinin tepesine yerleşeceğiz!' diye haykırıyordu çılgın papağanlar.

Bir *kapibara*, sürüsünü yitirdi ve yardım isteyerek umutsuzca inlemeye koyuldu. Ama yaşlı bir maymun, sabırla, cılız parmaklarını uzatıp ona yolu gösterdi:

'Şuradan, yoksa benekli parsların önüne çıkıverirsin.'

Orman gerçekten çıldırmıştı. Bir tek nehir, yalnızca o, biriken ve rüzgârsız gökyüzünde sürüklenen karabulutları yansıtarak dingin akıyordu. Aynı gün, kara leylekler harekete hazırdılar.

Baba öğüt veriyordu:

'Sakin olun, sakin olun yavrularım! Vaktimiz var!'

Ama sinirli ve kabına sığmayan dişi yavru, karşılık veriyordu:

'Hemen yola çıkalım! Göle vardığımızda herkes en iyi yerleri kapmış olacak...'

Ana gülümsedi:

'Küçük sersem... Orada bir evimiz var... Yersiz yurtsuz kalma tehlikesi yok ki!..'

'Biliyorum anne. Ama ya eve bir tembaykuş el koymuşsa?'

'Ne mene bir hayvan bu tembaykuş?'

'Benim uydurduğum bir hayvan. Tembelle baykuş karışımı.'

Baba kara leylek, cesareti tükenmiş, başını salladı:

'Bu küçük, cin çarpmış gibi. İnanılır şey değil...'

Ama ana, yavrunun savunmasını üstlendi:

'Bırak. Büyük bir hayal gücü var.'

Baba kara leylek büyük bir sarmaşığı yakaladı ve yavrularına öğüt verdi:

'Her biriniz bunu gagasıyla iyice yakalasın. Ananızla ben iki ucunda olacağız, sizler de ortasında.'

Dişi yavru mırıldandı:

'Gülünç!'

'Gülünç ya da değil, söz dinlemek lütfunda bulunacaksınız küçükhanım.'

Yuvada son bir denetim yaptılar. Onları yöneten pişmanlıklardı.

'Gidiyor muyuz?'

Ana leylek yaşaran gözlerle çevresine bakındı. Boğuk bir sesle, 'Gidelim...' dedi.

Bir ağızdan bağırdılar:

'Elveda, eski dost ağaçlar. Gelecek yıl görüşmek üzere!'

Çırpılan kanatların sesi işitildi ve az sonra, bir daha dönmemek üzere bırakılan yuva bomboş kaldı.

Uzakta, gökyüzünde çok uzakta, ulu ağaçların üzerinde, kara leylekler yitip giden minik noktalara dönüştüler... minik noktalara...

Orman bomboş kaldı. Yalnızca, kaygısız bir tembel, bir biber fidanının tepesine tünedi ve şarkı söylemeye koyuldu:

Ne yağmur korkutur özümü
Ne de gök gürültüsüyle şimşek
Yağ güzel yağmur, tatlı yağmur
Serinlet yüreğimi...

Derisi yüzülen bambunun cayırtısını andıran sesi kesildi ve bir mucize sonucu hâlâ biber fidanının üzerinde kalmış olan sürgünleri kemirdi. Bu arada gökyüzünde bulutlar gitgide yığılıyordu. Işık kalmamıştı ortalıkta, oysa gece değildi.

Sert, sinirli ve boğucu bir rüzgâr, nehrin yüzeyini dalgalandırıyordu. Genellikle çarşaf gibi olan su, o andan sonra, doğaya egemen olduğunu bildirerek öfkeyle kumsalın kumlarına saldırmaya başladı.

Öfkeli rüzgâr, ağaçlara bindirdi. Kuraklık sırasında biriken tozdan kabuk, rüzgârın saldırıları karşısında yarılıyordu. Orman amansızca kırbaçlanmaktaydı, inliyordu. Korku gece boyunca da sürdü. Yıldızların bile parlamaktan çekindiği ürkütücü bir geceydi.

Gök gürültüsü uzaklarda homurdanıyordu. Rüzgârın hızı artmaktaydı. Ulu ağaçlar bütün dallarıyla titriyor, çatırdıyorlardı. Şimşekler kılıç gibi çakışıyor, gök gürültüleri gitgide yaklaşıyordu.

Nininha sesleri işitmemek için kulaklarını tıkamak isterdi, ama korku elini kolunu bağlıyordu. Kollarını büken ve küçücük kuru dallarını koparıp atan bu acımasız rüzgâra karşı elinden bir şey gelmiyordu. Hâlâ üzerinde kalmış olan yapraklar amansızca koparılıyor, bu arada rüzgâr ıslık çalıyor ve yaprakları ulu gövdelere doğru savuruyordu. Sarmaşıklar kendi kendilerini kırbaçlamaktaydılar. Bu iblisçe öfkeye karşı hiçbir yola başvurulamazdı.

Şimdi şimşekler onu neredeyse köreltiyordu. Nininha gözlerini kapıyordu, açtığında gündüz gibi aydınlanan nehri görüyordu, üstelik nehir alev saçan meşaleleri yansıtmaktaydı.

Yıldırım, kökleri bile sarsarak nehrin öbür yakasına düştü. Nininha neredeyse korkudan bayılacaktı. Bir alev dili genişliyor, her şeyi yutarak rüzgâra kapılmış yayılıyordu.

Yağmur yeryüzüne aktı. Yeniden doğan nesnelerin güçlü kokusu her yanı kapladı. Kovalar dolusu su iniyordu gökyüzünden. Amansız rüzgâr şiddetle yağan yağmuru sürüklüyordu.

Bu yepyeni, şakır şakır yağmur tadı, kuruyan kabuklar için iyiydi. Yıldırım, ağaçların tepesinde asılı kalmaktan korkuyordu; her şimşekte, kapkara, ıslak ve pırıl pırıl ortaya çıkıyordu ağaçlar. Yağmurun içine işlediği toprak, binlerce kuru yaprak ve çiçeğin kokusuna karışan acı bir koku çıkarıyordu.

Bir an doğa sustu. Rüzgâr kesildi. Yağmur durdu. Sanki durgunluk geri gelmişti, birden korkunç bir gümbürtünün izlediği uçsuz bucaksız bir ışık ormanın üzerine çöktü. Nininha'nın bütün varlığı, en ufak köklerine dek acıdı. Bir şey görmez oldu ve kendinden geçti.

Bu halde ne kadar zaman kaldığını söyleyemezdi, ama yavaş yavaş kendine geldi. Şimdiden çok ilerlemiş olan gecenin karanlığında fırtına uzaklaşmıştı. Zorlu bir yağmur gökyüzünden akmaya devam ediyordu. Nehrin öbür yakasında ateş sönmüştü.

Bir ses, alçacık, cılız, ona seslenmekteydi:
'Nininha!.. Nininha!.. Orada mısın?'
Tucum Teyze'nin sesini tanımakta güçlük çekti:
'Başına bir şey gelmedi ya?'
'Hiçbir şey gelmedi. Bayılmışım...'
'Ben de. Hayatımda gördüğüm en büyük şimşekti bu.'
'Ötekiler ne durumda?'
'*Landi* de bayıldığını söyledi.'

Korkunç bir önsezi her yanını kapladı ve kaygıyla sordu:
'Ya dede?'
Kendinden geçip bağırdı:
'Dedecik!.. Dedecik!..'
Çağrısına bir tek yağmur ve karanlık yanıt veriyordu.
'Sakin ol Nininha! Bağırıp çağırmak bir şeye yaramaz. Günün ışımasını beklemek zorundayız.'

Ve gün ışığı, acı olayların doğrulanışını da beraberinde getirdi. Kapkara, tepeden tırnağa kömür kesilmiş, hâlâ dumanı tüten, ortadan ikiye yarılmış *Jatoba* Dede, ölü olarak yerde yatıyordu.

Nininha'nın gözyaşları yağmura karışmaktaydı, ama yaşlı *Jatoba*'yı diriltme yeteneğinden yoksundu.

Bütün yaprakları ve küçük dalları yıldırım tarafından yutulmuştu.

'Dede... Dedecik!..' diye ona tatlı tatlı seslenmek bir işe yaramıyordu.

Şimdi sonsuz bir uykuya dalmıştı. Ne kuraklık ne de yağmur mevsimi, son günlerde çok güçsüz olan tatlı gözlerini yeniden açabilirdi.

Tucum Teyze hıçkırdı:
'Darbeyle bütün meyvelerimi yitirdim. Büyümüştü hepsi!.. Neredeyse olgunlaşmışlardı...'

Kabuğu kararan ve güzelleşen yaşlı *Landi*, acılı bir sesle mırıldandı:

'Nur içinde yatsın.'

Bir hafta süreyle iç karartıcı bir suskunluk içinde durdular. Bir tek yağmur yaşıyordu sanki. Ve yağmur, yaşlı *Jatoba*'ya ölümü getiren büyük yağmur, her yanda yeni tohumlara can vererek, binlerce minik bitkisel hayata yaşama düşünü ve umudunu getirerek yeryüzüne egemen olacaktı...

Yağmurun altında bir ses şarkı söyledi. Yeniden biber fidanının sürgünlerini kemirmeye başlayan tembeldi bu:

Ne yağmur korkutur özümü
Ne de gök gürültüsüyle şimşek
Yağ güzel yağmur, tatlı yağmur
Serinlet yüreğimi...

Nininha kendini tutamadı:

'Kes sesini, budala! Fırtına boyunca bir ot gibi titredin durdun. Yakardın bile belki. Şimdi, şu öteki dünyadan gelen sesinle bizi canımızdan bezdiriyorsun.'

Ve başladı yükselen suların geçit töreni. Daha önce bembeyaz olan nehrin bu kesimi, günden güne kabaran çamurlu kalıntılarla kaplanıyordu gitgide. Suların doyumsuzluğu her şeyi yutuyordu. İki yakadaki dayanaklar nehrin temizliğini bozmak için yıkılıyordu. Deli su kabarıyor ve kuraklık döneminde uyuklayan sular yeniden daha hızlı koşmaya başlıyorlardı. Önceki yıllarda da böyle olmuştu. Kumsallar şapırtılar arasında ortadan kayboluyordu. İnanılmaz gibi geliyordu, ama kaçınılmazdı bunun olması. Beyaz çavuşkuşlarının avlandıkları, zeki *jaribu*'ların hava kararırken toplantı yaptıkları, leyleklerin uzun bacakları üzerinde koşmayı sevdikleri, sutavuklarının, ketenkuşlarının, martıların mola verdikleri, timsahın güneşte romatizmalarını ısıttığı, kaplumbağaların yumurtladığı yerde... her şey, önüne geleni örten, döne döne koşan, homurdanan, köpürüp duran bir suyun altındaydı.

Ve nehir hâlâ kabarıyordu. Yağmur ağaçların çevresinde büyük su birikintileri oluşturmaya başladı. Su birikintilerinin bulunduğu yerde sivrisinek kümeleri toplanıyordu. Yağmur her şeyin tadını kaçırdığından, gece, müzikli yanını yitirmişti. Gecenin, yıldızların, ayın şarkısı, irikıyım aç sivrisineklerin tekdüze ve sinir bozucu vızıltısına bırakmıştı yerini.

Nininha bütün bunları düşünüyordu. En kötüsü de dedenin kararan, parçalanan, yarısı suların altında kalan, sonsuzluğa dek suskun ve ölü, dağılmış gövdesiydi. Yağmurla birlikte, bir yığın yeşil ot, gövdesini çevreleyip kaplayarak bitiyordu.

Tüm kumsallarından yoksun kalan nehrin üzerinden akıntıyla sürüklenen ulu ağaç gövdeleri yakınarak geçiyordu.

Büyük bir korku, uçsuz bucaksız bir korku Nininha'nın her yanını kapladı. Kaderi buydu işte. Yağmur mart sonuna dek sürecekti. Nisana uzadığı da olurdu. Daha kasımın son günleriydi... *Landi*'nin bir sözünden ötürü kaygılanmaya başlıyordu:

'Yağmurlar martta kesilirse sular sana erişmez.'

Öte yandan, şamatacı tembel, hep aynı şeyleri yineleyip duruyordu:

'Gözünü sevdiğimin durmak bilmez yağmuru! İki yıldır büyük bir yağmur görmedik, nehir de şöyle bir esaslı kabarmak bilmedi.'

Yağmur, ağacın korkusuna kayıtsız, durmak dinlenmek bilmeksizin görevini yapmaya devam ediyordu. Uçsuz bucaksız ve ıslak gecede, sürüklenen ulu gövdelerin gürültüsü Nininha'nın uykusunu bölüyor, onu karabasanlara boğuyordu. Yüreği devamlı hoplamaktaydı. Kalan dallarıyla kıyıya sürtünüp geçen ağacı uzaktan tanıyordu.

Genç ve hayat dolu gövdesinin bazen başkaldırdığını duyuyordu; Calamanta'nın planlarına karşı başkaldırdığını. Yemyeşil yeni yapraklarını; pırıl pırıl, beyaz, kurak mevsimin tozlarından arınmış gövdesini görüyordu. Çevresinde öbür ağaçlar da yeşile bürünüyorlardı, ama kendileri için umut ve uzun hayat anlamına gelen bir yeşile. Toprağa yayılmış küçük su birikintilerinde yansımaları ne güzeldi!

Çirkin ve kasvetli olarak bir tek, her gün daha kararan ve suların altına iyice gömülen dedenin gövdesi kalmıştı geriye. Ağaçların bazen ayakta ölmediklerini düşündüğünde neredeyse hıçkırıklara boğulacaktı.

Aralık geçti, yağmurdan parmaklarını ocak ayına uzatarak. Daha da ıslak ve sessiz olan ocak, yerini şubata bıraktı.

Gökyüzünü inatla işgal eden kurşuni rengin yerini kesinlikle mavinin alacağı umuduyla gözlerini havaya dikerken sürüyordu Nininha'nın kaygısı.

Ama nerede! Sanki bile bile oluyormuş gibi, dalları şimdiye kadar görülmemiş bir yeşille kaplanıyordu. Bitkisel hayatının doruğuna ulaşmıştı. Olduğu yerden, ta yukarıdan, her şeye bakabiliyor, bunca yeşillik yüzünden çürüyen ormanın uçsuz bucaksızlığını görebiliyordu. Gövdesinin gücünden, kendi olgunluğunun güzelliğini hissedebiliyordu. Ve dallarının ucundan, ürkütücü bir biçimde kabaran nehri gözlüyordu.

Şubat da geçip gitti, her gün sulara boğulmuş olarak.

Mart hiçbir umut getirmedi. Nehir, kıyılarının yüksekliğine ulaşmıştı. Deli su iyice kabarmıştı ve sürüklediği ağaçlar, amaçsız, unutulmuşluğa doğru yüzüyordu.

'Peki dostlar. Burada sıkıldım artık. Göçüyorum.'
Onlara veda eden tembeldi bu. Hiçbir üzüntü duymadan, ağır ağır yolu tuttu.

Geceleyin gökyüzü yıldızları nasıl göstermiyorsa gündüzün de güneş öyle ölüydü. Yağmur yağmaktan bezmiyordu. Biraz durması da, daha sonra amansız ve ısrarlı bir biçimde yeniden yağmaya başlamak içindi.

Ve böylece nisan geldi. Nehir öylesine kabarıyordu ki, Nininha'nın köklerine dokunuyordu. Ağaç, suyun soğuğunu değil, gövdesinin bütün deliklerinden fışkıran korkusunun soğuğunu hissediyordu.

Geçen her gün sular biraz daha, biraz daha sızıyordu toprağa. Köklerini tutan tümsek yıkılmaya başlıyor ve henüz olgunlaşmayan, desteksiz filizleri ortaya çıkarıyordu.

Çevresinde toprak yumuşuyordu.

Artık hüzünden söz edemez olmuştu; sinsi, amansız, korkunç hüzünden! Neden bir kerede gelip işini bitirmiyordu sanki? Dalları bekleyişle titremekteydi.

Elleri dert görmesindi, acıyıp dedeyi öldüren yıldırımın! Hiç değilse dede, bu acıyı duymamıştı.

Tucum Teyze artık konuşmuyordu. Bütün gün gözlerini sudan ayırmaz olmuştu. Acısını artırmak için yaşlı *Landi* de hiç homurdanmıyordu. Bazen *Tucum* Teyze, yüksek ve herkese tepeden bakan *Landi*'yi süzüyor, kendi kendine şöyle diyordu:

'Bu su hiçbir zaman ona erişemeyecek. Kızılderililer de keşfetmezse burada ölecek.'

Şimdi, biraz güçlü ilk rüzgâr, Nininha'yı suların içine devirebilirdi. Hiç değilse yağmur kesilseydi, nehrin yükselmesi dursaydı... ama hayır! İlerliyor, gitgide daha çamurlu, köpükler ve anaforlarla dolu, yükseliyordu.

Ayın ortası geldi çattı. Karşı kıyıda rüzgârın hızı arttı ve nehrin sularını her zamankinden daha da diken diken etti. Nininha, umutsuzlukla patlama belirtileri gösteren kasırgayı kolladı. Rüzgâr bütün şiddetiyle yapraklarını sarstı. Güçlükle ayakta duran gövdesi sallandı.

Tucum Teyze inledi:

'Sıkı tutun, Nininha!'

Umutsuzluk her yanını kapladı.

Landi boğuk bir sesle bağırdı:

'Pes etme, kızım! Sıkı tutun, rüzgâra dayanacaksın.'

Nininha, *Landi*'de de bir ruh olduğunu keşfediyordu, gizlemeye çalıştığı gözyaşları akıyordu pürtüklü gövdesinden aşağı.

'Sıkı tutun Nininha! Yağmur daha güçsüz, üç güne kalmadan duracak. Şimdi dayanırsan çok daha uzun süre yaşayabilirsin.'

Ama rüzgâr güçleniyor ve dayanıksızlığı kendini bırakıyordu.

'Şimdi çok... geç... çok... geç...'

Landi, *Tucum* Teyze'ye bakarak onayladı:

'Artık yaşamak istemiyor!'

Sözleri uzaklara sürüklenerek yitip gitti. Rüzgâr gitgide güçleniyor ve sular, delicesine, akıl almaz bir raksla saldırıyordu.

Nininha baş dönmeleri duymaya başladı. Rüzgârın ıslığı bütün gövdesinde çınlıyordu. Doğrulmayı beceremeden sallanıp duruyordu. Sağdan sola, soldan sağa gidip gelmekteydi. Başı dönmüş, dört yana dönüp duruyordu. Gövdesi belinin güçsüzlüğüne oranla ağırdı.

Bir çatırtı! Gücü kalmadı. *Tucum* Teyze'nin korkulu çığlığıyla birlikte gövdesi önce hafiften, sonra bütün şiddetiyle çamurlu sulara devrildi.

O an büyük soğuğu hissetti. Nehir, büyük anaforların ortasında onu döndürerek sürüklüyor, deli su çok ötelere çekiyordu.

Güçten düşmüş, bitkin, doğduğu yeri belli belirsiz seçiyordu. Kendisine veda işaretleri yapan *Tucum* Teyze'nin ince uzun gövdesini son olarak görebilmek için çaba harcadı. *Landi*'nin gür dallarından yalnızca küçük bir leke seçebiliyordu.

Bundan böyle hiçbir şeye bağlanamazdı. Tekneleri ürkütmeye hazır, bir nehir hayaletine dönmüştü artık...

Güçsüz ve gitgide üşüyerek belleği zayıflıyordu. Çocukluğunu belli belirsiz hatırlayabiliyordu. Daha belirgin bir düşünce kurcalıyordu kafasını. Rüzgâr, nehrin bu kadar yakınında doğmasına yol açmaktan sorumlu muydu? Saçma sapan düşünceler... Hiçbir şeyin önemi kalmadığına göre niçin bu saplantının acısını çekmeli? Rüzgâr, hiç kuşkusuz, iradesinden çok daha güçlü birinin buyurduğu görevi yapıyordu.

Ya yağmur? Neden onu dünyaya getirmişti? Bunu da düşünmemesi gerekiyordu. Kendisini hayat denen hüzne alıştıran yağmurun nemli parmaklarına karşı nankörlük ediyordu belki.

En iyisi uyumaktı. Uyurken güç harcamamış olacaktı.

Şu soğuk! Gündüz demeden gece demeden ilerleme zorunluluğu! Ve de nereye?

Kızılderililerin şarkılarını işitiyordu. Kayıklarının gürültüsünü işitiyordu. Bunlar gibi bir kayığa dönüşmeyi düşleyen yaşlı *Landi*'yi hatırladı...

Düşleri çoğaldı. Tatsız da değildi bunlar. Gözlerini araladığı anlarda, pençeyi andıran, yıpranmış, yapraksız dalları seçiyordu güçlükle.

Bir gün bir ışık gözlerini kamaştırdı. Gözlerini ağır ağır açtı ve heyecandan ağlayamadı bile:

'Günaydın, güzeller güzeli güneş! Yazık ki ışığın

gövdemi böylesine çirkin buldu. Görüyor musun? Türümü belirleyen o beyazlığı yitirdim. Bende kalan az buçuk hayat kırıntısını ısıttığın için sana teşekkür ederim.'

Uzakta, hayatın çığlığı yayıldı. Bir Kızılderili, kulübesinden çıktı ve Tanrı'ya şöyle dedi:

'Yağmur kesildi!.. Yağmur kesildi!'

Nininha, kuşların geri döneceğini ve hayatın onların bütün şarkılarında da yeniden doğacağını düşündü.

Yeniden uykuya daldı.

Ne olmuştu? Nehir akmıyor muydu artık? Yeni durumunu anlamakta güçlük çekiyordu. Duyarlılığı yitip gitmişti.

Paramparça gövdesi bir kumsala mı vurmuştu? Düşünmeyi denedi. Oyleyse? Öyleyse kurak mevsime ulaşılmıştı ve kendisi bütün bu süre boyunca uyumuştu. Bir şey duyuncaya dek günler geçti. Neydi bu? Kumların üzerinde çıtırdayan ayak sesleriydi. Ünlü 'insanlar'dı bunlar, yüksek sesle konuşuyorlardı:

'Şunu keseceğiz... Gece esaslı bir ateş yakarız.'

Nininha buna hiç üzülmedi. Adamların oduna gerek duyan avcılar olduklarını anladı.

Kısa balta sırtına indi. Gövdesinden bir sürü parça kestiler. Nininha geriye kalan hayat parçacığını köklerinin bir köşesine topladı.

Ve yeniden uykuya daldı.

Garipti, yeniden ilerliyordu... Nehrin sularının soğuğunu duyuyordu. Gerçekti bu. Ama hiçbir şey görmez olmuştu. Yalnızca işitebiliyordu. Gövdesinden artakalan küçük parça, akıntıyla birlikte iniyordu. Böylece, bir yıldan uzun bir süre uyumuştu! Nereye gidiyordu ve bir daha nerede uyanacaktı? Ama yeniden uyanabilecek miydi ki?

Suların ortasından gelen bildik bir ses ona şöyle dedi: 'Nasılsın?'

Sordu, körlüğünden ötürü:

'Kimsiniz, hanımefendi?'

'Beni tanımadın mı?'

'Evet. Sesiniz bana bir şey hatırlatıyor...'

'Seni okşayacağım ve tanıyacaksın beni.'

Gövdesinden kalan parça üzerinde yumuşacık parmaklar hissetti ve bir ürperti her yanını dolaştı. Bu dokunuşu kimse unutamazdı. Duygulu bir sesle, 'Biliyorum. Siz hayatın elisiniz,' dedi.

'Evet, kızım. Doğmana yardım eden yağmur bendim.'

'Peki, beni nasıl tanıdınız? Çok yaşlı çok yıpranmış, kolu bacağı kesik ve körüm...'

'Yüreğimiz, yarattığımız güzel şeyleri unutmaz.'

'Ama sizin de bir nehir yaratmanız gerekmiyor muydu?'

'Evet, sanıyorum. Sonunda güçlükle nehre dökülen küçük bir çay yaratmayı başarabildik. O kadar! Ama elimi çabuk tutmalıyım. Elveda, küçük! Kendini nasıl hissediyorsun?'

Nininha karşılık verirken minnetle gülümsedi:

'Çok iyi... Ama müthiş uykum var... Elveda!'

Ve bir daha uyanmamak üzere uyudu."

Rosinha sustu, geceye baktı, Ze Oroco'ya baktı:

"Uyuyalım artık. Akrep tam tepemizde, gece yarısını bildiriyor."

Ama Ze Oroco düşünceliydi. Bir sigara yaktı:

"Bu hikâyeyi her anlatışında biraz daha güzel oluyor. Söyle bana Rosinha, kayığım... Bütün bunları nasıl bu kadar iyi biliyorsun?"

Rosinha, dostlukla gülümsedi:

"Sana bir sır vereceğim. Bunu hak ediyorsun. O yaşlı, homurdanıp duran *Landi*'yi hatırlıyor musun? İşte onu Kızılderililer bir gün keşfettiler ve... *Landi*, ROSINHA oldu."

4

Tatlı gece

Bir yandan sıcaklık artar, artar öğleden sonrayı dayanılmaz kılarken ne kadar acımasızdı saniyelerin, dakikaların, saatlerin tekdüze geçip gidişi.

Doktor, şimdi Pedra kıyılarının bütün girdisini çıktısını biliyordu. Nehre bakıyordu, gelip geçenler hep aynı kayıklardı, aynı saatte avlanan hep aynı balıklardı. Hayatın her zerresinin sonsuz bir yanı vardı.

Hamağı salladı. Bunun için bile yeterince yer yoktu. Biraz fazla gerilip sallasa, ya hamak fena halde gıcırdıyor ya da bir duvara, eski bir masanın köşesine tosluyordu.

Kendini tembelliğin kollarına bırakıp her türlü isteği yok etmeye çalışarak, karnına akan, kıllı ve her zaman çıplak olan göğsünden aşağı inen tere kayıtsız kalarak gözlerini kapıyordu. En iyisi oturmaktı ve oturdu. En iyisi sigara içmekti ve bir sigara yaktı. Önce sigara dumanı utana sıkıla dağıldı. Sonra, dümdüz ve dimdik yükseldi. Bu gevşeklik sinirine dokundu, bir duman bulutu üfledi. Sinirli sinirli dalgalandığını gördü. Sonra sigara dumanı yeniden doğruldu.

Kapıya kadar yürümek için yerinden kalktı. Madrinha Flor, tepesinde bir çamaşır dengi, Kızılderili kulübelerine doğru iniyordu. Kuşkusuz bunlar kendi çamaşırlarıydı. Kuşkusuz Madrinha suya girecekti.

Kendisi de aynı şeyi yapabilirdi. Saatine baktı: üç. Daha erkendi. Şimdi yüzmeye gitse bir saat sonra dönecekti, o zaman yine sıcağın elinden çekeceği vardı.

Nehrin ortasındaki bir adanın üzerinde, adamın biri fasulye dikiyordu. Belki de tütün. Karpuz değilse tabii... Sırtında gömlek yoktu ve göğsüne saldırıp duran sivrisineklere aldırmaz gibiydi.

Giribel, iki günlüğüne ortadan kaybolmuştu. Hayvan güderek ya da uzak bir gölde balık avlayarak, doğayla haşır neşir dolaşıyordu herhalde. Sevimliydi yumurcak! Ortaya çıkmazsa, suyun ürkütücü bir derinlikte olduğu sarp kıyının yakınındaki kumsallardan birinden nehre girmesi gerekecekti. Yumurcakların yığınla piranha avladıkları yerden. Bunu düşünmek bile rahatsız ediyordu onu. Sertão'nun her şeyi çılgındı. Bir öküzü yarım saatte yiyip bitiren ve olta iğnesinin ucuna takılmış kırmızı bir paçavra parçasıyla bile yakalanan, suyun dışında bile ısırmaya devam eden piranhalar. Piranhalar yüzene saldırmazdı. İnsanlar, piranhanın dalgalanan suya saygı gösterdiğini söylerlerdi. Su yer yer dalgalıydı. Doktor bakıyor, bakıyordu. Onun gözünde başını nereye çevirse su hep aynıydı. Neyse ki balıklar kendisi kadar cahil değildi.

Tembelce gevşekliğini biraz silkeledi ve harekete geçti. Kulübeden dışarı çıktı ve güneşle karşı karşıya geldi.

Lap, lap, lap... pantolonun biraz kaldırılmış olan paçalarındaki tozu emen ve tozda koyu renk izler bırakan sandallar.

Otların hafiften boy verdiği bir patikaya saptı. Ama orada hava sıcaktı. Bir yılanla karşılaşabilirdi, hem de *carrapate*'lerin ve minik kurtların tam zamanıydı. En iyisi ağır, bir zerresine bile rastlanmayan havaya gölgelerini uzatan ağaçların bulunduğu nehir boyunca yürümekti. Ah! Bir *piqui* fidanı! Kentlerde satmak üzere içki şişelerine doldurulan şey çıkarılıyordu bundan.

Paçavralara sarınmış, saçları sırılsıklam ve teni hâlâ nemli, yaşlı bir Kızılderili kadın, yamacı tırmandı. İhtiyar boynunun tepesinde dengelenmiş bir testiyi taşıyor, iki pörsük balon gibi sarkan iğrenç memeleri, birtakım canlıları beslediğinden kuşkuya düşürüyordu insanı.

"Biliyor musun?" dedi. "Havlumla sabunumu almak için kulübeye döneceğim."

Çevresine bakındı. Tek başınaydı, konuştuğunu işitecek kimse yoktu.

"Bir şey yakaladınız mı, *coronel*?[1]"

Yaşlı adam, gözlerini kırışıklıklarının arasına gömerek yükseldi ve doktoru selamlamak için şapkasını çıkardı:

"Küçücük bir şey. Bir tanecik rezil balık. Piranha bugün Nuh diyor peygamber demiyor."

Yaşlı adamın oltasını sarkıttığı kayığın ucuna oturdu. Terleyen ayaklarını akarsuya daldırdı.

"Siz avlanmıyor musunuz doktor?"

"Bütün gün elde olta bekleyecek sabrım yok!"

Yaşlı adam yine gözlerini gizleyerek güldü:

"Canım, bütün gününüzü sabırla, kitaplardaki bir sürü harfi kafanıza doldurmakla geçiriyorsunuz... Asıl ben buna güç iş derim."

İğneyi şöyle bir oynatmak için sustu. Yem kurtulmuştu, paslı iğneye sakin sakin başka bir balık parçası taktı. Yeniden konuşmaya başladı, böylesi iyiydi, çünkü doktor bir şey söylemeden durdukça dilinin kuruduğunu hissediyordu.

"Cesaretim olmadığı için burada balık tutuyorum. Kayığı şu sazlara kadar çekmek yeter, şu nehrin dirsek

---

1. Komutan. (Ç.N.)

yaptığı yere, öyle balık avlarım ki orada! Bu saatte, bu güneşte, beyaz balık, sarandi meyvelerinin ardından bir metre atlar. Hiç gördünüz mü bunu, doktor?"

"Hayır, *coronel*."

"Yolculuk ettiğiniz zaman da mı görmediniz?"

"Motorun çalışması gözlerimin kapanmasına yeter."

"Büyük kent insanı olduğunuz için. Alışkın değilsiniz. Ben de oralara gitsem aynı şey olur, gölde bir yer var ki balık dolu, harika. Üstelik gölde, *tucunare* yuvası olan bir de kuyu var... Ama bunların hiçbiri, akıntıya karşı nehirde ilerleyen bir *matrinxa* sürüsü kadar güzel değildir. Bir tek esinti bir tek rüzgâr olmayan nehirde. Hiç bunu gördünüz mü doktor?"

"Hiç görmedim, *coronel*."

Yaşlı adam doktora ciddi ciddi baktı, sonra kahkahalarla güldü. Açıkça belliydi ki, hiçbir şey bilmeden yaşanması onu şaşırtmıştı:

"Hiçbir *pirara* görmediniz mi? Bir *matrinxa*? Onun ne olduğunu bilmiyor musunuz? Ya da bir *papaterre*? Bir *pirarucu*?"

"Bütün bunların içinde bir tek *pirarucu*'yu biliyorum. Üstelik o da bir hikâyeden ötürü."

Birlikte güldüler.

Doktor bu ilginç ihtiyarı yoklamaya karar verdi:

"*Coronel*, bana bir şey söyler misiniz... Şu Ze Oroco denen adam gelecek mi, gelmeyecek mi?"

"Hiç kuşkusuz gelecek. Biraz beklemek gerek."

"Gerçekten deli mi?"

"Valla öyle. İyi yürekli bir deli! O olmasa bir yığın şeyi bilmezdik."

Doktor, kulaklarını iyice açtı:

"Nasıl yani?"

"Suların iyice kabaracağını, büyük yağmurların ne

zaman başlayacağını, balığın ne zaman yer değiştirdiğini o bildirir..."

"İyi ama bütün bunları nereden bilebilir?"

"Dinleyin, doktor, bana inanmayacaksınız ama..."

"Aması ne, *coronel*?"

"Ze Oroco biraz büyücüdür, birtakım şeyleri herkesten önce öğrenir..."

"Nasıl başarır bunu?"

"O anlatır."

"O kim?"

"Rosinha, kayığı."

Adam yerinden öyle bir sıçradı ki az kaldı ihtiyarı suya deviriyordu. Görünüşe bakılırsa, tek deli Ze Oroco değildi. Burada herkes biraz kaçık olmalıydı. Kendisinin de bütün bunlara inanmaya başlayıp başlamadığını, gerçek hastanın kendisi olup olmadığını bile düşünüyordu.

Biraz uzaklaştı, soyundu ve nehre girdi. İhtiyarın balıklarını ürkütmemek için yavaşça gömüldü suya.

"Yakında görüşmek üzere, *coronel*... yakında..."

"Yakında görüşmek üzere, doktor... yakında..."

Madrinha Flor, giysisini çıkardı, bir tek kombinezonuyla kaldı. Sıcağa böyle daha kolay katlanılıyordu.

Nehrin kıyısına indi ve çamaşır tahtasını aşağı doğru yerleştirdi. Şimdi, bütün gün aynı kaygıyı duyacaktı. Nehrin suyu alçalmıştı ve tahtayı tutan çerçevenin elden geçmesi gerekiyordu.

İçyağından yapılma sabunu çamaşır yığınının üzerine koydu. Ayaklarını suya daldırdı ve bir meleğin elleri, ayaklarını okşuyormuş gibi geldi.

Madrinha Flor telaşsız, ayaklarını birbirine sürttü. Tepeden tırnağa suda kendisini seyretmek için bir an durdu.

"Yeter artık Fro, hadi çamaşırını yıka!"

Düş dağıldı've hâlâ diri olan baldırlarının dolgunluğunda onu istekten tir tir titrer bıraktı.

Çamaşırı ayırmak için eğildi. Düşündü: "Nasıl oluyor da bir adam bu dağ başına böylesine ince ve beyaz gömlekler getiriyor? Bu kadar pahalı şeyler satın almak için bir sürü para harcamak gerek ve para bir türlü yetmiyor insanoğluna."

Bütün gömleklerin kollarını açtı ve bu işi yaparken erkeğin kokusunu duydu. Kendini tutamadı, gömleği yüzüne yaklaştırdı. Erkek kokusu buydu işte! Gerçek bir koku!.. Hoş bir bedenin kokusu! Sertão insanlarının amansızca sürükledikleri toz, güneş, tuz ve balık kokusuna karışan kaba ter kokusu değil.

Bir an başı döndü.

"Silkin, Fro, bugün bir hoşsun sen!"

Ama yumuşacık ve hoş kokulu gömleği, ter içinde ama yine de güzel olan yüzünden uzaklaştırmanın mümkünü yoktu.

Bu gömlek hayatı taşıyordu. Ve hayat bu gömlekten fışkırıp Madrinha Flor'un içine giriyordu... Erkeğe dokunmuştu... Ya adam! Pöh! Madrinha Flor, doktorun dikkatsizlik sonucu masanın üzerinde unuttuğu para dolu (hem de kaç para) cüzdanını karıştırdığını hatırlıyordu. Karısının ve bir sürü çocuğun resmi vardı cüzdanın içinde. Düşünün ki kadın kendisiyle aşağı yukarı aynı yaştaydı. Ancak daha bakımlı daha gençti. Ama bacaklara gelince, giysisinin altından göründüğü kadarına bakılırsa kadının bacaklarıyla kendi bacaklarını kıyaslayabilirdi... evet...

"Fro, akşam olacak ve çamaşırın kurumayacak."

Ne önemi var? Dönerken gömlekleri üst üste yığar, ertesi gün de hepsini ipe dizerdi. Düş kurmak güzeldi, parayla da değildi. Gömleği elinden bırakmadan fotoğrafı düşünüyordu. Hafif bir ürperti dolaştı teninde.

Evet... fotoğraf... Adam, kendisine göre değildi. Bunca çocuk doğurmak için oldukça uzun bir zaman gerekliydi! Uzun, güzel geceler. Buydu gerçek: Beyaz insanlar güzel doğuyorlardı; çünkü yataklar ve çarşaflar, geceleri güzelleştiriyordu. Şimdi doktor çok yalnız çok dertli olmalıydı. Kuşkusuz, nehir boyundaki başka köylerde birkaç tombul götü yoklamış olmalıydı. Bundan kuşkusu yoktu. Böyle bir adam, o pahalı kokusuyla kollarını kavuşturup bekleyemezdi.

"Fro, bunlar şeytanca düşünceler! Adamın seninle ilgisi yok! Dinle biraz, o bir kent doktorudur..."

Ne olmuş? Tek başına düş kurmakla kimsenin bir şeyini elinden almıyordu ki... Bir şey alıyor muydu? Gömleği yüzünden uzaklaştırdı, öğle sonrasının kokusunu içine çekti, ama öğle sonrası, erkeğin kokusuyla kaplanmıştı. O açık renk, hamağın beyazlığına dağılmış saçlarla kaplı baş... Bu ipeksi şeye parmakları daldırmak hoş olurdu. Sonra eller, yavaş yavaş, kadifemsi göğüse. Ellerinin gördüğü kaba işlerden sertleşip nasır bağladığını hissetmeyecekti adam...

"Hadi, Fro, sen çamaşırını yıka. Düşlerini sabunla. Akşamın yaklaştığını görmüyor musun? Saat dört rüzgârı nehri uyutmak için esmeye başlıyor..."

Çamaşırı bütünüyle suya daldırdı. Kabarcıklar bezi şişiriyordu. Sabunu köpürttü ve şarkı söyler görünmek için aklına eseni çığırdı.

Çamaşırı kumun üzerine yaydı ve suya girmeye karar verdi.

Rüzgâr sivrisinekleri uzağa sürüklemişti.

Madrinha Flor saçlarını çözdü ve suyun içine oturdu. Gömlekleri yıkadığı sabunla sabunlandı. Uzun saçlarını ıslattı ve kumun üzerinde, nehrin yatağında, bedeni suyla kaplı, yıkanmayı bitirirken büyük bir hoşnutluk içinde kalakaldı.

Salonun tepesinde asılı duran lamba ne büyük bir hüzün yaratıyordu! İsli cam gömleğin tutsağı olan cılız ışık gölgeleri abartmayı başaramıyordu; yalnızca, uçsuz bucaksız, sonsuz bir hüzün yaymakla yetiniyordu.

Doktor, gözüne uyku girmeden, sallanıp duran hamakta yatıyordu.

Chico do Adeus, içerilere doğru yaptığı yolculuktan daha dönmemişti. Küçük odasına kapanan Madrinha Flor, karanlıkta yatağını gıcırdatıyordu.

Nehrin öbür yakasında, beyaz kumsalın üzerinde, hayvanların çığlıkları ve yakınmaları birbirine karışıyordu. Her ötüşün her gürültünün anlamını açıklayacak Chico do Adeus da orada değildi.

Kolundaki saate baktı, akreple yelkovan kımıldamıyordu. Saati kurmayı unutmuştu. Ve geçmek bilmeyen şu Allahın cezası zaman! Ve şu bir türlü gelmeyen bela herif! Kaygısını dağıtmak için elini alnında gezdirdi. Neyse ki gece serindi ve bedeni günün boğucu sıcağından kurtulmuştu.

Bir köpek havladı. Biri koşarak yaklaşıyordu. Köpek, gözdağı verircesine homurdandı ve sustu. Gelmekte olanı tanıyordu. Koşarak gelen, kapıda soluk soluğa durdu:

"Doktor!.. Doktor!.."

Doktor hamaktan aşağı atladı. Madrinha Flor kılığının derbederliğini unutarak telaşla kapıyı açtı. Çok önemli bir şey olmuştu.

"Doktor!.. Doktor!.."

Giribel'in gözleri yuvalarından dışarı uğramak ister gibiydi. Terden parlayan yüzü sapsarı kesilmişti.

"Ne var, küçük?"

Ama ses çıkmak bilmiyordu; boğuktu, sönmüştü. Güçlükle çocuğu içeri almayı başardılar. Bir bardak suyun ve bir yığın çabanın ardından konuşabildi. Önce ağır ağır; ama sonra işin ciddiliğini hatırlayarak dörtnala... En ufak bir ara vermeden, üst üste gelen bütün sözcükleri kısaltıyordu.

"*Muié-dama*...benekliparstahtaperdeninoradaüzerineatladıkarnıyarıldıburadanuzakdeğildoktoronukurtarırkoşdedilerçabukamatanrıaşkına!.."

"Buraya getiremez misiniz? Ona burada bakarım."

Doktor pantolonunu düzeltti. Madrinha Flor, kombinezonunu gizlemek için sırtına aldığı yorganı bedenine sıkı sıkı sardı.

Doktor bir küçük çanta aldı ve Madrinha Flor'dan iğneleri kaynatmasını istedi. Gazlı bez, plaster, mikrop öldürücü ilaç çıkardı...

Masanın üzerine eğilmiş bütün bunları yaparken, dağınık saçları alnına dökülüyor ve lambanın ışığında beyaz bir kumsal üzerindeki ay ışığının gümüşsü rengini alıyordu.

Soru sormak istemiyordu ama bir kadının, bu saatte, tahta perdenin orada ne yaptığını merak ediyordu. Sonra tahta perdenin kulübeden pek uzak olmadığını ve son günlerde sık sık yakınından geçtiğini düşününce ürperdi. Giribel, bir *mulher-dama* olduğunu söylemişti. Sertão'dan olmadığı halde, kendisi bile bir *mulher-dama*'nın ne olduğunu biliyordu. Kuşkusuz zavallı kadın, karısı çok kıskanç olan bir adamla gizlice buluşacaktı. Ve birden benekli pars! Karnına bir pençe! Elinde olmaksızın bir kötülük düşünmeden, tahta perdenin orada bir akarsu olduğunu ve ılık gecelerde kadının, giysilerini yastık niyetine başının altına alıp suyun içine uzandığını ve serinlediğini düşündü. Benekli pars da ses etmeden...

Öteki kulübelerde yaşayanlar, Giribel'in çığlıklarıyla dört yana yayılan olayı öğrenmişlerdi. Koşarak geliyorlardı. Hepsi de izin istemeden içeri giriyor ve ses çıkarmadan doktorun hazırlıklarını izliyorlardı.

Madrinha Flor, hâlâ fokur fokur kaynayan su dolu tencereyle yaklaştı.

Başkaları da geldi. Siyah sakallı, bir tütün parçası çiğneyen ve konuşurken bunu bir yanağından ötekine aktaran bir adam yorumladı:

"Tam bir kıyım oldu! Karnı yukarıdan aşağı yarık... Hem de göz açıp kapayıncaya dek, aman diyecek zamanı bulamadan olmuş!"

Doktor bir an durdu. Beklemek onu heyecanlandırmaya başlıyordu.

"Küçük gelmiyor mu?"

"Çok sürmez, neredeyse gelir doktor... Onu sarsmadan getiriyor..."

"Kimse Giribel'in yardımına gitmedi mi? İriyarı da değil ki!"

"Gerek yok, doktor. *Muié-dama* minicik..."

Doktor tükürüğünü yuttu. Bu kadar ufak tefekse düşüncelerinin akışını değiştirmesi gerekiyordu. Belki bir orospu değildi, küçük bir kız çocuğuna takılmış yersiz bir addı bu? Bu arada, soyunup otların üzerine uzanmış kadın hikâyesini unutmak en iyisiydi. Yüreği sızladı. Belki de çok sevdiği bir hayvanın peşinde koşan, sağda solda ona seslenerek köyden uzaklaşan küçük bir kızdı. Tehlikelerle dolu gecenin bastırdığını bile görmemişti gözü. Derken benekli pars belirmiş ve pat pat, iki pençe atmıştı kızcağıza... Zavallı Sertão insanları! Neredeyse rahatlamış olarak kentte, benekli parslardan, yılanlardan korunan kendi küçük kızlarını düşündü. Sonra tehlikeli küçük otobüsleri, demiryolu kazalarını, trafik kazalarını, hırsızlıkları ve başkentin şamatasını hatırlayıp kafasını kaşıdı...

Şimdi odada o kadar çok insan vardı ki kapı görünmez olmuştu. Yine de doktorun ameliyat yapabilmesi için masanın uzağında halka olmaları çok iyiydi.

Bir genel mırıltı *mulher-dama*'nın geldiğini bildirdi. Kalabalık, Kızıldeniz'in ortasındaki gibi bir yol açtı ve Giribel, koltuğunun altında kan damlayan bir sepetle, kolları titreyerek ve hıçkıra hıçkıra ağlayarak masaya yaklaştı.

Sepeti açtı. Doktor, acıklı duruma rağmen neredeyse kahkahalarla gülecekti.

Kalabalık, açmış olduğu geçidi kapattı ve yorumlar birbirini izledi:

"Nerelere sokmuş burnunu!"

"Hep söylerdim ya. Zavallının hiçbir şeyden korkusu yoktu. Kendini yeryüzünün ecesi sanırdı."

Doktor masanın üzerine eğildiğinde ortalığa bir sessizlik çöktü. Halka daraldı. Madrinha Flor, ışığı gölgelememeleri için insanları uzaklaştırıyordu.

İzlenimler birbiriyle çatışmaktaydı.

"Böyle iğne yapıldığını hiç görmedim! Breh, breh!"

"İşte uyudu bile."

"Doktor, acı çekmeyecek ya?"

"Hiç acı çekmeyecek, Giribel."

"İyileşecek mi?"

"Evet, iyileşecek."

Giribel parmaklarıyla gözyaşlarını sildi ve yüzünü kana buladı. Buna aldırış etmedi bile. Daha sakin, biraz uzaklaştı.

Yorumlar yeniden başladı. Tütün çiğneyen adam, ameliyatı dikkatle izliyordu.

"Bak, bağırsakları nasıl yerine yerleştiriyor!"

"Bir yanılırsa?"

"Doktorun her şeyi bildiğini görmüyor musun?"

"Evet, ama yanılırsa tıkanır kalır garip."

Madrinha Flor büyülenmişti. Doktoru gözleriyle içiyordu. Ne kadar iyiydi bu adam, Tanrım! Hele lambanın saçlarında oluşturduğu ay ışığı! Şu çalışan, çalışan güçlü kollar! Gömleğinin kıvrık kolunun içinde pazıları şişiyordu! Orada yarım saat durup soluk almadan doktora bakabilirdi. Ne yarım saati, bir gün! Ne bir günü, Tanrı'nın kendisine vereceği hayatın geri kalan süresince!

"Doktor, yine doğurabilecek mi?"

"Tabii, Giribel. Benekli parsın indirdiği pençe hiçbir şeyi yok etmedi."

Tütün çiğneyen adam homurdandı.

"Budala mı ne bu Giribel! Pençe yalnızca karnına geldi! Kukuşuna gelseydi o zaman..."

"Bastiana, şuna bak, doktor senden daha iyi dikiş dikiyor!"

"Valla doğru. Sanki pantolon paçası bastırıyor gibi!..."

Olduğu yerde donup kalan Madrinha Flor da düş görmekteydi...

Doktor geri çekildi ve çevresindeki insanlara gülümsedi:

"Oldu dostlarım. Şimdi herkes evine gidip uyuyacak. Biraz yorgunum..."

Odadakiler saygıyla dışarı çıktılar. İçerisi boşaldı. Ancak o zaman gazlı bezlere sarılı *mulher-dama* göründü.

"Onu evime götürebilir miyim?"

"Hayır, Giribel. Yavaşça şu köşeye yatır. Kımıldatırsan ölür."

Çocuk, sonsuz bir sevgiyle uyuyan minik gövdeyi gösterilen yere götürdü. Küçücük bir hayvandı bu... küçük bir dişi köpek...

Sonra Giribel, Madrinha Flor'a sordu:

"Burada kalabilir miyim, Madrinha? *Muié-dama*'nın bir şeye ihtiyacı olabilir."

"Kal."

Madrinha Flor, doktorun ellerini yıkaması için bir testi su doldurup getirdi. Kapının önünde suyu ağır ağır döktü. Adamın iyice yakınına sokuldu, ona sabunu uzattı. Ama sabunun koktuğu yoktu; duyulan koku erkeğin kokusuydu. Çok, çok yakındaki bu koku... Yalnızca gömlekten gelmeyen yeni bir koku.

İçeri girdiler. Madrinha Flor masanın üzerindeki kan lekelerini silerken doktor sıraya oturdu.

Yorgun argın, her şeyi gözlüyordu. Hâlâ genç olan, bir şeyler isteyen kadının bedeninin hareketlerini.

Madrinha Flor, gözlerini kaldırdı ve doktorun gülümsemesiyle karşılaştı. Ay ışığı dağınık saçlarından aşağı inmiş, gözlerinde parlıyordu. Madrinha odasına girdi ve kapıyı çok hafif itti; yüreği durmak bilmeksizin atıyordu.

Giribel, küçük yaralı köpeğin yanına oturdu. Sonra uyku, gençliğin sağlıklı uykusu geldi çattı... Hayvanın başını okşuyor, mırıldanarak ona sır veriyordu:

"Görüyor musun, küçük salak, ne yaptığını görüyor musun? Niçin? Bir dahaki sefere benekli pars seni öldürecek. Bu kez talihin varmış ki doktor buradaydı."

Hayvanın yanına uzandı, uyurken canını acıtmamak için yeterince uzağa. Sevgisi şimdi uykuyla bölünmüştü. Sözlerinin hiçbir anlamı yoktu, ama hâlâ duyduğu bütün acıyı açıklamak istiyordu.

Doktor hamağın içine oturmuş Giribel'in hareketlerini gözleyerek bir sigara yakmıştı.

Sonunda çocuk uyudu.

Doktor gömleğini çıkardı ve bir an kendini hamağa bıraktı. Sonra ayağa kalktı ve gidip yorganını hafifçe çocuğun üzerine örttü. Bu gece soğuğu hissetmeyeceğini biliyordu.

Lambayı söndürdü ve Madrinha Flor'un odasına doğru yürüdü. Gülümsüyordu, çünkü kapının şöyle bir itilmiş olduğundan emindi...

5

Mucizelerle dolu bir nehir

Bu serin akşamlar büyük yazın başlangıcıydı. Kumsaldan daha çok çalı çırpı toplamak gerekiyordu. Yakında mayıs görünecekti, sonra buz gibi sabahlarıyla haziran gelecekti, ardından temmuz ve soğuk, bütün gece sürecekti. Yazın büyük soğuğu; dedikleri gibi. Havanın kararmasından güneşin doğuşuna dek, insan neredeyse korlarla koyun koyuna yatıyordu.

Ze Oroco, kumsala uzanmış, gecenin ilerlemesine bakarak bütün bunları düşünüyordu. Elini incecik kuma gömüyor ve kumu yağmur gibi akıtıyordu. Gülümsedi. Küçüklüğünde, kentteki papaz okulunda okuduğu sıra, sonsuzluk konusunda verdikleri örneği hatırladı: "Bir güvercin, binlerce ve binlerce yıl boyunca yeryüzüne kadar gelir ve her keresinde bir kum tanesi götürürse, yeryüzünün bütün kumları tükendiğinde *sonsuzluk* ancak başlamış olacaktır." Ne saçmalık, Tanrım! Hiç görülmemişti, güvercinin bu kadar uzun süre böyle rezil bir hayat yaşadığı. Yeniden gülümsedi.

Yarın, güneşin köşesi öğleni göstermeden (çünkü bundan böyle doruğa varmayacaktı) Pedra kıyısını seçecekti. Yakaladığı ve tuzladığı balığı verecek bir yığın insan vardı. Birazını kendine ayıracaktı, geri kalanı dul Kızılderili kadınlara ve çocuklara dağıtacaktı.

Eli avucuna son doldurduğu kumu akıtmadan hareketsiz kaldı. Demek doktorla konuşmak zorunda kalacaktı? Yaz geldiğinde sağ omzunu belli belirsiz sızlatan ufak rahatsızlık dışında hiçbir derdi olmadığı halde. Ama bu sızı da doktorluk bir iş değildi. Mum ışığında kızdırılmış yunus yağıyla bir masaj yeterliydi...

Ne acıydı kentten gelen bir doktorla karşılaşma düşüncesi! Kente dönmek istemiyordu, asla! Ne olursa olsun! Oysa yoksulların hastalıklarına bakmak için oradan kopup gelen bir adam çok iyi olmalıydı.

Oturdu, ateşi üfledi ve Rosinha'nın boyası pul pul dökülen adına baktı.

"Hüzünlü müsün, dostum?"

Kayık içini çekti. Ze Oroco düşündü: Yeniden bir ağaç oluyordu...

"Ben de, Rosinha. Çünkü pek bir şey bilmiyorum, ama bildiğim kadarını da düşünmemeyi yeğliyorum..."

"*Xengo-delengo-tengo*... Biliyorum."

"Öyleyse anlat bana."

"Aynı hikâye işte."

"Yine mi, Rosinha?"

"Bugün kavga edecek değiliz. Ama söz verebilirsin."

"Niçin?"

"Yaşlıyım ve bir işe yaramıyorum. Her yanım delik deşik."

"Köyde sana, esaslı, bir kat katran süreceğim."

"Para etmez, Ze Oroco. Bir yandaki deliği tıkarsın, az ötede başka delik açılır. Tahtam çürüdü, hiçbir şey para etmez."

Bir süre sustular.

Rosinha üsteledi:

"Yaşlıyım, Ze Oroco. Yaşlı ve ağırım. Nehrin üzerindeyken zamanını, içimdeki suyu boşaltmakla geçirdiğini görmüyor muyum sanıyorsun? Her şeyi görüyorum. Hem öbür kayıklar gibi olmak istemiyorum, felçli, hayvanlara yemlik olsun diye kumsala atılmış kayıklar gibi. Atlar, keçiler, öküzler, köpekler tarafından yalanmak çok acı."

"Ne yapmamı istiyorsun?"

"Kaç keredir senden istediğim şeyi."

"Ama, Rosinha, bunca yıldır birlikte cebelleşiyoruz. Şu dost nehri kaç kere indik, çıktık? Sensiz ne olurum ben?"

"Bunun için söylüyorum işte. Santa Isabel köyünde, Idiarrure'nin tıpkı benim gibi bir kayığı satmak istediğini söyledim sana. Tam sevdiğin gibi..."

Ze Oroco'nun gözlerinden yaş boşanacaktı neredeyse.

Rosinha susmak istemiyordu:

"Bir öğleden sonra güneş, o çok sevdiğin kırmızı papağanlar gibi alçalmaya başladığında, beni beyaz bir kumsala götürürsün, kumun üzerine taşırsın ve kimse fark etmeden yakarsın. Sonra uzaklaşırsın biraz, çünkü yok oluşumu görmeni istemiyorum. Gökyüzüyle geceden başka şey olmasın. Gece rüzgârı da toprağı besleyip yeni ağaçlar yaratmak için küllerimi çok uzaklara taşır."

"Yeter, Rosinha! Yoksa, şişte bir parça et kızarttığımda boğazımdan geçmeyecek."

"Hayır Ze Oroco. Ya bugün yaparsın ya hiçbir zaman. Söz vereceksin bana."

"Ama Rosinha..."

"Hayvanlar için yemlik olmak istemediğimi sana daha önce söyledim. Söz veriyor musun?"

Ze Oroco enine boyuna yürüdü, ellerini ovuşturdu, kaygısını dağıtmak için çıplak ayaklarını soğuk kuma daldırdı. Rosinha'yla tartışmak bir yere götürmüyordu insanı.

"Söz veriyorum, ama cehenneme düşmüşçesine acı çekeceğim."

"Her şey gelip geçer."

Sıcacık bir kahve. Ateşin hemen yanında yorgana iyice sarınmak. Sayısız, un tanesi gibi yıldızın serpiştirildiği kapkara gece.

"Bugün Rosinha, sana hiç işitmediğin bir hikâye anlatacağım."

"Bir varmış bir yokmuş, diye mi başlıyor?"

"Bu kez değil."

"Yazık, çünkü insanların anlattıkları şeyler 'bir varmış bir yokmuş'la başladı mı daha güzel oluyor."

Ze Oroco, bir tütün yaprağı parçasını avucunun içinde ufaladı ve kurutulmuş mısır yaprağına sardı. Gökyüzüne bakarak keyifle közlerden birine uzanıp yaktı:

"İki yıl önce Leonardo Vilas Boas'ın teknesiyle Leopoldina'ya gidişimi hatırlıyor musun? İşte, o yolculuk sırasında sana hiç anlatmadığım bir şey oldu."

"Çapkın çapkın gülüşüne bakılırsa, Ze Oroco, anlatacağın hikâyede bir kadın olmalı."

"Bir kadın var, gerçekten."

Güldü, sigarasının dumanını üfledi ve başladı anlatmaya...

Güneş, gözleri acıtacak kadar yakıcıydı, nehir boyunca bütün ağaçları raks ettiriyordu. Ne rüzgâr vardı ne bir şey. Motor tekneyi öylesine sarsıyordu ki, insanın burun kanatları kaşınıyordu. O saatte, millet zamanı unutmak için gölgelik bir küçük köşe aramaktaydı. Bir kavga yüzünden Leonardo'nun Xingu'dan getirdiği Cajabi Kızılderilisi Qua, gözleri sonsuzluğa dikili dümen tutuyordu...

Ben bir köşeye uzanmış uyuklamaktaydım. Tekne sanki tak-tak-tak-tak, nehrin üzerinde değil de, bedenimin üzerinde yol alıyordu. Yolculuk sona erdiğinde, nerede olursak olalım, günlerce bu sallanmayı duyacaktık.

Qua, –beyazlar ona "Cristao de Cirilo" adını vermişlerdi, ama kimse bu adı belleyemediği için ona Cirilo deniyordu– Leonardo'ya seslendi. Leonardo, kaygılı görünüşüyle hemen ortaya çıktı, motorda bir bozukluk olmasından korkardı hep.

Cirilo, bir baş işaretiyle nehrin dirseğini gösterdi: "İşte São Pedro."

Bu açıklama insanları canlandırdı. Herkes, işkembesini doldurmak için São Pedro'dan bir şey almak istiyordu. Teknede çıkan yemek az ve hep aynıydı.

İçimden gülmek geldi. Kamarada –laf aramızda, tek kamaraydı bu– kadınlar burunlarını dışarı uzatmaya, uykularını dağıtmak için yüzlerini yıkamak amacıyla ellerini suya daldırmaya ve saçlarını taramaya başlıyorlardı. Bir kadın için gerçek felaket, kötü bir teknede erkeklerle birlikte yolculuk etmektir. Zavallılar, yolculuk boyunca o küçücük kamaraya kapanıp oturuyorlardı. Zaman zaman, birtakım engeller çıkıyordu önümüze. Bir adamın, tekneyi kurtarmak için çırılçıplak suya atlaması gerekiyordu... Kadınlar da, pencereleri kapalı, bu sıcakta bir zerre havanın içeri girmesine imkân olmayan kamaraya tıkılıyorlardı. Bazen de teknenin bir kumsalda mola vermesi gerekiyordu. O zaman bütün dişiler kıyıya koşuyor, denizciler böyle şeyleri düşünmediklerinden, yeterli zaman bırakılmayacağı korkusuyla titreyerek ihtiyaçlarını gidermek için çalılıklara dalıyorlardı.

Kamaraya verilen tabaklara bakılırsa, çocukların dışında on dört kadın olması gerekiyordu içeride. Onlar için özgürlük, ancak karanlık çöktüğünde, kumsalda, ateşin çevresinde uyunacağı saatte başlıyordu.

Leonardo, hiç durmadan yakınıyordu:

"Yolcu almak kazançlı değil. İnsanın başına iş açmaktan başka işe yaramıyor. Herkes de yakınıyor. Hiç bu denli zor beğenen insanlar görmedim: 'Ah Bay Leonardo, *pirara* balığı yemem, rejimdeyim!.. Kaplumbağa yumurtası istemem, ağırdır... Martı yumurtası mı, tövbe, dini bütün insanım ben.'"

Leonardo, eliyle bir işaret yaparak noktalıyordu sözlerini:

"Taşşak ister adamda bunu çekmek için!"

Ama şimdi durum başkaydı: Buharlı tekne canlanıyor, erkekler uyanıyor, kadınlar bildik kişilerin ya da iyi bir haberin çevresinde geçirilecek yarım saat özgürlüğü düşünüp gülümsüyorlardı.

Tekne koya girdi ve São Pedro'nun sarp kıyıları göründü. Orada, altı ya da yedi karısı olan Caraja Kızılderilisi Cachoeira'nın kulübesi vardı. Edepsiz kişiler, Cachoeira'nın, haziran ya da temmuza doğru ortaya çıkan balıkçılara karılarını kiraladığını söylüyorlardı. Ama bir *pirarucu*'yu zıpkınlamakta üzerine yoktu, ellerinin boş kaldığı da hiç görülmemişti, hiç...

Cachoeira'nın karıları teknenin gelişini seyretmek için sarp kıyıya yaklaştılar. Sarkıtılan selamlara kısa bir hareketle karşılık verdiler, çünkü Kızılderililer hep böyle yaparlar.

Tekne küçük kanalda ilerliyordu. İnsanlar doyumsuz gözlerini açmaktaydılar. Bay Aleixo'nun orada, her zaman yumurta, ham şeker ve ekşi peynir vardı.

"Durdur motoru."

Makine sustu ve tekne ağır ağır limana yaklaştı, durdu. Bir tayfa, burundan, elinde halatla yere atladı ve çevik hareketlerle yamacı tırmandı.

Kısa sürede tekne boşaldı. İçeride kala kala gözlerini açmış, başkalarının mutluluğuna gıpta eden aşçı kadın kaldı. Tekneden çıkmadan her şeye kayıtsızlıkla bakan Cirilo da kaldı.

Leonardo yanı başımda yürüyordu. São Pedro'da topu topu birkaç ev vardı, en büyük olanının kapısı önünde kalabalık toplanmıştı. Halka olmuş adamların kahkahaları duyuluyordu, bir kadının ağzından çıkma açık seçik cümleye gülen adamların.

Öbür evlerden kadınlar, düşmanca gözlerle erkeklerin edepsizliğini gözlüyorlardı. Bizi asık yüzlerle selamlıyorlardı.

Kalabalığa yaklaştık. Bütün bu gürültünün nedeni bir kadındı. Şişman, bodur, pembe organzeden bir bluzun iyice ortaya çıkardığı yuvarlak memeler; baldırlarına yapışmış siyah bir etek; yüksek ökçeli pabuçlar –öbür kadınların yoksulluğuna hakaret–; ensede düğümlenmiş saçları tutan bir atkı; sağ el kalçada, sol el şemsiyeli. Dişsiz ağzını göstererek gülüyordu. Çok genç olmalıydı.

Leonardo Vilas Boas, beni sürükledi:

"Gel, birtakım şeyler satın almam gerek, üstelik bugün nehirde daha epey yolumuz var."

Uzaklaşmadan önce, kadının bir sözüne erkeklerin güldüğünü işittim.

Kalın bir ses kahkahalar atarak yorumladı:

"Ah şu Chica Doida!.. Deli Chica!.. Gerçekten delisin sen!.."

Üstüne üstlük, São Pedro'da hiçbir şey yoktu. Ne yumurta bulabildik ne ham şeker. Arayıp taradıktan sonra kadidi çıkmış bir tavuk ele geçirdik topu topu...

Yolcuları çağırmak için Cirilo'nun bir düdük çalmaktan başka yapacak işi kalmıyordu. Herkes tekneye bindi, kadınların dikkatli adımlarla tahta iskeleyi geçmeleri beklendi.

Birden, Leonardo kaşlarını çattı. Bakışını izledim.

"Hayır! Bunu istemem!"

"Tamam, tamam..."

Erkeklerin maskaralıklarıyla izlenen Chica Doida,

açık şemsiyesi, bir elinde bavulu ve öbüründe çantası kıyıya doğru iniyordu.

Biri ona bir tavuk uzattı:

"Al, Chica, yürekten bir armağan. Yolda yersin!.."

Köydeki kadınlar *mulher-dama*'nın gidişine sevinmiş olmalıydılar. Ama teknede yolculuk edenler surat astılar. Savaş başlamıştı.

Leonardo yorumladı:

"Şeytan karı! Bir şey demedi, yol parasını konuşmadı, nereye gittiğini söylemedi..."

"Tamam, tamam..."

Chica Doida ilk kapışmada altta kalmadı. Kadınlar kamarada yolculuk etmesini istemiyorlar mıydı?.. İyi ya... teknenin burnunda oturacaktı.

Önce tekneyi gezdi ve makine dairesinde korunması için bavulunu verdi. Sonra bana hiç aldırmadan tavuğu elime kıstırdı:

"Al şunu, moruk. Manyok unuyla pişirir yeriz..."

Tavuğu aldım, gidip mutfağa bağladım.

Leonardo kafasını kaşıdı. İyi yürekli olduğundan, bu neredeyse ıssız nehirde birinin teknesine binmesine karşı çıkamazdı. Özellikle Bananal Adası'nda.

Güvertede uzanmış, her şeye bakıyordum. Savaş başlamıştı.

Chica Doida, teknedeki insanları ikiye bölmüştü. İki ateş. Bir yanda, düşman, ağızlarını bıçak açmayan kadınlar; öte yanda Chica ve erkekler. Chica Doida anlatıyordu:

"Tam o sıra beni almaya geldiler. Çocuğunu doğuramayan bir karı varmış. Felaket. Ben bu işten hiç çakmam, ama oralı olmadığımdan çakıyormuş numarasına yatmam gerekti. Eve girdim, zavallı inliyor, inliyordu... ve bayılıyordu; ama çocuk da bir türlü gelmek bilmiyordu.

'Bir şey yap, Chica Doida, sen kentlisin...' diyordu bana erkekler."

"Ne yaptın?"

Chica Doida kalçalarını kıvırıp koca memelerini hoplatarak bir kahkaha attı:

"Ne mi yaptım? Anlatacağım sana."

Uzun bir süreden beri *mulher-dama* görmeyen erkeklerin bakışlarına bacaklarını sunarak, kumsalın kumları üzerine oturdu.

"Kadının kocasının yanına gittim. Adamın rengi karadan kurşuniye dönmüştü. 'Mutfakta kırmızıbiberin, mısır unun, biraz da ham şekerin var mı?' dedim. Varmış."

Chica anlattıklarını canlandırıyordu. Hayalî bir tencereyi ateşin üzerine koydu, içine ince kum akıtarak karıştırırmış gibi yaptı.

"Tencerede kaynayan karışımı aldım... Saf biberdi. Acıyordum zavallı hatuna. Ama itoğluit veledin de doğması gerekiyordu... 'İç,' dedim. Elini tutmam ve kendimden emin görünmem gerekliydi. Ama canım başka tarafa bakmak istiyordu."

Chica Doida bir an sustu. Sonra kadını taklit ederek gözlerini devirdi:

"Kulaklarından bile ateş çıktı. On dakika geçmeden çocuk görünmeye başlamıştı."

"Kırmızıbiberin bu işe yaradığını nereden biliyordun?"

"Bir şey bildiğim yoktu. Denedim, başarılı oldu."

Herkes güçlü bir kahkahayla sarsıldı. Chica Doida ayağa kalktı ve gerindi:

"Uyku hazırlığı yapacağım."

Bir meraklı çıkıp çıkmadığını görmek için çevresine bakındı. Ama talihi yoktu, erkeklerin hepsi evliydi. Şimdilik hiçbirinde de, bu ateşin yanında kalacak yürek yoktu. Ayakuçlarına basarak uzaklaştılar.

İki gün yolculuk ve hıçkıran, insanın burnunu kaşındıran motor... Luis Alves Adası'nın girişini geçmiştik bile; yolumuza devam edersek Montaria Çiftliği'ne varacaktık.

"Montaria'da, Pedrinho Pinheiro'nun orada, birkaç parça kurutulmuş et, un, yumurta ve süt bulabiliriz."

Leonardo'ya gülümsedim:

"Bir de içkiye koymak için limon..."

"Hem sonra kumsalı güzeldir. Limanın yanı başındadır. Ya şu?"

"Şu" dediği Chica Doida'ydı. Teknedeki erkeklerin onunla konuşması yasaklanmıştı. Zavallı, aşçı kadınla, benimle ya da Leonardo'yla konuşabiliyordu ancak.

"Leopoldina'ya gideceğini söylüyor. Oradan da Goiânia'ya."

"Zorlu bir yolculuk yapacak."

"Buna alışkın."

O sıra tekne kuma oturup da kadınları kamaraya kapamak gerektiğinde Chica Doida'nın gidecek yer bulamadığını hatırladım ve gülmeye koyuldum. Ama o, bir kahkahayla yorumlayıveriyordu:

"Kerizlik bu, dostlar! Hiç, bir tavuğun başkasının piliciyle ilgilendiğini gördünüz mü?"

Ze Oroco bir an sustu ve Rosinha'ya baktı:

"Ne var? Hikâyemi sevmiyor musun?"

"Seviyorum. Bunu hiç işitmemiştim."

"Peki, istersen kesebilirim."

"Hayır. Suskunluğuma aldırma. Çok üzgün olduğum için konuşamıyorum. Ne olur, devamını anlat..."

"Nerede kaldığımı unuttum bile."

"Montaria Çiftliği'ne yaklaşıyordunuz."

"Hah! Tamam!"

Makine dairesinin üzerinde bir iple bağlı olan horoz öttü. Horoz, Chica Doida'nın tekneye getirdiği tavuktu. İlk anlar geçtikten sonra, tavuğun gelişmekteki bir horoz olduğu anlaşılmıştı. Şimdi, bulunduğu yüksekçe yerden, bir ev ya da bir insan gördü mü, bildirmek için ağzını açmadan edemiyordu. Hem de günün her saatinde. Sesini sınayan bu genç horozun neşesi hayatını kurtardı. Birtakım insanları haber veren bir horozu kim yemek isterdi? Sersem bir tavuk olsaydı çoktan tencereyi boylamıştı. Bu ötücü horozu gerçek bir tavukla değiştokuş edecektik. Belki de Pedrinho Pinheiro'nun çiftliğinde. O da bıçakla tanışacak yerde, yıllar boyu tavukların ortasında yan gelecekti.

Pedrinho Pinheiro'nun gösterişli, pek rahat olmayan ama sevimli evi oracıkta, kıyının tepesindeydi.

Kadınlar yine hareketlendiler. Horoz birtakım insanları haber vermeyegörsün, kamaranın lombozu itişen kafalarla doluyordu.

Gece, kıyıda iki ateş vardı. İlki, tek başına, ne talihi ne de bir yoldaşı bulunan Chica Doida'nındı. Daha büyük olan öbürü, battaniyelere ve yorganlarına sarınmış kişilerle çevriliydi, çünkü soğuğu yamandı gecenin ve çiyden gözyaşları döküyordu...

Kamarada bazen, iki yaşlı kadın, romatizmaları yüzünden inliyorlardı.

Teknenin güvertesine uzanmış, yorganımın içine gömülüyordum. Gökyüzünün uçsuz bucaksızlığı bir yıldızdı topu topu. Gece ve sessizlik. Ormanın iri kuşları, ateşten ürküp kaçışıyorlardı uzağa. Ve uzaktaki baltalıklarla otlaklardan gelen homurtular öylesine iç karartıcıydı ki...

Tam o sıra, korkunç bir haykırış, gecenin sessizliğini dağıttı:

"Ne oluyor? Kim bu? Nereden geliyor bu haykırış?"

Bütün millet korkuyla Chica Doida'nın ateşine bakıyordu. Kadın ayaktaydı, saçı başı darmadağınıktı.

"Yılan mı soktu? Bir hayvan mı ısırdı?"

Chica Doida bağırıyor, ağlıyor, gözleri yıldızların aydınlığına doğru şimşekler saçıyordu.

Kadınlar, onun bir *mulher-dama* olduğunu unuttular. Herkes battaniyesine sıkı sıkı sarınmış, kadını çevreliyordu.

Leonardo teknenin mutfağında asılı olan hamağından yere atladı, hıçkırıkların geldiği yere koştu.

Ben kımıldamadım. Gömüldüğüm yorganıma iyice sarınıp köşemde kımıldamaksızın, ne olup bittiğini öğrenmeyi bekleyerek yattım. Nasılsa bir yığın kuru kalabalık vardı ortalıkta...

"Ne oldu, *mulher*?"

"Ne oldu? Anlatsana!"

Chica Doida çığlıklarını bastırdı, hıçkırarak yüzü gözyaşlarından sırılsıklam, anlattı:

"Bana yardımcı olun, yüce Lapa İsa'sı!.. Kaybettim..."

Korkudan titreyerek sesi soluğu kesildi.

"Ne kaybettin, *mulher*?"

"Kaybettim, Tanrım, bütün paramı kaybettim. Hepsini."

"Çok muydu?"

"Tabii. İyi hatırlıyorum. İki beş yüzlük, iki yüzlük, bir onluk, yepyeni bir de beşlik, gıcır gıcır."

"Peki ama nasıl kaybettin bu parayı, *mulher*?"

"Bilir miyim, hanım! Şurada, hep koltuğumun altındaki şu çantanın içindeydi."

"Neden bu parayı kamarada bırakmadın?"

Chica Doida ellerini ovuşturdu ve patladı:

"Ulu Tanrım! Beni içeri almadığınıza göre paramı nasıl kamarada bırakabilirdim!"

Bir tek Chica Doida'nın hıçkırıklarıyla bozulan şaşkın bir sessizlik oldu.

"Giysilerinin içine düşüp düşmediğine baktın mı?"

"Baktım, hanımefendi."

Ama Chica Doida, herhangi bir kuşku beslemek istemedi, ateşe yaklaştı ve giysilerini kaldırdı; bacaklarını gösterdi; sonra memelerini sallayarak iyice bir silkindi:

"Ne burada var, ne burada, ne de burada..."

Tam o sırada dünyanın en güzel şeyi oldu. Bütün kadınlar birer fener kaptılar; cep feneri olanlar yanlarına aldılar ve kaybettiği parayı kumların üzerinde aramasında Chica Doida'ya yardım etmeye koyuldular. Kapkara gecede, önceki günler orospuyu aşağı gördüklerini unutan kadınlar kafilesi ilerliyordu. Ağır bir yürüyüşle ayaklarını buz gibi kuma daldırıyorlardı.

"Suya düşmüş olmasın?"

Chica burnunu çekiyordu:

"Olabilir. Teknede yüzümü yıkamak için eğilmiştim."

"Ah kızım, bunu yaptıysan paranı balıklar bulacak demektir."

Ve şap... şap... şap... yorumlarla karışık bir ağır yürüyüş devam etti. Gece de ilerliyordu.

Leonardo öğüt verdi:

"Para buralarda bir yere düştüyse, kumda tepinerek onu iyice gömüyorsunuz. En iyisi gündüzü beklemek. O zaman herkes parayı arar."

Kafile, kararsız durdu. Söylenen doğruydu. Üstüne üstlük, soğuk da herkese, kumun üzerindeki yatağına girmeyi öğütlüyordu.

Lambalar yavaş yavaş söndü. Karaltılar, belirli bir hüzünle ateşe, ikinci ateşe doğru uzaklaştı.

Başarısız araştırmasını sürdüren Chica Doida'nın umutsuzluğu yürek paralayıcıydı. Saçı başı dağınık, kumları eşeleyen ayakları, yere dikili gözleriyle umudu arayarak soğuk gecede yapayalnızdı. Gidiyor, geliyor, dönenip duruyordu... Ağlıyordu... Yürüyor, ilerliyor, eğiliyordu... Daha yüksek sesle ağlıyordu.

Güvertede yüreğim paralanmaya başladı. Bir türlü gözüme uyku girmiyordu. Bu zavallı yaratık parasını öyle büyük güçlükler pahasına kazanıyordu ki! Kopkoyu yoksulluğun sokaklarından geliyordu, alın teriyle, pis erkek teri kokulu parayı kazanarak. Elmas madenlerindeki kokuşmuşların parasını. Kuruş kuruş biriktirilen ve şimdi... Rezil hayat! Kahpe felek!

Chica Doida daha alçak sesle ağlıyor, gecenin içinde dönenmeyi sürdürüyordu.

Kumsalın ortasını bırakıp nehrin kıyısına yaklaştı.

Şimdi, suyun yansıttığı hıçkıran karaltı ilerliyordu. Teknenin iyice yakınına sokuldu. Yeni bir ağlama nöbetiyle umutsuzluğu yeniden patlak verdi:

"Talihsiz bir insandan başka neyim!.."

Romatizmalı ihtiyarlardan biri kamarada inledi, öbürü yorumladı:

"Böyle konuşma, kızım. Tanrı verir, Tanrı alır. Böyle konuşma!"

"Ben, bu parayı nasıl verdiğini biliyorum..."

Yaşlı kadın bu küfrün bağışlanmasını Tanrı'dan dileyerek "Ave Maria"nın bir bölümünü mırıldandı. Chica Doida ve hüngürtüleri başımın yanından geçti. Dayanamadım. Battaniyeme sarınıp oturdum.

"Bırak artık, hanım. Git uyu. Yarın buluruz paranı."

Kadın bir an ağlamayı kesti, bana baktı ve yeniden yakınmalarını sürdürdü:

"Ah Bay Ze Oroco, hep böyle oldu! Küçüklüğümden beri aklım başımda değil, beyinsizin tekiyim. Floriano'da doğdum, Piauí'nin oralarda, bilir misiniz? Ablam hep, 'Dikkat et Chica Doida, fıttırığın tekisin sen,' derdi."

Bir sessizlik oldu. Karmakarışık suratına düşen saçlarını kaldırdı ve gözyaşlarını tombul ellerinin tersiyle sildi:

"Ah, sizden özür dilerim! Hayatım sizi ilgilendirmez. Ama içimi dökmeye ihtiyacım vardı. Çok üzgünüm..."

"İyi ya, dök içini kızım."

Chica Doida burnunu çekti ve anılarının yumağını saldı:

"Evden kaçtığımda kaç yaşındaydım, biliyor musunuz? On üç yaşındaydım... Daha o zamandan şimdiki gibi tombuldum ve içim fıkır fıkırdı. Ama babam beni o kadar üzüyordu ki, zorunlu kaldım... O günden beri gördüğünüz gibiyim. Herkesin kadını oldum. Askerler, limandaki tayfalar, uzun yol gemicileri... Sefil pansiyonlara da gittim, güzel evlere de. Her şeyi yaşadım. Şimdi on dokuz yaşındayım ve otuzumda gosteriyorum. Madenlerde elmas arayıcılarıyla sürttüm. Chiqueirão'da biriktirdim paramı. Goiânia'ya gidiyordum, biliyor musunuz. Bir kuzinim var orada... benim gibi bir kız. Fırsattan yararlanıp dişlerimi yaptırmak istiyordum. Başaracaktım da belki... Ama ne gezer!"

Daha sakin ağladı.

"Gerçekten talihsiz bir karıyım."

Yaşlı kadın, romatizmasını unuttu ve gecenin soğuğunu yardı:

"Tanrı aşkına, kızım, böyle konuşmayı bırak! Bir kazaya uğrayacağız."

"Size yemin ederim ki bu rezil dünyada romatizmadan çökmektense böylesi daha iyidir! Bunca zaman yaşadıktan sonra, ölümden niçin korkar bu ihtiyarlar acaba?"

Yaşlı kadın yeniden dua etti.

"Ne diyordum, Bay Ze Oroco, gerçekten deliyim ben. Bundan önce gemiye binişimde kendime bir lame kombinezon almıştım (lamenin e'sinin üzerine iyice basıyordu). Neşeli bir gezgin satıcıyla epey çekiştikten sonra beş yüz kruzerio'ya mal olmuştu bana. Güzeldi. Bir kere giydim. Yıkadım ve kuruması için güneşe koydum. Bağlamayı unutmaz mıyım? Pırrrt rüzgâr alıp denizin dibine uçurdu!"

Soğuk, her geçen dakika artıyordu. Horoz bile kulübesinin üzerinde, sığınacak bir delik arayıp durmaktaydı.

Chica Doida yorulmaya başlamıştı.

"Git uyu, hanım. Yarın gerekeni yaparız. Herkes paranı aramak için erken kalkar."

"Peki öyleyse, hadi size iyi geceler!"

"İyi geceler!"

Kadın, ateşinin yalnızlığına doğru yürüdü. Ağlayarak ve yarı yarıya küllerin altına gömülmüş közleri üfleyerek diz çöktü.

Yorganına sarındı ve ateşin daha yakınına geldi. Ben de aynı şeyi yaptım. Gözlerimi kapamadan önce geceye baktım. Tam o sıra bir kayan yıldız –hayatta gördüklerimin en büyüğü– sonsuzluk peşinde geçip gitti. Ondan, zavallı kadına yardımcı olmasını diledim. Ama yüreğimin derinliklerinde şimdiden biliyordum ki...

Yine yolculuk. Yine kor gibi yakan güneş. Yine geminin sallanmasıyla titreşen burun delikleri. Yine kamaraya kapatılan kadınlar.

Ben, mutfakta oturmuş, bulanık, acı ve sıcak bir kahve içiyordum. Lanet olasıca bir kasvet çökmüştü teknenin üzerine. Kimse Chica Doida'nın büzüldüğü burna bakma yürekliliğini gösteremiyordu. Böylesine büyük bir üzüntü, birinin başına bu biçimde gelmemişti hiç. Umutsuzluğu öylesine büyüktü ki, omuzları daralmıştı sanki.

Aşçı kadın öğle yemeğinin bulaşığını yıkamak için kovayla nehirden su çekiyordu. Leonardo Vilas Boas'ın malları, toprak tabaklar ve teneke kupalardan oluşuyordu yalnızca. Gerçek tabak çanak söz konusu değildi. Çok kırılıyordu. Bütün bu önlemlere karşılık, zaman zaman eldekileri de yenilemek gerekiyordu; çünkü Araguaia Nehri tabakları yutmayı seviyordu. Aşçı kadın hep aynı şeyi yineleyerek siliyordu tabakları:

"Çok acı, Bay Ze Oroco. Nasıl olduğunu yakından bilirim. Elmas arayıcılarının dostu olan kızlar tanıyorum. Bundan beter hayat olamaz. Nasırlı ellerin, küsküye sarılırmış gibi, sizi mıncıkladığını duymanın ne olduğunu bilir misiniz?"

"Kuşkusuz."

"Üstelik zavallı kız o kadar az biriktirmiş ki. Biriktirdiği para bir düş, çünkü bin iki yüz kruzeiros'la kendine portakal kabuğundan bile takma diş yaptıramaz. Ama neyse... bütün parasını kaybetmesi çok acı..."

Nehirden bir kova su daha çekti.

"Yolculuk bedelini bile ödeyecek parası yok. Bugün bir fincan kahvenin yarısını bile içemedim. Gırtlağımdan geçmiyor..."

Kahvemi bitirdim. Kupamı aşçı kadına verdim. Ağrılı ihtiyar belimi ovuşturdum ve Chica Doida'ya baktım. Yeniden kayan yıldızı düşündüm. Aşçı kadına, "Dinleyin, *Doña* Maria," dedim. "Bana bir yardımda bulunacaksınız."

Ellerini etekliğinde kuruladı, gülümsedi ve gözleri kayan yıldızdan da çok parladı.

"Şu parayı alın ve kadına verin. Ama kimsenin bir şey öğrenmesini istemiyorum, o da bana teşekkür etmesin."

Bin kruzeiros'luk kâğıt parayı verdiğimde aşçı kadının elleri titredi. Uzaklaştı, tekne boyunca ilerledi ve Chica Doida'nın benden yana döndüğünü gördüm. Uzakta, bir kumsalda avlanan bir çavuşkuşu sürüsüne bakıyormuş gibi yaptım.

Doña Maria, haberle birlikte geri geldi:

"Ne mucize, Bay Ze Oroco! Paranız parayı çekti. Rio de Coco'lu bir sığırtmaç da Chica Doida'ya iki yüz kruzeiros verdi."

"Daha iyi ya."

"Yaptığını beğendin mi, Ze Oroco?"

Leonardo, kumsalda, ateşin yanındaki kadını gösteriyordu. Erkekler kadınların barış yapmasından yararlanmış, onu çevreliyorlardı. O da kahkahalarla gülüyordu.

"Savaş yeniden başladı."

"Ne yapsaydım sence? Ona acıdım. Hemen parayı vermeseydim, üzüntüsünden ölür giderdi!"

"Kuşkusuz, dediğin doğru, ama Leopoldina'ya daha yakın olmamızı bekleyebilirdin. Şuna bak..."

İlk ateşin başındaki kadınlar, gidip kocalarının koluna yapışarak eğlentiyi durdurdular. Bir şamatadır koptu.

Chica Doida, tehlikeli *mulher-dama*, yalnızlığına döndü. Ertesi sabah, kamaranın kapısı etli butlu bedenine kapalıydı. Fenerlerin ve cep fenerlerinin ışığında kızın parasını aramaya yardım eden kadınlar, aynı kadınlar değildi sanki.

Ama Chica Doida yinelenen bu durumdan dertlenmedi. Burundaki köşesine oturmuş, zaman zaman, aşk ve mutluluktan söz eden şarkılar söylüyordu.

Leonardo yolculuk hesaplarını yapmaktaydı:

"Bugün, ikindiye doğru Cocalinho'ya varırız. Kumsalda uyuruz, yarın saat ikiden önce de Leopoldina'ya ulaşırız."

"Orada uzun süre kalacak mısın?"

"Hayır. Yük alacak ve biraz gezecek kadar. En çok iki gün."

"Seninle döneceğim. Paramı alacak, haberleri öğrenecek, bir gazete okuyacak, ondan sonra da kulübeme döneceğim..."

Tekne Cocalinho kumsalına yanaşmıştı. Nehir çok kuruydu, iskeleye yanaşacak kadar derin değildi su.

"Cocalinho'ya kadar gitmek istiyorsanız, sandal, nehri geçmek üzere bekliyor."

Doña Maria, hısımlarını ziyaret etmek için süsleniyordu.

"Siz gitmiyor musunuz, Bay Ze Oroco?"

"Hayır *señora*. Miskinlik var üzerimde."

Sandal tıklım tıklım uzaklaştı. Bir sabun ve bir havlu aldım, yıkanmaya gittim. Dönüşümde, hoş bir durgunluk içinde, akşamın yavaş yavaş çöküşünü seyrettim. Uzakta, *tinamu*'nun çığlığı içime hafif bir hüzün dolduruyordu. Kumsalda arkamdan yaklaşan ayak sesleri işittim. Döndüm. Gelen Chica Doida'ydı.

"Sen gitmedin mi?"

"Hayır, *señor*. Sizinle konuşmak istiyordum."

Bir tedirginlik her yanımı kapladı. Acaba bu kadın... kendisine bin kruzeiros verdiğim için... her neyse...

Kadın, bir hayvanın alçakgönüllülüğüyle bana baktı. Sözüne nasıl devam edeceğini kestiremeden ayağının ucuyla kumu eşeliyordu.

"Biliyor musunuz Bay Ze Oroco, siz çok iyisiniz. Para konusunda söylüyorum bunu."

"Saçmalama. Unut bunu. Bir daha sözünü etmeyelim..."

"Ama benim sözünü etmem gerek."

Ve zorlu bir patlamayla gözyaşları sözlerini anlaşılmaz kılmadan itiraf etti:

"Biliyor musunuz, Bay Ze Oroco, ben sıfırı tüketmiş bir kızım, beş para etmem. Felaketimi arıyorum..."
"Neden gelip bütün bunları bana söylüyorsun?"
"Söylemem gerek dedim a. İsterseniz parayı geri veririm. İşte."
Tombul elini açtı ve yıpranmış, buruşuk para ortaya çıktı.
"Para senin. Sana verdim. Oldu bitti."
"Ama size gerçeği açıklamam gerek. Beş para etmediğimi söyledim. Bir kuruşum yoktu. Hiçbir şey kaybetmedim ben..."
Ne diyeceğimi bilmeden içimi çektim, ama Chica Doida devam ediyordu:
"Gördünüz, değil mi ha? Bu teknede bir şey yapamazdım. Karıların yüzünden bir tek adam yanıma yaklaşamazdı. Oysa benim Goiânia'ya gitmem gerekiyordu. Bunun için uydurdum o hikâyeyi. Erkeklerin bana acıyacağını biliyordum. Sırf bunun için. Paranızı geri vermemi istiyor musunuz?"
Kayıtsız, akıp giden nehre baktım. İlk kez mucizeler yaratan bir nehirdi bu.
"Para sende kalabilir, *doña*. Yarın Goiânia'ya gideceksin... İstediğin de bu değil miydi?"
"Sağ olun Bay Ze Oroco. Benim gibi insanların dualarının Tanrı katında beş para etmediğini bilirim, ama yine de sizin için dua edeceğim."
Yumrukları sıkılı, geri döndü. Yürürken tombul bacakları daracık giysisinden dışarı uğruyordu. Durdu ve bana döndü yine. Genç ve çok yıpranmış yüzünde bir melek gülümsemesi vardı:
"Ama lame kombinezon hikâyesi, en kutsal neyim varsa onun üzerine yemin ederim ki doğruydu, bana inanmalısınız!"

"Hoşuna gitti mi, Rosinha?"
"Evet."
"Uyuyalım mı?"
"Uyumadan önce söyle bana: Hangi yıl oldu bu?"
"Üç yıl önce. Senin adını yazmak için kırmızı boya aldığım sıra."
"Ha! Ya o?"
"O mu? Kim?"
"Chica Doida!.. Ne oldu?"
"Leopoldina'ya ayak bastığı öğleden sonra, Goiás Velho'ya ve Goiâna'ya bir kamyon gidiyordu. Şoförle yardımcısının arasında da, kahkahalarla gülen Chica Doida oturuyordu..."
"Ya tahta bölmenin tepesindeki horoz?"
"Montaria Çiftliği'nde, Pedrinho Pinheiro'nun orada kaldı. Kümesin kralı olması ve bütün genç piliçlerle kırıştırması gerekti. Uyuyalım mı?"
"Hadi."
"Yarın Pedra'ya ulaşırız. İyi uykular Rosinha."
Bir süre yorganının içinde döndü durdu. Uyumakta güçlük çekiyordu. Göğsündeki ağır bir şey üzüntü bildiriyordu... Az sonra Ze Oroco uykuya dalmıştı.

6

Bir çift beyaz galoş

Ormanın en güzel olduğu saatte, güneşin, nehrin kıyısına sıralanmış ağaçlarla neredeyse gizlendiği ve rüzgârın soluk alırmış gibi çok hafif estiği sıra, suların gecenin huzurunu beklemek için edindikleri o durgunluk ânında... işte tam o saatte, kapıya yaslanıp avluya bakan Madrinha Flor, kıyıya yanaşan Ze Oroco'nun kayığını gördü.

Madrinha Flor gülümsedi. Evin içine doğru döndü ve yeni yıkandığı için hoş kokulu, yumuşak, nemli saçlarını tarayan doktora, "Beklediğiniz adam geldi, doktor," dedi.

Doktor kapıya yaklaştı, limana baktı. Güçlü göğsü hafifçe Madrinha Flor'a yaslandı.

Madrinha Flor, elini sinirli sinirli eteğine sildi ve gizlemeye çalıştığı gerçeği yeniden düşünmeye koyuldu. Ze Oroco geri dönmüştü ve anlaşıldığı kadarıyla doktor onu götürecekti. Ama onu götürse de götürmese de, gerçek olan doktorun gideceğiydi. Böylece o tatlı yalnızlık geri dönecekti evine. Bırakılmışlık ve pişmanlık, tencerelerin kulplarına ve hamağın gıcırtısına süzülecekti. Uzun süre, yaşlanmaya başlayan gövdesinin sıcaklığını arayacak kadife pençeler de ayrı.

İkisi de ses çıkarmadan, kayığını bağlayan adama bakıyorlardı. Adam, kayığının içinden sakin sakin torbasını alıyordu. Bildik kişilerin ellerini sıkıyor, meltemin ve uzaklığın işitilmesini olanaksız kıldığı şeyler söylüyordu.

Sonra Ze Oroco yamacı tırmandı, dingin karaltısı evinin oralarda yitip gitti.

Madrinha Flor, erkeğin sıcaklığından uzaklaşıp mırıldandı:

"Henüz ortalık çok aydınlık."

"Neden söylüyorsun bunu?"

"Ağaçlara bakın, doktor."

Parmağını uzattı. Kuşlar, kaygılı, birbirlerine bir şeyler anlatıp ötüyorlardı. Bu çağrıya koşan başka kuşlar da ortaya çıkıyordu.

"*Tanagra*'lar, *piqui* güvercinleri, güvercinler, her tür kuş var, doktor. Sayıları çok olunca hepsi *piquizeiro*'ya doğru uçacaklar. Hep böyle olur. Seyretmesi güzeldir."

Madrinha Flor, iki metre ilerledi ve doktora öneride bulundu:

"Yaklaşabiliriz. Bakın, hiç böyle şey gördünüz mü?"

Yeni bir kuş sürüsü ağaçları kapladı. Kulakları sağır eden, şen bir gürültü çıkaran *maria-preta*'lardı bunlar.

"Hiç öfkelenmez mi?"

"Hiç. Ama kuşları ürkütmemek için uzak durmamız gerek."

Birbirlerine sokulmuş, yürüdüler. Zaman zaman, doktorun eli hafifçe Madrinha Flor'un gövdesine dokunuyordu. Kimse görmeden düşen bir çiçek yaprağının yere değişi gibi hissediyordu kadın bunu. Bu gecenin hüznü öbür gecelerinkinden daha güçlüydü. Bütün güzelliğini bırakmasa bile, hüzün doluydu.

Güneş görünmemek üzere gizlenmişti; geceden hemen önceki o ölgün ışıkta yürüyorlardı. Uzakta kulübeler şimdiden kara yığınlara dönüşüyordu. Az sonra birkaç gaz lambası ve birkaç mum yanacak, bütün benzerleri gibi, bir gece daha hayat yinelenecekti.

Köyün öbür ucundan biri, eski bir akordeonu çalmaya koyuldu. O gün, müzik sesi Madrinha Flor'un ruhunun derinliklerine işliyor, canını yakıyordu.

Yüksek bir ot kümesinin ardında, her şeyi gözleyerek durdular.

Ze Oroco bir pencere açmıştı. Bir fener yakmıştı. Samanın aralıklarından ateşin dumanı sızıyordu.

Son yağmur, nehri oraya kadar getirmişti. Su evin içini kaplamış, kaba kerpiçten duvarların birkaçını yıkmıştı.

Piqui'nin çevresinde bütün güçleriyle öten kuşları görmek gerekliydi. Kuşlar eve kadar uçuyor, saman dama konuyor, *piquizeiro*'ya dönüyorlardı.

Adam öbür pencereyi açtı, sonra gülümseyerek kapıda göründü.

Sevinçten çılgına dönmüş kuşlar yaklaştılar. Pencerelere, adamın omuzlarına, başına kondular. Adam öyle tatlı, ama öyle tatlı konuşuyordu ki, onu işitenlerin yüreği yatışıyordu.

"Geri döndüm, küçük hayvancıklarım benim, geri döndüm. Siz de sevindiniz, değil mi? Tamam, ateş yandı. Herkese pirinç pişireceğim. Sizin için tabaklara manyok unu koyacağım, küçük sarı kanaryalar. Siz, geveze *mariapreta*'lar, bundan böyle gün doğmadan bana sesleneceksiniz, değil mi?"

Evine girdi.

"Hep böyle midir?"

"Hep, doktor. Hayvanlar onu uzaktan tanırlar. Bir keresinde, kimsenin yaklaşamadığı bir kuduz köpeği yakaladığını gördüm."

Doktor ellerini hafifçe kadının omuzlarına koydu ve onu göğsünde sıktı. Madrinha Flor, yakın gelecekteki ayrılık acısını daha güçlü hissetti. Elinden hiçbir şey gelmezdi, hiçbir şey. Aşağı yukarı bir hafta süreyle kendisinin olmayan birinin metresi olmuştu. Şimdi ödünç sevginin, ortaya çıktığı kadar basit bir biçimde, geri verilmesi gerekiyordu.

Ze Oroco, Kızılderililerin yaptığı iki toprak tabakla dışarı çıktı, tabakları yere koydu:

"İşte pirinç. Ama dikkat edin sıcaktır, dilinizi yakarsınız."

Yine içeri girdi. Sonra yine geri döndü:

"Şimdi de siz, açgözlü *maria-preta*'lar için un."

Unu bir hasır parçasının üzerine koydu.

Son bir kere içeri girdi ve bir tas dolusu su getirdi.

"Yemek yedikten sonra susayacağınızı biliyorum. Nehrin kıyısına gidip su içilmeyecek kadar geç oldu."

Ze Oroco sıra niyetine kullandığı bir ağaç kütüğünün üzerine oturdu ve kuşların cümbüşüne bakarak kulübenin duvarına yaslandı. Telaşsız, elini cebine soktu, bir tütün yaprağı çıkardı, avucunda ufaladı, parmaklarının ucuyla bir sigara sardı. Çakmağıyla yaktı, sonra uzun bir soluk çekti.

Kuşlar ağaca dönmeye başladılar. Adam gülümsüyordu:

"Tamam. Uyku saati geldi. İyi geceler, küçük dostlarım!"

Bir tek *maria-preta*'lar, gürültüyle manyok ununu saçıp en iri taneleri seçerek hasırı gagalayıp duruyorlardı.

Ve adam gülüyordu.

Madrinha Flor, doktora döndü.

Ve adam ağlıyordu.

"Gidelim. Günün geri kalanından yararlanmak gerek. Akşam yemeğini pişirmeliyim."

Bu sözde mutluluğu gereksiz yere uzatmak için ağır ağır yürüyerek geri döndüler.

Doktor, kahvesini içtikten sonra parmaklarını dalgalı, lambanın ışığında gümüşsü bir renk alan saçlarında gezdirdi. Bu belli belirsiz bir kararsızlık hareketiydi. Yemek boyunca sözünü ettikleri sorunu kafasında evirip çeviriyordu. Ayağa kalktı, gülümseyerek, "Benimle geleceğine inanıyor musun?" dedi. "Hiçbir şeyden kuşkulanmayacağına?"

"Hiçbir zaman kimseden kuşkulanmaz. Birinin, kötülüğünü isteyebileceğini düşünmez."

"Hep böyle miydi?"

"Başlangıçta, hayır. Ama kayığı edineli beri..."

Doktor bir sigara yaktı, cep fenerini aldı:

"Onun evine gidiyorum."

Yeri aydınlattı ve dışarı çıktı.

"Ulu Tanrım! Olur şey mi bu? Ne çok yıldız böyle! Ze Oroco'nun hasırın üzerine koyduğu manyok tanelerinden de çok!"

Bir Kızılderili'nin köpeği evlerden birinde havladı. Bir erkek sesi homurdandı:

"Kes sesini, pis hayvan! Yat!"

Köpek sustu, doktorun adımları yolu çıtırdatmaya devam ediyordu.

Kulübeye yaklaştı. Gaz lambasının fitili uzundu, güçlü bir ışık, yarısı boş odayı aydınlatıyordu. Doktor, açık kapının önünde durdu. Geldiğini bildirmeden önce evin yoksulluğunu inceledi. İlkel bir masa. İki yanında birer sıra. Masanın üzerinde bir su leğeni. Fırınlanmış topraktan tabaklar, bir kaşık ve bir çatalla birlikte leğenin içindeydi. Odanın bir köşesinde, bir sehpanın üzerinde, yine yerli yapımı bir küp.

Kapının eşiğine doğru ilerledi. Konuşmasına gerek kalmadı, adam dostlukla onu içeri çağırdı:

"İçeri girin lütfen, doktor."

Doktor içeri girdi, odanın henüz göremediği köşesinde, Ze Oroco aynaya bakarak tıraş oluyordu. Belden yukarısı çıplaktı. Yüzünün yarısı tıraş edilmişti.

"Sizi aynadan görmüştüm."

Usturasını sağ elinde tutarak yaklaştı. Usturayı sol eline geçirdi, önce pantolonuna silip sağ elini doktora uzattı.

"Sizi görmeye gelecektim. Bunun için tıraş oluyordum. Bir yere temiz pak gitmek her zaman daha iyidir."

Güldü:

"Oturun, doktor. Burası sizin eviniz."

Doktor çağrıya uydu.

"İzin verirseniz, bir çırpıda bitiriveririm."

Tıraşını bitirdi, küpten bir maşrapa su aldı, yüzüne çarpıp kalan sabunları temizledi. Pantolonunun cebinden kareli bir mendil çıkardı, yüzünü sildi.

"Bir gömlek giyip hemen geliyorum."

Ama doktor onu durdurdu.

"Olduğunuz gibi kalın. Kendi evinizdesiniz."

Ze Oroco, doktora bakarak masanın öbür yanına oturdu.

"Böyle oturmak çok rahat, çünkü bu lanet olasıca güneşin altında epey debelendim, gece de serinlemedi daha."

Bir sessizlik oldu. Birbirlerini inceliyorlardı.

Ze Oroco'nun yüzünde, birkaç günlük sakaldan artakalan o mavimtırak beyazlık doktoru etkiliyordu.

"Kahve içer misiniz?"

Güldü ve düzeltti:

"Kahve gibi bir şey işte."

Ze Oroco öbür odaya yöneldi, dumanı tüten bir kahvelik ve iki fincanla geri döndü:

"Kentten gelen biri için kahvemiz çok kötüdür. Ama bu yörede bir ay geçirdikten sonra, böyle yalnız bir gecede yine de hoşa gider..."

Doktor fincanı aldı, parmaklarının arasında çevirdi ve masanın üzerine koydu. Nereden söze başlayacağını kestiremiyordu. Ama öteki, durumu kurtardı:

"Gelmem için bana haber yolladığınızı biliyorum, doktor."

"Evet, öyle. Araguaia boyunca insanları teker teker muayene ettim. Daha doğrusu, bulabildiğim bütün insanları. Burada, sanıyorum, sizden başka görmediğim kalmadı. Tıp açısından size bir yararım dokunursa... eğer..."

Doktor, alnındaki ter damlasını sildi. Tedirgin olmaya tedirgindi konuşma. Böyle sürerse onu muayene edemeyecekti. Şöyle karşıdan bakıldığında, adamın bakışında olağanüstü bir sağlık ve iyilik vardı.

"Bir tek derdim var, doktor, hüzün... Ama bu derdi insan ya tek başına geçirir ya da bu dertten ölür."

"Bugün öğleden sonra gelişinizi gördüm. Kuşlar sizi hep tanırlar mı?"

"Hep tanırlar. Ama bunu herhangi bir insan da başarabilir. Onlara yiyecek verdiğim içindir beni tanımaları."

Doktor bir dikişte kahvesini içti, gömleğinin cebinden bir sigara paketi çıkardı. Ze Oroco'ya bir sigara uzattı, sigarayı alan el sakin ve titremesizdi.

Çakmağı çakarken, adamın yüzüne bakarken, doktor şaşkınlıkla kendi kendine soruyordu: "Ne yapmalı? Deli olup olmadığını doğrudan sormalı mı? Kayığıyla gerçekten konuşup konuşmadığını sormalı mı? Ağaçlarla konuşan birinin deli olup olmadığını sormalı mı?" Bir tek çözüm yolu vardı: Madrinha Flor'un kendisine verdiği öğütleri izlemek.

"Bana büyük bir yardımda bulunacak tek kişi olduğunuzdan sizinle konuşmaya geldim. Uzun bir yolculuktan döndüğünüz bugün sizden bunu istemek güç. Ama bu çevrede, böyle bir iş için gereken yürekliliğe sahip tek insansınız."

Ze Oroco sigarasının dumanını uzun uzun üfledi.

"Zavallıyı rahat bırakmak daha iyi değil mi?"

"Bir insanın varlığı, dostça bir söz ona yardım eder belki..."

"Kimseyi yaklaştırmıyor. Uzak duruyor, biri göründü mü ormanda kayboluyor."

"Ne durumda?"

"Neredeyse hiç parmağı, hiç kulağı yok. Görebildiğim bu kadar. Onda öyle de büyük bir hüzün var ki insanın yüreği paralanıyor."

"Neden hoşlandığını biliyor musunuz?.. Nelerden?"

"Ben oradan geçtiğimde ona hep tuzlanmış balık, ham şeker ve tütün bırakırım."

"Bütün bunları ona götürebiliriz, biraz da ilaçla birlikte... Bana yardım etmek isterseniz oraya giderdik..."

"Gitmek için üç gün, dönmek için de bir buçuk gün gerekli."

"Nehrin kıyısında değil mi?"

"Hayır. Bir buçuk gün süreyle nehrin kaynağına doğru çıkılıyor, sonra yarım gün süreyle bir geçit izleniyor. Bu dönemde her yer kuru olduğundan, göle ulaşmak için ormanı ve otları kesmek gerekiyor. Onun kulübesine giden gizli bir küçük yol var."

"Öyleyse, gidiyor muyuz?"

İyiliği, Ze Oroco'nun kuşkuculuğunun hakkından geldi.

"Evet, doktor, gidiyoruz. Ancak burada bir gün daha kalmam gerekli. Yapacak çok işim var. Öbür gün sabah erkenden yola çıkarız."

Doktor yerinden kalktı:

"Sağ olun. Bu uzun yolculuk sizi yormuş olmalı."

Adam onu kapıya kadar geçirdi:

"İyi geceler doktor. Yarın size uğrar, yolculuk için neye gerek duyacağınızı söylerim."

Gerçekte Ze Oroco'nun bütün yapacağı, kulübesini biraz daha temizlemek ve Kızılderililerle yöre halkına tuzlanmış balık dağıtmaktı. Bir şey daha vardı: Kuşlar için sahanlar dolusu yiyecek hazırlaması ve Giribel'den her gün birazını kuşlara vermesini rica etmesi gerekiyordu.

Hayatında ilk kez kumsalda uyuyordu. Gece iyice çökmeden adam kayığı çekmişti.
"Biraz bekleyin, doktor. Ateş yakmak için odun toplayacağım."
"Size yardım edebilirim."
"Hiç uğraşmayın, doktor. Alışkın kişilere göre bir iştir bu. Kayığın yanında kalın, ama isterseniz uyumamız için gereken eşyaları çıkarmama yardım edin..."
Uzaklaşacaktı ki doktor ona seslendi:
"Kayığı bağlamıyor musunuz?"
"Gerek yok. Olduğu yerden kımıldamaz."
Kumsalda uzaklaştı.
Doktor kayığa döndü.
Onu tepeden tırnağa inceledi. Eninde sonunda, bütün benzerleri gibi bir kayıktı işte. Hele pek deniz ya da nehir deneyimi olmayan kendisi gibi biri için.
Ama yüreğinde garip bir ürküntü büyüdükçe büyüyordu. Ya kayık konuşmaya başlayıverirse? Hiç kuşkusuz hayatının en büyük korkusunu duyacaktı o zaman.
Kayığın burnuna yaslanarak çömeldi. Baldırları yoruldu, ayaklarını duru ve ılık suya daldırarak oturdu.
Alçak sesle kayığın adını okudu: Rosinha. Kötü boyanmış, siyahla çevrelenmiş kırmızı harfler. Rosinha'ydı bu. Herkesin çekindiği kayık. Ama enikonu eskimiş (zamanın, güneşin, rüzgârın, yağmurun her yanında yol açtığı arızalar görülüyordu) sıradan bir küçük kayık, hayatın yıprattığı bir küçük kayık, bölgede bu korku ve çıl-

gınlık efsanesini nasıl yaratabilirdi? Aslında, itiraf etmeliydi bunu, Rosinha'ya bakarken zorlu bir tedirginlik duyuyordu.

Elini suya soktu ve bu tedirginliği dağıtmak için avucuna su doldurdu. Gözleri kötü boyanmış harflerle gitgide büyüleniyordu: Rosinha. Belki de buranın ilk sıcağıyla karşılaştığında duyduğu uyuşukluk gibi, onda böylesine büyük bir güçsüzlüğe yol açan şey, içinde büyük bir buluşa can veren tekdüzelikti, kendine rağmen görüntüyle bütünleşen, tepki göstermeden ya da mücadele etmeden kendini iklime bırakan insandı... Belki de kayıkla ilgili olarak anlatılan bütün o hikâyelerle kulağı dolmuş, çekiciliğinden kurtulamadan orada duruyordu...

Yerinden kalktı ve bakışını başka bir yana çevirmeye çalıştı. Uzakta, Ze Oroco, bir tepeciğin ardında gözden yitmişti, kuru dalları kesen tahranın sesi işitiliyordu. Tatlı tatlı serinleten akşam rüzgârı, gömleğinin ve pantolonunun kumaşı dahil, her şeyi kımıldatıyordu. Nehrin kıyısını hafifçe dalgalandırıyor, suyun kayığa değmesiyle dalgalar oluşuyordu.

"Hayvana dönüyorum!"

Güldü. Oralılar böyle konuşuyorlardı. Neyse ki yola çıkmak üzereydi, yoksa sonunda bütün yerel değişimleri benimseyecekti.

Yine gülme isteği duydu, yüksek sesle gülme isteği. Ve bu onu güldürdü. Brezilya'nın bu yitik köşesinde herkes gibi olmak kötü değildi.

Doktor, ayağı suların içinde, yürümeye koyuldu. Yeni bir keşifte bulunmuştu. Burada hayat öylesine güzeldi ki, bir gün, çalışmaktan bezdiğinde, buradaki hayatının gerektirdiği dinginlikle aynı yerleri yeniden dolaşacaktı.

İşte yine kayıkla karşı karşıyaydı. Merakla karışık bir kaygı kafasını kurcalıyor, istemese de saplantı haline geliyordu. Gerçekten konuşuyor muydu bu kayık? Ya da milleti budala yerine mi koyuyordu? Kendini tutamayıp şu sözleri söylemeden edemedi:

"Demek sensin Rosinha?.. Ünlü Rosinha, ha? Konuşan, her şeyi bilen kayık?.. Sanki bu mümkünmüş gibi..."

Kayığa kötü kötü baktı. Ama kayık gık demiyordu.

"Büyük bir *matrinxaos* sürüsü gelmiyor mu, Rosinha? *Matrinxaos* diyorlardı, değil mi?"

İnsanı bağırtacak kadar ezici sessizlik sürüyordu.

"Ama konuş, konuş sersem kayık! Konuşursan deli ben olacağım, daha doğrusu delilerden biri. Ne demek istediğimi anlamıyor musun?"

Kumsalın beyazlığını ıslatan dalgalardan başka şey yoktu...

Doktor kendini daha fazla tutamazdı. Korkusunu ortaya dökmesi, onların deyimiyle rahatlaması gerekiyordu:

"Konuş, Rosinha! *Doña* Rosinha, yalvarırım, konuşsana Tanrı aşkına! Ben de deli olduğuma inandırılma gereğini duyuyorum..."

Belli belirsiz kırgın, vazgeçti:

"Konuşmadığına göre, arkadaşını buradan çok uzağa götürmek zorunda kalacağım."

Doktor, bitik, kayıktan uzağa oturdu. Akşam rüzgârının dışarı çıkardığı yorganların üzerine ince bir kum tozu serperek hızını artırdığını fark etti. Bu yarı kaygılı durumda –kendini hem sakin hem de bitkin hissettiğinde en kötü durumdu bu– ellerini minik kum taneciklerinin arasına gömdü. Ellerini kaldırıyor, kumu parmaklarının arasından akıtıyordu. Kumu bir hayat tohumu, sonsuz ve açıklanmaz, karmaşık ve kasvetli bir hayat gibi düşünüyordu.

Yaşadığı sürece, şimdi duyduğu huzur ve kendini bırakmışlığı unutmayacaktı. Soğuk rüzgârın yaladığı ateşin çıtırtısı, uzakta kuşların ötüşü, hepsi birbirinden değişik ve Chico do Adeus'un çok iyi seçebildiği garip çığlıklar. Gövde yarı yarıya battaniyeye sarınmış, kumsalın buz gibi kumu, özellikle de denizin mavisi ve çok yakın bir gökyüzündeki bu çok fazla yıldız...

"Bir bardak kahve, doktor?"

Kabul etti.

"Rahat mı yatak, doktor?"

Kumda açılan ve hâlâ güneşin sıcaklığını koruyan, kentte kimsenin varlığından bile kuşkulanamayacağı soğuğu hafifletmeye yardım eden oyuğa baktı.

"Biraz serin mi, doktor?"

Adam güldü.

"Henüz hava çok soğuk da değil, doktor. Siz haziran sonunu ya da temmuz ortasını görmelisiniz... O zaman gerçekten soğuktur..."

Ze Oroco ayağa kalktı:

"Yorgunsunuz doktor. Uyumalısınız."

"Ya siz nerede yatacaksınız?"

"Şurada, kayığın yanında. Ama hiçbir şeyden korkmayın. Ateşin kıyısında yeterince odun bıraktım. Ateş geçmeye başladığında kalkacak, gelip odun atacağım. Hayır, önemli bir şey değil bu. Orman insanları buna alışkındır. İyi geceler, doktor."

Kumsalın kıyısına doğru giden karaltıyı gözleriyle izledi. Adam onda öylesine büyük bir güven uyandırıyordu ki, bir benekli parsın ya da bir timsahın geceyi geçirdikleri yere yaklaşabileceği olasılığını kafasından attı. Gökyüzünün güzelim uçsuz bucaksızlığına baktı, gözleri kapanıp uykuya dalana dek...

Doktor, uykusunun ne kadar sürdüğünü söyleyemezdi, yine de başının altına koyduğu kollarının tutulmasıyla uyandı. Ateşin gücü azalmıştı, ama hâlâ küçük çıtırtılar çıkarıyordu. Kollarını ovuşturdu ve kaça geldiğini anlamak için kol saatine baktı: Yarım. Yıldızlar yer değiştirmiş, gece yolculuklarında çok ilerlemişlerdi.

Gözleri kapanıyor, ama bir türlü uyuyamıyordu. Düşünce kırıntıları, rengârenk parçaların bir araya gelmesiyle ortaya çıkan bir örtü oluşturuyordu sanki. Güldü.

Bir kayıkla konuşmak budalacaydı! Zavallı bir kayığın konuşmasını istemek! Ya *Doña* Flor? Ne olacaktı kendisi gittiğinde? Sonbaharın son ışıklarını yaşayan bu kadın için ne büyük yalnızlık! Giderken, bir zamanlar *Doña* Flor'a ait olan öbür adamı da götürecekti.

Elini kıllı göğsünde gezdirdi, yavaş yavaş. Ne hayat, Tanrım! Belki de haklıydılar, büyük kentlerde, acımasızlık, koşturmaca ve anlayışsızlık arasında, büyük başkentlerin bencilliğinde ve kayıtsızlığında yaşamanın güçlüğü... Ormanda geçirdiği günler bitmek üzere olduğuna göre böyle çapraşık şeyleri düşünmek neden? Şimdiden bir özlem tohumu yeşeriyordu ruhunda.

Ya adam? Kendisiyle gelmeye ve tedaviye başlamaya nasıl kandırabilecekti onu? Ya Madrinha Flor? Göğsünde okşayışının ateşini, bu kadın ellerinin verebileceği son sevgiyi duyuyordu.

Doktor, pozisyonunu düzeltip daha rahat etmek için kumdan yatağında döndü. Rüzgâr, yön değiştirerek onu az kaldı korkudan olduğu yere oturtuyordu. Alçak sesle konuşan Ze Oroco'nun sesini işitmekteydi. Ya kayık ona konuşma girişiminden söz ediyorsa?

Rüzgâr güçlenmekteydi, mırıltıyla bir şeyler söyleyen adamın sesini seçti. Ve... doktor, korkuyu uzaklaştırmak için elini alnında gezdirdi. Çok konuşmuş gibiydi, evet, çok konuşmuşa benziyordu. Bitmek üzere olan bir konuşmayı andırıyordu bu ve rüzgâr bir sırrı korumuştu. Kulak kabarttı ve işitti:

"İyi bir adam, Rosinha...
Yakında dönecek, Rosinha...
Vebaya yakalanan adamı göreceğiz, Rosinha...
Soğuktan yakındı, Rosinha..."
O an doktorun kalbi duracak gibi oldu.
Madrinha Flor'un eli bile o ânın ürküntüsünü yatıştıramazdı. Çünkü bir kadın sesi, bir şey işitmişti... Bunu işittiğine yemin ederdi. Bir kadının açık seçik konuştuğuna çocuklarının başı üzerine yemin ederdi.
"Bu zamanda mı soğuktan yakındı?"
Ze Oroco, gülümsemişti karşılık verirken:
"Alışkanlığı yok. Buralı değil o."
Şimdi, Ze Oroco'nun esnemesine kadar her şeyi işitiyordu:
"Haydi uyuyalım, Rosinha. Yarın önümüzde epey yol var. İyi geceler..."
Odun cızırtısının herhangi bir şeyden daha çok önem kazandığı, gecenin sessizliği çöktü.
Yüreği yatıştı. Gözlerini ovuşturdu. Düş görüyordu. Evet, düş görüyordu. Kendi kendine telkin, basit bir telkin. Kayıktan söz edildiğini duya duya düşünde görecek kadar etkilenmişti. Saatine baktı. Bire çeyrek var. Saat, mantığını yalanlıyordu. Kayığa, o lanetli kayığa son bir göz attığında, uyuyan Ze Oroco'nun tortop olmuş karaltısını seçti...
Doktor, yakınlarını düşündü. Hukuk diploması almak üzere olan oğlunu, konservatuvarda okuyan kızını, kendisi için çaldığı geceleri, yemeklerde futbol tartışması yapan öbür çocukları düşündü... Bir sevgi ve duygusallık dalgası her yanını kapladı. Ancak böylece yeniden uykuya dalabilmeyi başardı.

"Zamanımızı boşa geçirdik, dilimizde tüy bitti Ze Oroco."

Aynı anda güldüler. Artık aralarında teklif kalmamıştı. Birlikte yolculuk eden aynı yaştaki iki adamdılar, iki arkadaş.

"Sizi uyarmıştım, doktor..."

"Ama güzel bir gezinti oldu. Hayatımda hiç böylesine güzel bir göl görmedim."

"Gölü ilkbaharda görmeliydiniz... Çevresindeki ağaçlar, çiçekler sayesinde her rengi aldığında. Akşam oldu mu bütün kuş türleri, bütün uçucu hayvanlar, sürüler halinde dallara konarlar. Evet, çok güzeldir. Bunun için bura insanları göle Lago Rico adını takmışlardır."

Yürüyerek, zaman zaman sık dalları budayarak geri dönüyorlardı. Bazen de uzaktan gökyüzünün mavisiyle karışarak yeşil renklerini yitiren büyük bitkileri budayarak.

Doktor belli bir üzüntü duymaktaydı. Ama adam kendisiyle konuşmak istememişti. Ormanın içinde, hastalığının yalnızlığına sığınmıştı. Ona seslenmek, ortaya çıkması için yalvarmak bir işe yaramamıştı. Hiçbir işe. Bunun üzerine, adama ilaç, ham şeker ve tütün, tuzlanmış balık ve biraz para bırakmışlardı. Bu yoldan, hastanın yalnızlığını hafifletmeye çalışmışlardı. Bütün yapabildikleri buydu.

"Öğlen olmadan nehri görebiliriz."

"Özlemeye başlıyordum."

"Daha uzun süre kalsanız, bu nehri iyi tanıyınca ondan uzak yaşanmayacağını görürdünüz. İnsan ona delice tutulur."

Doktor, inançsız, güldü.

"Carajá Kızılderililerinin Araguaia Nehri'ne ne dediklerini biliyor musunuz, doktor? Bahse girerim ki duymamışsınızdır."

Ve dostluk dolu bir sesle açıkladı:

"*Bee-Rokan* derler. 'Büyük Sular' anlamına gelir."

Yolun geri kalanını, konuşmadan, ama taşıdıkları yükün ağırlığından kurtulmuş olarak yürüdüler.

"İşte!"
Nehir mavimsi, henüz çok uzakta, göründü.
"Şu güzelim nehir!"
Doktora döndü:
"Dönüş daha çabuk olacak. İsterseniz gece yolculuk edebiliriz, çünkü akıntıyla giderken yol almak kolaydır."
"Hayır, Ze Oroco. Sakin sakin, yoldan yararlanarak gitmek istiyorum."

Yüksek otlarla kaplı bir patikaya daldılar, sonra sarp bir tepeye ulaştılar, dikenli *sarandi*'lerden oluşan bir engeli aştıktan sonra kumsala vardılar. Kayık aynı yerdeydi. İpi çözülmüş ve her gün biraz daha alçalan nehrin kıyısına hafifçe çekilmiş.

Ze Oroco, kayığı dostlukla yumrukladı:
"Ne haber, küçümencik! Çok geciktim mi?"
Yamaçtan aşağı inmesine yardım etmek için doktora elini uzattı.
"Önce bir suya gireceğim. Böyle bir yürüyüşten sonra nehre dalmak kadar güzel şey yoktur. Siz de aynı şeyi yapmak istemez misiniz?"
Doktor gömleğini çıkarmaya başladı:
"Burada piranha yok ya?"
"Var. Ama canavar değildir buradakiler. Evcil piranhalardır. İlk büyük gürültüde kirişi kırarlar."
Ilık suya daldı. Doktor da onu izledi.
Yarım saat sonra, derin suları kollayarak nehrin üzerinde ilerliyorlardı.
"Biliyor musunuz doktor, Araguaia'nın sığlıkları hiç aynı yerde değildir. Her yıl, her yağmurda değişir. Kuma oturmadan yol açmak için insanın nehri iyi tanıması gerek. Kayıkla değil tabii, büyük teknelerle. Kayıklar hafiftir, hangi akarsu olsa geçerler. Saat üç olunca bir kumsal ararız, kahve pişiririz."
"Çok güzel!"

Ze Oroco alçak sesle şarkı söylüyor, belli belirsiz bir uyuklamayla doktorun gözleri kapanıyordu. Ama düşünmekteydi. Adamı yolculuğa hazırlamaya koyulmanın zamanı gelmişti. Kararlı olarak gözlerini açtı. Ya şimdi konuşulurdu bu, ya hiçbir zaman.

"Ze Oroco!"

"Evet, doktor?"

"Herhangi birine kötülük edebilecek insan mıyım sizce?"

"Sanmam doktor. Niçin sordunuz?"

"Hiç. Dostunuz olduğuma inanıyor musunuz?"

"Canım, bundan niçin kuşkum olsun, doktor?"

Doktor bir an sustu. Sırrı keşfetmesi için insanın bir çocuk gibi olması gerekiyordu: Çünkü, tıbbın bütün gizlerine rağmen, ne istediğini öğrenebilmesini sağlayacak tek bir gedik bulamamıştı.

"Sizden bir şey istediğimde bana kızmadan karşılık verir misiniz?"

"Yeter ki geçmişimle ilgili bir şey olmasın."

Belirli bir hüzünle söyledi bunu.

"Hayır. Geçmişiniz söz konusu değil. Ama insanların ne kadar çok konuştuklarını biliyorsunuz. Bana anlatılanlardan ötürü..."

Kayık da Ze Oroco'ya dönmüş, kaygılı gözlerle bu iyi yürekli adama bakıyordu.

"Size ne anlatıldı?"

"Kayığınızla ilgili. Rosinha'ydı, değil mi?"

Sakin bir gülümseme belirdi Ze Oroco'nun yüzünde.

"Demek bu? Şükürler olsun, doktor! Ne anlatıldı size? Kayığın beni anladığı ve kayıkla konuştuğum, değil mi?"

"Evet. Ama ben buna inanmadım. Şaşırdım. Bir adamın, söylenenleri anlayan ve yanıt veren bir kayıkla konuşması düşünülemez."

Ze Oroco bir kahkaha attı:

"İnanmadınız mı? Ama Sertão'da bundan çok daha karmaşık birtakım esrarlı olaylar vardır!"

"Olduğundan kuşkum yok. Ama bir adamın söylenenleri anlayan bir kayıkla konuşması... Çocuk masalı bunlar."

Adamın gözleri keyifle ışıldadı:

"Size bir gösteri yapsam ne tepki gösterirdiniz?"

"Kılımı kıpırdatmazdım, çünkü bu düşünceye kendimi alıştırdım bile, ama Aziz Thomas gibiyim, bu tür şeyleri görmem gerek..."

"Öyleyse, bakın doktor. Görüyor musunuz?"

Ze Oroco, bacakları kayığın küpeştesinde, yattı ve küreği göğsüne yerleştirdi. Başı daha önce oturduğu yere yaslanmıştı.

"Küreği görüyor musunuz, doktor? Kayığı yönetmediğimi görüyorsunuz, değil mi? Bakın öyleyse..."

Ve sesinde büyük bir sevgiyle mırıldandı:

"Rosinha, şöyle biraz ilerle, dümdüz."

Kayık, sağa sola kaymadan söyleneni yaptı.

"Şimdi Rosinha, yan dönüp on metre git."

Kayık yan dönüp on metre gitti, sonra eski yerine geldi.

"Şimdi Rosinha, burnun arkaya gelsin, öyle ilerle."

Kayık olduğu yerde döndü ve kıçı burnunun olduğu yere geldi. Ze Oroco, doktora gülümsedi:

"Ona başka emir vermezsem, durumunu hiç değiştirmeden sonsuza dek gider."

"İnanılır gibi değil, Ze Oroco! Hiç böyle şey görmedim."

Doktor etkilenmişti. Ama acaba Ze Oroco, kayığı gövdesiyle yönetiyor olamaz mıydı?

"Evet. Ama bu işe daha tam inanmıyorsunuz doktor. Kayığı yöneten ben değilim. Saat kaç?"

Durumunu değiştirmeden sormuştu bu soruyu.
"Neredeyse üç."
"Güzel. Kahve pişirmenin zamanıdır. Dikkat edin, doktor, yerimden kımıldamıyorum."
Yeniden tatlı bir sesle konuştu:
"Şimdi Rosinha, yerine gel yine, sonra da şu kumsala doğru git. Kumsalın yanında biraz yüksekçe olan şu adayı görüyor musun? Oraya."
Doktor, şaşkınlık içinde izliyordu bu manevraları. Kayık yavaş yavaş kumsala yaklaşmaktaydı.
"Şuraya yanaşacağız."
Ze Oroco, yeri eliyle gösterdi.
Kayık boyun eğdi. Ama durmak üzereyken başka bir buyruk işitti:
"Biraz ilerisi, şu dirsekten sonrası iyi olacak, daha derin."
Bunun üzerine, doktor, hayatta rastladığı en büyük mucizeye tanık oldu. Kayık bir an durdu, sonra geri geri gitti, burnunu düzeltti, biraz ilerledi, kumsala doğru döndü ve kumun üzerinde durdu.
Ze Oroco, doktorun şaşkınlığına gülüyordu.
"Ya şimdi, doktor?"
Doktor kumsala atladı, ne diyeceğini bilemiyordu. Eğildi, bileklerini ıslattı, sonra ıslak elleriyle ensesini ovaladı.

Yeniden bir kumsalın üzerinde, bir ateşin başındaydılar, ısınıyorlardı. Doktorun yatağı, nehrin kıyısında, Ze Oroco'nun yatağının yanına kazılmıştı. Kuşkuculuğunu yenen ve adamın sırrına ortak olan doktor, bu durumu incelemek zorundaydı. Ama ne denli garip gelirse gelsin, bu araştırmaların gerekliliği karşısında şimdi bir hüzün ve bir başkaldırma hissediyordu. Korkunç bir devam etme zorunluluğu duyuyordu. Beriki, ruhunu tümüyle açmıştı. Bunları başka hiç kimseye anlatmamış olduğunu bile itiraf etmişti.

"Bugün suskunsunuz, doktor..."

"Küçük sorunları düşünüyorum."

"Belki yolculuk size uzun geldi."

"Hayır. Söz konusu olan bu değil."

"Rosinha'yla konuştuğum düşüncesine alışıp alışmadığınızı merak ediyorum."

"Hâlâ kavrayamadığım birtakım şeyler var."

"Ne gibi?"

"Rosinha'nın söylediklerini anlayabilen bir tek siz varsınız, değil mi?"

"Bir tek ben varım."

"Ya o, başkalarının söylediklerini anlıyor mu?"

Ze Oroco, şen bir kahkaha attı:

"Evet, anlıyor."

"Konuşabildiğini, birtakım şeyleri anladığını nasıl keşfettiniz?"

"Bir gün, doktor, sözünü etmekten hiç hoşlanmadığım büyük bir acım vardı. Bana, okumam için azizlerden birinin kitabını verdiler. Ben, Tanrı'nın dışında dinle ilgili şeylere pek inanmazdım, ama azizin hayatı bana çok iyi geldi."

"Hangi azizdi bu?"

"Assisili San Francesco. Onu biraz bilir misiniz?"

"Pek az. Genellikle anlatıldığı kadarıyla."

"Yazık, doktor. Aziz benim öylesine dostum oldu ki, içimden ona Chico deme alışkanlığını edindim."

Doktorun yüreği, bunca sadelik ve saflık karşısında duygulanmaya başlıyordu. İsteksizce gülümsedi:

"Güzel, ama bu bir açıklama başlangıcından başka bir şey değil."

Ze Oroco, bir köz alıp izmaritini yakmak için bir an sustu. Uzak bir geçmişi içine çekercesine çekti dumanı:

"İnsanların hayatında öyle anlar vardır ki, yitip gitmekten başka şey düşünmezsiniz. Gitmek, ölü olup olmadığınızı kimsenin öğrenemeyeceği bir yere gitmek. Böyle oldu. O çağda şimdiki gibi yolculuk edilemiyordu. Gökyüzünden geçen bütün bu uçaklar yoktu. Yolculuk etmek için her şey daha güçtü. Bir gün, Xingu'da, Bay Orlando Vilas Boas'ın yanında çalışmaya başladığımı hatırlıyorum. Capitao Vasconcelos denen yerde. Hiç sözünün edildiğini işittiniz mi, doktor?"

"Evet. Hatta sağlık birlikleriyle ara sıra oraya gidilmesini istiyorlardı."

"Tamam. Yalnızlık, Xingu'da var olan tek şeydi bu. Bir yönde beş yüz metre gidiliyordu, öbür yönde üç yüz. Balık avlamak bile mümkün değildi. Kızılderililer dört yandan üşüşüyorlardı ilaca, yiyeceğe gerek duyduklarından... Konuşacak kimse bulamıyordum. Tütün tükeniyordu, kahve, yağ, fasulye. Helvacıkabağıyla tuzsuz pirinç kalmıştı... İnsanın midesini bulandırdığı ve damağına yapıştığı için de bunu çabucak yutmak gerekiyordu."

Konuşmasını sürdürmeden önce biraz sigara içti:

"Yağmur mevsimi, artan sivrisineklerin açtığı yaralardan ötürü daha da beterdi. Geceler bir vızıltıdan başka şey değildi. Bir keresinde, sanıyorum nisan ayıydı, yollar ve patikalar henüz çok ıslaktı, eski nöbet yerinden yapılmakta olan yenisine gidiyordum. Su birikintilerinin üzerinden atlayarak, kuru yerler arayarak yürüyordum. Bugünmüş gibi hatırlıyorum, beyaz galoşlarımın burnuyla..."

Güldü:

"Güzel bulmuyor musunuz, bir çift beyaz galoşu doktor?"

Doktor başını kaşıdı, çünkü bir çift beyaz galoşa hiç bakmamıştı.

"Güzel olmalı."

"Güzeldi. Bir yerde sıçrıyor, bir başka yerde yürüyordum, derken kupkuru bir kil parçası gördüm. Bir yığın da kırmızı karınca, koca kafalı ve parlak gözlü olanlardan. Galoşlarımın burnuyla hayvancıkların kafalarını ezmeye koyuldum. Çat, çat, çat... Birden büyük bir ürperti dolaştı sırtımı. Parmaklarımın ucundan saçlarımın dibine dek. Ayağım havada durmuş, yüreğim yerinden hopluyor, karınca sürüsü de bu arada uzaklaşmaya başlıyordu. Bir ses beni durdurmuştu: 'Niçin bunu yapıyorsun şu küçük hayvanlara? Sana bir kötülük etmediler ki!' Kalbim daha bir güçlü attı. Çevremde birinin olup olmadığını anlamak için bakındım. Hiç kimse yoktu. Ne bir beyaz, ne bir zenci, ne de bir Kızılderili. 'Karıncaları rahat bırak. Tanrı'nın eseridir onlar. Bizler gibi acı çekerler... Biz ağaçlar gibi.' Çevreme daha dikkatlice baktım ve sık dallı, büyük yağmurun ardından yaprakları pırıl pırıl, yemyeşil, yaşlı bir *jatoba* gördüm. Oydu konuşan ve de haklıydı. O günden beri bir daha hiç hayvan öldürmedim, doktor."

"Sivrisinek de mi?"

"Sivrisinekler beni pek rahatsız etmezler."

"Sonra?"

"Sonra mı? Sonra bir şey olmadı. Zamanla nesnelerin dilini anlamaya başladım. Ama özellikle ağaçları anlıyorum..."

Doktor, iki elini yüzünde gezdirdi. Gözleri neredeyse nemliydi, ama konuşması gerekiyordu:

"Ze Oroco, dostunuz olduğumu görüyorsunuz değil mi? Bunu size bir kere daha sormuştum. Size bir kötülük yapabileceğimi sanıyor musunuz?"

"Sanmıyorum, doktor. Kötü insanların başka bir görünüşleri olur."

"Öyleyse, dostum, siz hastasınız. Sandığınızdan daha da hasta. Benimle kente gelmeniz gerekli. Kimsenin size bir kötülük yapmayacağına söz veriyorum. Ama gelmeniz gerekli."

Ateşin ışığında bakıştılar. Hiçbirinde düşmanlık yoktu.

Ancak... Ze Oroco ayağa kalktı ve elini kayığın üzerinde gezdirdi. Heyecanını bir nebze yatıştırmaya çalıştı ve ağır ağır konuştu:

"Rosinha bana her şeyi söylemişti, doktor."

7

Yaşlılık şarkısı

Giribel, kulübenin önünden geçti, Madrinha Flor'u, ellerini dizlerinin üzerinden sarkıtmış buldu. Kapının kasasına yaslanmış, nehrin dirseğinde kaybolmak üzere olan motora bakıyordu. Tok-tok-tok sesi boşluğu dövmekteydi.

Pencereden eğilen Chico do Adeus da, akarsuyun parıltısında yitip giden tekneye bakıyordu. Yüksek sesle konuştu:

"Vay anasını, günün birinde kelleyi üşütecek olsam herkese veda ederdim. Ama insan kökleriyle birlikte doğdu mu hiç yolculuk etmiyor."

Giribel, Madrinha Flor'a baktı:

"Ze Oroco da gitti, değil mi Madrinha?"

Madrinha, çocuğun kısacık saçlarını okşadı:

"Gitti."

Elini çekti, cansız, bir kurşun parçası gibi düştü eli. Göğsünü, varlığının her zerresini şişiren o kurşun gibi. Gücü kuvveti, eti umutsuz bir şarkıyla ölüp gidiyordu. Hiçbir zaman kendisinin olmamış bir şey, kısacık süren dirilişini de yanına alarak yola çıkmıştı. Bundan böyle geceler daha uzun olacak, gündüzler iki sonsuz paralel gibi ilerleyecekti; hiç kesişmeden.

Madrinha Flor, kulübeye girebilmeyi başardı. Ama

uzakta motorun homurtusu zamanın sarkacıydı. Ona acı bir gerçeği gösteren zamanın. Uzun saçlarına karışacak akları gizlemek için başını bir atkıyla örtmeye koyulacaktı. Başka terleri yıkayacak, başka boğazları doyuracaktı, ama her şey değişik olacaktı... Ölü, sönük.

Aynayı aldı ve sıranın üzerine oturdu. Dirseklerine yaslandı ve aynadaki görüntüsüne baktı. Ayna yalan söylemiyordu. Düşe yer bırakmıyordu. İki derin kırışıkla çevrelenen ağzı sarkıyordu. Güneş gözlerinin çevresinde büyük halkalar oluşturmuştu, gözleri acınma ve yenilenme diliyordu...

Ellerini pörsük memesine bastırdı, yüreği korkuyla yorumlarken dudaklarını dost aynaya yapıştırıp alçak sesle mırıldandı:

"Yaşlıyım... Yaşlıyım..."

İKİNCİ BÖLÜM

Rosinha, sevgilim

8

Şarkısız geceler

Uzakta, çok uzakta her şeyi yitirmişti... Ya ormanın uçsuz bucaksız geceleri?.. Orada gizlenen orman şarkıları?.. Ne *manguari*'nin bezdirici homurtusu ne de dudukuşlarının çığlıklarını işitiyordu karanlık çöktüğünde. Neredeydi bütün bunlar? Benekli parsın izlediği, suya atılan ve bazen yanına *Bee-Rokan* parçalarını da alıp sürükleyen tombul *capibara*'ların delice koşuşmaları ne olmuştu? Bilmiyordu... Anımsamak için gösterdiği en ufak çaba yüreğini sıkan gizli bir kaygıya yol açıyor, bu hüznü artırıyor, gitgide daha da artırıyordu...

Başlangıçta, kentten uzak, pas kaplı yaşlı ağaçlarla çevrili büyük binaya gelmişti. Aşılmaz, yüksek duvarlardan, köklerinden kesilmiş kuru sarmaşık parçaları sarkıyordu. Asık yüzlü, kuru yapraklarla kaplı dört köşe avlular, düzensiz adımların tekdüze sürüklenmesiyle çınlıyordu. Suskun, sessiz, bazen oraya kadar sızan azıcık güneşten de kaçan çok adam vardı.

Umudu kırılmış, bunları geçiriyordu kafasından Ze Oroco. Bütün olup bitenleri yeniden gözden geçiriyor ve her şeyin kendini yineleyerek sürdüğünü düşünüyordu. Her yeni yinelenmede, görüntüler, donuk ve uzak belirmekteydi. Düşündüğü, gerçekten başına gelmiş miydi, ya da bütün bu süre boyunca düş görmüş ve doğuşundan beri bu yerden hiç ayrılmamış mıydı yoksa? Hiç kimse ona saldırmıyordu. Hiç kimse, kir pas içinde, saç baş dağınık, çoğunluk kayıtsız, bilinçsiz, kendisi gibi bitkisel yaşayan ötekilerdi.

İçlerinden kendisine daha az ölü gelen ikisiyle konuşmayı başlatma çabasına girişmişti. İlki gülümsemekle yetiniyor ve beklediğini söylüyordu... Neyi bekliyordu? Bildiği yoktu. Mallarını ele geçirmek için ölmesini dileyen bir ailenin haksızlıklarının söz konusu olduğu bir hikâyeyi geveliyordu ağzında. Ölmediği için de onu buraya getirmişlerdi. Ama o... (o an saldırgan oluyor, bağırmaya koyuluyor, kollarını gökyüzüne kaldırıyor, ağzından salyalar akıyor ve çakmak çakmak gözleri kayıyordu) tanrısal adaletin iyiliğini bekliyordu. Bekliyordu –ve yeniden gülümsüyordu– Tanrı'nın kendisini hatırlamasını. Bekleye bekleye, aklar arasında güçbela fark edilen kara rengini yitirmişti saçları. Yıllar sonsuz bir zincir gibi çoğalmış, Tanrı'nın tek umut olduğu sonu gelmez halkalar oluşturmuştu. Kuşkusuz, tanrısal adalet ortaya çıksaydı, uzun süredir görmediği ve görünüşünün değişmiş olması gereken bir aileyi cezalandıracak gücü ve yeteneği bulmaz mıydı? İkinci adam konuşmamayı yeğliyordu. Korkunç iç dramını unutmuştu. Günlerini ötekilerden uzak durarak yürümekle geçiriyordu. Pabuç giymiyordu, ama bunun ona acı çektirdiği yoktu, çünkü ayakları yürümekten sert nasır tabanlar edinmişti. Ailesinden birinin her hafta getirdiği bir pijama giyiyordu. Önü açık ceket, her harekette sallanan ve adımlarına uyup hoplayan beyaz, koca bir karnı ortaya koyuyordu. Koltuğunun altında, destelerle buruşuk gazete taşırdı. Yağmur da yağsa, güneş de çıksa, bunun farkına varmazdı. Kim bilirdi, bu sayfalarda gereksiz yere bir haber, bir ilan arayıp aramayacağını? Bu adam aşağı yukarı hiç konuşmuyordu. Kendisine yaklaşabilmeyi başardığı bir gün Ze Oroco adama bir sigara sundu. Gazeteli adam sigarayı kabul etti, güldü ve Ze Oroco'ya bir gazete sundu. Yeniden yürümeyi sürdürdü, sonsuzluğu arşınlayarak.

Ze Oroco, gazetenin sararmış yapraklarını açtı. Hiçbir ilginç şey yoktu. Eski tarihler. On yıl öncesinin eskimiş baskıları açılıyordu parmaklarının altında. Bitkin, oturdu ve bu işin nasıl başladığını anımsadı. Korkusu o denli büyüktü ki yüreğinin atışını işitiyordu. Hayatını bu hortlaklar arasında ve çirkinlik dolu terk edilmişlikte sürükleme korkusu... Ne büyük budalalıktı buraya gelmek! Doktorun sözlerine inanıp böyle bir yolculuğu yapmak. Bütün sırlarını çalan iyi dosta inanmak. Şimdi, kuşkusuz, her şeyi bildiğinden Araguaia'ya dönecek, kayığını alacak ve ağaçlarla konuşmayı öğrenecekti. Bütün sevincini almıştı elinden. Dilediği kadar yaşlı ağaçlara sokulsun, iniltilerini bile anlamıyordu. Nasıl anlayabilirdi ki? Budaklı, özsudan yoksun, gövdesi çürümüş ve dalları kırılmış, azıcık yapraklı yaşlı ağaçlardı bunlar!.. Güneşe engel olmaktan, büyük avluları daha da çirkin kılan kasvetli uzun gölgeler oluşturmaktan başka işe yaramazlardı.

Herkesin davranışlarını ve hareketlerini kollayan beyaz gömlekli adamlar vardı hep, bu yaratıkların hayatının gariplikerine kayıtsız.

Kaç kişiydiler? Bilene aşkolsun... Bazen avlu ve koridorlar dolu olurdu. Bazı kereler de, yağmur yağdığında, revir adını verdikleri iğrenç odalardan pek az insan çıkardı. Bazıları, iyi davranmadıklarında, birkaç günlüğüne götürülürdü: Geri döndüklerinde suratları çarpılmış gibi olurdu ve uzayan sakalları çakmak çakmak gözlerini çevrelerdi.

Dışarıdan bakıldığında büyük bahçeler bina içinde egemen olan yılgının bir zerresini bile açıklamazdı gelenlere. Kimse kestiremezdi orada olup bitenleri...

İlk koridorlar –doktorların koridorları– odalar –doktorların odaları– temizdi. Beyaz duvarlar. Sessizlik. Birbirleriyle karşılaşan sağlıklı kişiler. Çalan telefonlar. Kendisine gülümseyen ve kapatılacağı yere kadar götüren doktor. Ona dostlukla karşı çıkıyor, her şeyin, onun iyiliği için yapılacağını söylüyordu boyuna. Bir gün, kendisi için yaptıklarından ötürü, minnet duyacaktı.

Fişini düzenlemişlerdi. Adı? Bunu hiçbir zaman kimseye söyleyemezdi. Ama orada Ze Oroco olmasının mümkünü yoktu. Kendisini her zaman çok üzen eski adını almak zorundaydı: Jose Augusto. Yaşını söylemişti. Doğduğu yeri söylemişti.

Bir hastabakıcı kadının varlığına rağmen soyunmasının istendiği bir salona götürülmüştü. Böyle soyunmak çok küçültücüydü. Başka adamlarla nehrin sularına çırılçıplak daldığı anların soyluluğu bile yoktu bunda. İstemeyerek boyun eğmişti. Giysilerini almışlardı, ona kaba kumaştan, bedenini diken diken eden, çok sıcak ve düşman bir üniforma vermişlerdi. Çakmağıyla sigarasını yanına almıştı. Genç kız, sigaradan hiç yoksun kalmayacağına güvence vermişti. Doktor hep sağlayacaktı sigarasını.

Sonradan, bu salona çok gelmişti. Oradan, binanın çeşitli bölümlerini dolaşmıştı. Doktorlarla konuşurdu:

"Doktor, beni buradan çıkarın, ne olur. İğrenç, leş kokulu bir salon burası. Ben böyle yerlere alışkın değilim."

Yakında daha iyi yere aktarılacağına söz veriyorlardı. Ama bu bir türlü gerçekleşmiyordu.

"Doktor, bu adamlar deli. Hepsi çılgın."

"Kendini nerede sanıyorsun?"

"Ama ben deli değilim. Deli değilim."

Doktorların eğlenen bakışları karşısında öfkeye kapılıyordu:

"Bütün bunlar o'nun uydurmaları (şimdi doktor

"o"dan başkası değildi). Sırrımı öğrenmek istiyordu. Ne zaman gideceğim buradan? Küçük evim, kayığım var doktor..."

"Yakında gideceksin, iyileştiğinde."

"Ama iyiyim. Çok iyiyim. Sırf ağaçlarla konuşabildiği için bir adamı akıl hastanesine tıkmaya hakları yok. Rosinha adında bir kayığı olduğu için akıl hastanesine tıkmaya hakları yok..."

Adamlar onunla eğleniyorlardı. Kimse söylediklerine inanmıyordu.

O zaman da şu lanet olasıca kudurganlık kaplıyordu her yanını. Bir gün de, doktorun üzerine mavi mürekkep dolu bir hokkayı fırlatmasına yol açmıştı. Doktor eğilmişti ve mürekkep, beyaz gömleğini lekelemişti yalnızca. Ama duvarın üzerinde mavi bir iz oluşmuştu.

Adamlar ve hastabakıcılar gelmiş, zorla yapışmışlardı kollarına. Onu parmaklıklı bir hücreye atmışlardı. Biri üniformasını çıkarmakla işe başladı. Onu kendinden geçmiş, herkese bağırıp çağırırken bıraktılar. Sonra büyük bir hortum getirdiler. Böyle bağırıp çağırırsa tatsız bir banyo yapacağını söyleyip kendisini uyardılar.

İsyanı artıyordu:

"Deli değilim!.. Deli değilim!.."

Elleri parmaklığa yapışıyor, anlatılmaz bir öfkeyle sarsıyordu. Denetleyemediği, özellikle sesiydi... Dişleri gıcırdıyordu:

"Deli değilim!.."

Hortumlu adam parmaklığa yaklaştı. Adamın kendisine söylediklerini bir türlü anlayamıyordu. Gülümsemelerle kesilen cümleler sayıklamasını daha da artırıyordu sanki.

Derken adam uzaklaştı. Hortumun bağlı olduğu musluğu açtı ve su olanca sertliğiyle Ze Oroco'nun karnına çarptı. Acı, onu bir an susturdu.

"Hadi dostum, yatış artık! Yoksa seni hırpalamak zorunda kalacağım!"

Zedelenen yerine götürdüğü elleri, yeniden, artan bir şiddetle parmaklıklara yapıştı. Bilekleri acıyor, damarlarında akan kan atıyor, göğsünden, ruhundan, öfkeden gelen bir ateş yüzünü yakıyordu.

"Seni uyardım, dostum..."

"Beni öldürebilirsiniz, buradan çıkmayacağım. Deli değilim."

Salyaları akıyor ve inanılmaz bir titreme bedeninin her zerresini sarsıyordu.

"Uyarmamıştı deme!"

Adam hortumun ucunu kaldırdı. Suyun çarpmasıyla kasları kaskatı kesildi. Su dört yandan üzerine geliyordu. Acının şiddeti duyduğu nefrete eklenmekteydi. Bu acı, mideden bacaklara geçti. Suyun gücü dizlerini dağıtıyordu sanki. Ama ellerini bırakmayacaktı. Acı yeniden karnına doğru çıktı. Su gitgide yükseliyordu. Göğsünün kıllarını koparıyor gibiydi. Tanrım! Kaburgalarını kıran, kemiklerini yakan, derisini kesen bu korkunç acı... Ama ellerini çekmiyordu. Onları söküp atamazdı. Fışkıran suyun gücünden kurtulmaya çalışırken boğuluyordu. Ölmekte olduğunu hissediyordu. Bu aşağılanmadan, küçülmeden yeğdi ölüm.

Adam yaklaşıyordu. Hedefini şaşma tehlikesi yoktu. Onu hortumdan fışkıran suyla kırbaçlamadan önce, seçtiği yere nişan alıyordu. Önce sol elin parmakları. Hortumun ucunu biraz daha kaldırdı ve sağ elinin eklemlerine yöneltti. Parmak kemikleri acıyla eziliyordu. Ama pes etmeyecekti! Hiçbir zaman! Sular yüzüne fışkırıyor ve soluğunu kesiyordu.

Hortumlu adam suyun akışını denetlemekteydi. Basıncını azalttı.

"Hadi, kes sesini!"

Rahatlamıştı, soluk aldı ve gücünü toplamaya çalıştı. Bileklerinin acısını yendi ve çam yarmasının üzerine tükürmeye çalıştı. Adamı o an yakalasa, kafasını parmaklıklara vura vura kırardı.

"Hadi, ihtiyar! Yeter artık. Çok yaşlısın. Peki... Anlamak istemiyorsan..."

Ze Oroco'nun gözleri, eğri büğrü parmakların hareketlerine takılı kalmıştı. Bu parmaklar, sakin ve yanılmaz, suyun gücünü artırarak dönüyordu borunun çevresinde. Adam ağır ağır yapıyordu her şeyi, ama bu işten yorulmuş gibiydi. Birden suyu olanca gücüyle fışkırttı. Su ayaklardan omuzlara, erkeklik organına çıktı. Şiddetle karnından geçti ve yüzünde patladı. Gözlerini kapamaya çalıştı, ama olanaksızdı. Dayanılmaz bir acı. Kulakları ıslık ıslıktı, sesi kesilmişti; ateşten su koca koca dalgalarla soluğunu kesiyor, gözlerini kafasının içine gömüyordu. Titremekteydi. İnlemek, ağlamak istiyor, ama bunu başaramıyordu. Parmakları, birden bütün güçlerini yitirmişlerdi. Ve gövdesi sertçe yere devrildi. Ayağa kalkmaya çalışıyordu, ama su buna engel oluyordu. Su, onu, iğrenç bir paket gibi dört bir yana savururken yerde kaydı. Parmaklarını döşemenin çinilerine dayıyor, ama tutunacak hiçbir şey bulamıyordu. Bedeni kayıyordu, dönüyordu, doğruluyordu ve yeniden düşüyordu. Duvara erişmemesi gerekti. Erişirse, amansızca öğütülecekti. Ama suyun gücü artmaktaydı. Güçlükle açtığı gözleri, parmaklıkların uzaklaştığını ve suyun korkunç bir biçimde kabardığını görüyordu. Bu da duvara yaklaştığı anlamına geliyordu. Hiçbir şey iradesine boyun eğmiyordu. Birden doğruldu. Şimdi başka hortumlarla başka adamlar vardı. Beyaz duvarlara yapışıp kaldı. Suya sırtını döndü. Her şey canını yakıyordu; alev almış gibi. Başı patlıyordu, bir bıçak gömülüyordu ensesine. Acıydı bu... Kulakları kafasından kopacaktı sanki. Saçları beyaz çinilerin üzerinde şaklıyordu. Ayakta duramaz olmuştu; ama gülünç bir biçimde çarmıha gerilmiş durumdaydı. Şimdi her şeyin kavramını yitirmekteydi. Soluk alamaz olmuştu. Boğulur gibi öksürüyordu ve ciğerleri suyla doluydu. Sarsılmaya başlamıştı. Sonsuz bir acı dışında, hiçbir şeyin anlamı kalmamıştı.

Hortumlar bir anda hareketsiz kaldı. Bedeni, güçsüz, sarsıldı. Bacakları dik duramıyor, dizkapakları artık ona boyun eğmiyordu. Duvar boyunca kaydı. Su, hücrenin köşelerinden akıyordu. Duyuları değişmekteydi. Soluk almak canını yakıyordu, düşünmek canını yakıyordu. Birden soluk almayı öğrenen bir et yığını gibi, yerde uzandı kaldı. Bir su birikintisinin içinde oturmayı başardı. Titreyen elleri, saçlarını yüzünden çekti ve güçlükle göğsünü okşadı. Gözlerini ancak aralayabiliyordu. Bir insan topluluğunca gözlendiği izlenimindeydi. Kulakları birtakım sözcükleri algılıyordu. Ne idüğü belirsiz sözcüklerdi bunlar... İhtiyar... İhtiyar...

Ze Oroco ağlama isteği duydu, ancak kendisi için duyduğu hüzün ve aşağılanma için alçacık sesle mırıldanmayı başarabildi:

"Deli değilim... Deli değilim..."

Adamlar hortumları bıraktılar ve parmaklığa yaklaştılar:

"Artık anladın ihtiyar. Ama yeniden başlarsan görürsün gününü."

Adamlardan biri arkadaşına sigara uzattı:

"Yine mi bu ihtiyar?"

"İlk kez yıkanıyor. (Gülümsedi.) İlk kez için esaslı bir banyo yaptı, değil mi?"

Ze Oroco utançla aletini bacaklarının arasına gizledi. Berelenen yüzünü ellerinin arasına gömdü. İnsanlığın kötülük suratını görmek istemiyordu.

"Şimdi biraz burada kalacaksın, öğrenmek için..."

Onu umutsuzluğuyla baş başa bıraktılar.

Acı yavaş yavaş azalıyordu. Zedelenen yerlerini ovuşturmayı başarıyordu Ze Oroco. Yanma duygusunun yerini bütün bedenin üşümesi almaktaydı. Oturduğu yerden kalkmak istiyordu, ama bunu yapacak gücü bulamıyordu. Su akıp gitmekte gecikiyordu. Lağım boruları tıkanmış olmalıydı...

Uzun süre oturdu. Kaşlarında ürpertiler dolaşıyordu. Titremeler acıyı çoğaltmaktaydı. Görünmeyen iğneler beynini oymaktaydı. Şiş gözleri akıyordu. Suyun yansıttığı bedenine bakarak hafiften ağlıyordu:

"Deli değilim. Bana bunu yapmamalıydılar. Pek aklım başımda olmasa bile bana saygı göstermeliydiler... Yaşımı başımı aldım."

Ateşten bir iğne, midesini yaktı. Uyluklarına kustu.

Titreyen elleriyle su aldı ve yıkadı üstünü başını. Baş dönmesi ve acı, alnını soğuk, hastalıklı bir terle kaplıyordu.

Ze Oroco yavaş yavaş, daha az ıslak bir yere süründü. Titremelerle sarsılmaktaydı. Üşümeyi azaltmak ve acısını bastırmak için tortop oldu.

Belli belirsiz bir uyuma isteği, bütün duyularını yok etmeye başlıyordu.

Sırtından çıkardıkları kaba giysiyi arayarak olduğu yerde uyudu.

Zifir gibi karanlıktı ve Ze Oroco soğuktan titriyordu. Yerdeki su kaybolmuş, çiniler bir ölüm soğuğuna bürünmüştü. Buydu işte. Bu lanetli gece ölmesini bekliyorlardı. Uçsuz bucaksız kumsalları düşündü yine, ateşin yanında, Rosinha'nın yanında. Boşlukta ve anılarda yiten cılız kayık, umutsuzluğunu biraz olsun ısıttı.

Bu şarkısız gecede, bir yerlerde biri inliyordu. Başka biri gülüyordu. Deli gibi gülüyordu. Kesilmeler oluyordu ve yeniden gülmeye koyuluyordu. Kim bilir, belki kendisi de nedenini kestirmeksizin her şeye gülerek böyle olacaktı.

Günün ilk ışıkları daha da artan bir soğuk getirerek belirdi. Ana rahmindeki bir çocuk gibi tortop olmuştu. Acılı bir açlık duyuyor ve önceki gün yemek yemediğini biliyordu. İçinde patateslerin kabuklarıyla yüzdüğü o iğrenç, yağlı çorbayı vermemişlerdi.

Uyukluyordu ve gözlerini araladığında, güneşin avluda alabildiğine güçlü olup olmadığına bakıyordu.

Sinekler giriyordu hücresine, kurumuş kusmuk kalıntısına konuyorlardı.

Koridorlarda, zindanının yakınında ayak sesleri duyuluyordu. Oysa gelip onu almakta gecikiyorlardı. Belki de onu burada bir süre daha böyle bırakılmış durumda tutmaya kararlıydılar.

Kaslarını ovuşturarak, derisini ısıtarak, kaburgalarını ovalayarak, sallana sallana yürüyordu. Her şeyden önce, hırpalanan bedenine can vermeye çalışıyordu. Ama zaman zaman oturmak zorunda kalıyordu, o denliydi güçsüzlüğü.

Ze Oroco kulak kabarttı, dikkatini topladı. Yanılmıyordu. Bu kez hücreye yaklaşmaktaydılar.

Hortumlu adam, bir hastabakıcıyla birlikte geliyordu:

"Ne var ne yok ihtiyar, daha yumuşamadın mı?"

Utanç içinde gözleri öne eğik, hiçbir şey istemeden oturdu.

"Daha uslu durursan, giysilerine kavuşursun. İşittin mi? Yaklaş."

Güçlükle ayağa kalktı ve adamın dediğini yaptı. Ama gözlerini kaldırmıyordu. Hastabakıcının elinde tuttuğu kahvenin kokusunu duymaktaydı. Hastabakıcının güçlü elinin çenesini tuttuğunu ve kaldırdığını hissediyordu. Elinde olmaksızın, şiş gözleri yaşlarla doldu.

Hastabakıcı güldü.

"Böylesi daha iyi. Hadi, iç şu kahveyi."

Doyumsuzlukla bir yudum aldı.

"Al şu ekmeği de."

Kuru ekmeği kahveye batırdı ve ağrılı çeneleri arasında çiğnedi. Biraz bir şeyler yemek güzeldi.

Minnet dolu, geri verdi kahve fincanını.

"Giysilerini ver şuna! Hadi, toplan! Giyin!"

Boyun eğmekten başka şey gelmezdi elinden. Kaba giysi şimdi ona belirli bir rahatlık sağlıyordu.

Giyindi ve bekledi.

Anahtar kilitte döndü.

"Şimdi avluya dönebilirsin. Ama yaptığın en ufak bir densizlikte yeniden buraya gelirsin."

Ze Oroco hastabakıcı ve hortumlu adam arasında sendeleyerek sürüklendi. Elini cebine attı: Çakmak ve sigaralar yok olmuştu. Nedenini anlıyordu. Bundan böyle ateş vermeyeceklerdi ona. Kuşkusuz, tehlikeliler arasına sokulmuştu.

Avluya girdi. Ölgün güneş hintkirazı ağaçları arasında donup kalmıştı. Bir saksağan ötüyordu uzakta; pek güzel ve pek hüzünlüydü sesi.

Boş bir yer aradı ve güneşe oturdu. Bütün bir gece süresince iliklerine işleyen nemi kurutmak istiyordu. Ama burası iyiydi, yüzüne, omuzlarına, ellerinin üzerine yayılan güneşin sıcaklığıyla...

Gazeteli adam, her şeye kayıtsız, telaşlı bir uyumla sallıyordu şiş göbeğini. Gazeteler, büzülmüş hayatının bir bölümü gibi, koltuğunun altındaydı.

Tanrı'nın adaletinin kurbanı olan öteki dost, bütün bir geceyi dışarıda geçirdiğini fark etmemişti. Kimse bir şey fark etmiyordu. Çünkü beyinler, unutulmuşluğun uçurumlarına, belleksiz ve şarkısız sürekli bir ölüme gömülmüş gitmiştiler...

9

Ormanın yasası, Urupianga

Ze Oroco, konuşma isteğini yitirmekteydi. Kiminle ve niçin konuşacaktı? İlk zamanlar, kaçmak, daha az üzüntünün bulunduğu, özgürce güneşin tadını çıkarabileceği bir yer aramak isteği duymuştu delicesine. Ama gerçekliğini yavaş yavaş yitiriyordu bu. Umudunu elekten geçirir ve tümüyle yitene dek un ufak edermiş gibi.

Aynı yerleri aramaya koyulmuştu, ona bir sigara verdiklerinde de boşluğa, hiçliğe bakarak son nefese kadar dudağından ayırmazdı.

Böyle dalgın oturduğu günler hastabakıcı geliyor ve Ze Oroco'yu götürüyordu. Durumunun kötülediğini söylüyorlardı; ve Ze Oroco, hiçbir şey anlamadan, elektroşoklar için damarlarına iğneler yiyordu. Beynini uyuşturan şeyler içiyordu. İki kere dönmüştü duşa. Ama kendisini bekleyeni bildiğinden, o kadar acı çekmemişti. Bir başka kere, bir hastabakıcıyı boğmaya kalktığında ya da *ötekiler*'den birinin başına duvardan sökmeyi başardığı bir tuğlayla vurduğunda, kolları sırtta bağlanan uzun kollu gömleği geçirmişlerdi sırtına. O kadar sıkıydı ki gömlek, ancak soluk alabiliyordu. Bu kılıkta üç gün bağlı kalmış, sonra karanlık ve havasız bir hücreye atılmıştı. Yeniden ışığa kavuştuğunda gözlerini güçlükle açıyordu.

Kendini savunmak bir yere götürmüyordu kişiyi; ne

de düşlediklerini anlatmak. Sürekli güzel şeyler düşünüyordu; doktorlar duysalar... Düşünmenin bile yasak olduğu güzel şeyler.

Sonunda ağzını açmaz olmuştu. Günler boyu tek söz söylemediği oluyordu.

Doktor, o hırsız, aşağı yukarı her hafta kendisini görmeye geliyordu. Sigara getirmiyordu, söz verdiği gibi. Görkemli bir davranışla eliyle paketten bir tane çıkarıp uzatıyordu onu. Dostça yolculukları sırasında olduğundan tümüyle farklıydı bu.

Daha temiz bir yere gönderilmesini kolaylaştırmak artık söz konusu değildi. Hem Ze Oroco buna artık dikkat etmiyordu. Çıkıp gidemediğine göre neredeyse isteyerek bu bitiklik içinde kalmayı yeğliyordu.

Doktor avluya giriyor, yaklaşıyor, ona elini uzatıyordu. Ama Ze Oroco karşılık vermiyordu ona. Bunun, iyiliği için olduğunu, bir gün bütün bu olup bitenlerden ötürü kendisine minnet duyacağını yineliyordu hep.

Son gelişinde bir haber vermişti Ze Oroco'ya: Sertão'da yolculuğa çıkıyordu. Nereye gittiğini söylememişti. Yolculuk edecek, başkalarını yakalayacaktı. O zaman Ze Oroco, bakışıyla doktoru kurşuna dizerek gözlerinin içine bakmıştı. Nereye gittiğini biliyordu. Hayale kapıldığı yoktu. Geri dönüp kayığını çalacaktı ve kulübesini, kuşlarını, nehir kıyısındaki konuşmaları ele geçireceğini biliyordu. Doktora sırtını dönmüş, insanlık denen rezilliğin geri kalanına duyduğu nefreti gösteren o suskunlukla gidip oturmuştu.

Her hafta gelip onu götürüyorlardı. Başlangıçta, yeni ilaçlar, yeni iğneler, yeni elektroşoklar için geldiklerini sanıyordu. Ama hayır. Genç bir kızla konuşması için onu temiz bir odaya sokuyorlardı. Aslında tek başına kız konuşuyordu hep. Birtakım şeyleri açıklıyordu ona. Bilmem kimin asistanı olduğunu ve kendisine yardım etmek için geldiğini söylüyordu. Bir yığın şey anlatıyordu; açık seçik bir biçimde ve yüzünde iyilik dolu bir anlamla. Ama Ze Oroco artık dünyanın iyiliğine inanmıyordu. Genç kız sevimliydi, güzeldi hatta. Gözlüklerini çıkarmış ve sarı saçlarını çözmüş olsa, bir Meryem Ana heykeli denebilirdi.

"Ağaç ağaçtır. Yineleyin bu sözü."

Susuyordu ve karşılık vermiyordu.

Genç kız bir sigara paketi alıyor ve uzaktan ona bir sigara uzatıyordu.

"Söyleyin: Ağaç ağaçtır ve ağaçlar konuşmazlar."

Canı öylesine sigara içmek istiyordu ki, inadından daha güçlüydü bu. Makine gibi yineliyordu:

"Ağaç ağaçtır ve ağaçlar konuşmazlar."

Bir öğleden sonra, gazeteli adamı götürdüler. Bir daha geri getirmemek üzere götürdüler. Yürürken duruvermiş ve birden kaskatı düşmüştü. Hastabakıcılarla doktor gelmişti. Ölmüştü gazeteli adam. Ölüyü, koltuğunun altında gazeteleriyle götürmüşlerdi.

Yarım saat sonra kimse onu hatırlamıyordu. Ze Oroco, gidip bir hintkirazının gölgesine oturmuştu. Karıncaların hayatına bakıyordu. Karşılaştıklarında kısa konuşmalar yapıyorlardı, aynı yaprakları kemiriyorlardı, ölü bir cırcırböceğini taşımak için toplanıyorlardı.

Başı iğneler ve elektroşoklar yüzünden daha az ağrıyordu şimdi. Başını güçlük çekmeden eğebiliyordu. Baş dönmeleri kaybolmuştu ve genç kız, hastaneye gireli üç ayı geçtiğini söylemişti.

"Ağaç ağaçtır."

Bu dersi ezberlemesi gerekliydi. İçinden gülümsedi.

Evet, çünkü yüzü artık hiçbir duyguyu dışa vuramayacaktı. Her şeyden korkuyordu; yeni duşlardan.

Sertão'nun güneşinden uzakta aklaşmaya başlayan ellerine bakıyordu. Ötekilerle birlikte yıkandığında ve üniforma değiştirdiğinde, teninin gitgide solgun ve saydam olduğunu görüyordu; *ötekiler*'in teni gibi. Hareketsizlikten, kolları ve karnı yağ bağlamaya başlamıştı.

Hareket niyetine tek yaptığı: "Ağaç ağaçtır."

Yeni bir tür gevşeklik dolduruyordu bezginliğini. Öğleden sonranın durgun bir saatiydi. Herkes kendi köşesinde, kendi dünyasına çekilmiş, masmavi gökyüzüne bakıyordu. Üç ay olmuştu buraya gireli! Üç ay! Öyleyse, ormanda ilkbahar başlamıştı... Büyük, dokunaklı bir özlemle gözlerini kapadı.

İyi bildiği ve kesinlikle yasaklanan bir ses kulağına mırıldandı:

"İlkbahardayız Ze Oroco. Hayır, Ze Augusto."

Hafif bir rüzgâr yüzüne esiyordu ve okşayışı sevgi doluydu, okşayışların en güzeliydi.

Gözlerini açtı ve avlunun duvarının kımıldanmaya başladığını gördü. Tuğlalar soluk almaya başlıyordu. Tuğlalar gitgide daha belirgin hareket ediyorlar, dalgalanıyorlardı neredeyse. Ve tuğlalar dönmeye koyuluyorlardı. Dönerken yığınlar oluşturuyorlar, yığınlar ıslık çalıyor, anafora dönüşüyordu. Rüzgâr da onları kuru yaprakların raksına çevirerek önüne katıp götürüyordu.

Hayatın sesi ilkbaharın türküsünü çağırmaktaydı:

"Dinle Ze Oroco. İlkbaharın türküsü bu."

Her şeyi işitiyor, her şeyi duyuyor, her şeyi içine çekiyordu.

Nehrin kıyısı altın sarısı bir patlamaydı baştan aşağı; güneşin saçlarından parçalar! Renk renk yaprakların arasında eflatun *simbaibinha*'lar açıyordu. Yeşil, sarı, kırmızı, mavimsi yaprakların arasında.

"İlkbaharın şarkısı Ze Oroco."

Nehir rüzgârı, suyun yüzeyinde pullar oluşturuyordu. Kuşlar coşkuyla şakıyorlardı. Bütün hayvanlar mutluydu, birbirleriyle dalaşmıyorlardı, çünkü Orman Yasası Urupianga'yı bekliyorlardı.

"İyi dinle Ze Oroco."

Ve Rosinha, yeniden, bırakılmış yüreğine güzel şeyler anlatıyordu:

Benekli pars göründü, ilkbahar geldiğinden kürkünün ışıltılı lekeleri daha iyi parlıyordu.

Leylekler, *jaribu*'lar, ıslık çalan sorguçlu yabanördekleri, ördekler, ketenkuşları, sutavukları, suyelveleri, *manguari*'ler, yeşil papağanlar, hepsi bulutlara karşı bir perde oluşturup geliyor, nehrin karşısındaki ağaçlara konuyorlardı... Ağaçlara tüneyen bunca kuş yüzünden, ilkbahar, yapraklarının rengini yitiriyordu.

Nehirde bir balık hareketsizdi, başını çıkaran bir timsahın yanında hareketsiz. Piranhalar, yeni doğmuş küçük kaplumbağalarla yan yana yüzüyorlardı; hiçbir kötülük etmeden. Küçük hayvancıklar; piranhaların söylendiği kadar kötü olmadıklarına inanıyorlardı neredeyse. Dev susamuru, kocaman kedibalığının sırtını okşuyordu kumsalın kıyısında.

Capibara göründü, *paca* göründü, küçük ayı göründü. Bir çiftlikten kaçan ve Urupianga'nın koruyucu kanadı altına sığınan bir boğa bile ilkbahar toplantısını beklemeye gelmişti.

Bir geyiğin yanında, uzun bacakları üzerinde dikilen kızıl tilki, sabırsızlıkla beklenen ânın ardından iç çekiyordu:

"Urupianga, selam sana!"

"Selam! Yakında burada olacak."

"Hayır, geç oldu bile."

Bir sarı kanaryayla bir *maria-preta*, martılara aldırmadan kumun üzerinde oynuyorlardı. Bir papağan, Urupianga'nın görünüşünü kaçırmamak için homurtusunu kesiyordu.

Bir ağızdan yükselen ses ortalığı çınlattı:

"Urupianga, selam sana!"

Güneş yönünde, yeryüzüne ait olmayan bir rüzgârın ittiği altın bulutlar kayıyordu.

"Urupianga'nın altın atları selam size!"

Altın tozundan bulutlar, bembeyaz ve güzelim kumsalın üzerinde durdular. Derken altın toz dağıldı ve Urupianga kumun üzerine atladı.

Güçlü kollarıyla gerindi ve gülümsedi. Uzun, siyah, parlak saçlarını silkeledi. Rüzgâr, baş döndürücü bir kokunun kapladığı tatlı bir müzikle geçiyordu bu saçların arasından.

Bütün hayvanlar, bütün uçan yaratıklar, bütün kuşlar, sessizlik içinde onu seyrederek sustular. Bir dua ânının dalgınlığı içindeydiler.

Derken Urupianga telaşsız, acelesiz, ağır bir yürüyüşle nehri geçti. Üzerinde yürüdüğü su, güzelliğinin aynası oluyordu.

"Urupianga, Ormanın Yasası."

"Ne kadar da güzel bizim tanrımız!"

Urupianga da bunu biliyordu; çünkü geniş, esmer omuzlarını silkti, güneşin gelip kendini seyrettiği adaleli göğsünü şişirdi.

Nehrin kıyısında durdu, ayakları ılık ılık suların içinde oynaşırken bir bakışta her şeyi süzdü. Gülümsedi. Bu gülümseme, zevk dolu küçük ebemkuşakları saçıyordu. Güçlü bacaklarını tembelce gererek oturdu. Hayvanların yaklaşmalarını bekledi. Önce benekli parslar gelip ona sürtündüler. Sonra, bin parmaklı tılsımlı elleriyle bütün kuşları, bütün hayvanları bir bir karşıladı.

"Ayımı getirdin mi bana, Urupianga?" diye sordu dev susamuru.

"Getiremedim, küçük. Ayının bu iklime gelmeyecek kadar kalın bir kürkü var." Kahkahayla güldü: "Ayıların oradayken, birkaç ay önce, ne istediler benden biliyor musun?"

Yeniden güldü: "Bir papağan. 'Burası çok soğuk. Papağanlar burada ölür,' cevabını verdim."

"Öyleyse bir şey getirmedin?"

"Yok! Bir sürprizim var!"

Ellerini arkasından çekip su dolu bir kavanozu ve kavanozun içinde yüzen uzun kuyruklu bir çift kırmızı balığı gösterdi.

"Ay! Ne kadar da güzel!"

Ama piranha burun kıvırdı:

"Sen bu harikayı suya salıver de bak nasıl yiyorum."

"Gerçekten yer misin?"

"Salıver de görürsün, Urupianga."

Piranha bununla Ormanın Yasası'na saygısızlık etmiyordu. Yüreği, dost olduğu hayvanlara duyduğu özlemle dolu olarak gelen Urupianga'yı bu oyun eğlendiriyordu.

"Hadi öyleyse piranha. Erkeksen yakala bunları."

Kavanozu nehre boşalttı. Kırmızı balıklar aceleyle, kaygılı yüzüyorlardı. Piranhalar onları kuşatmaya çalışmaktaydılar. Birbirlerine yapışık, birbirlerini yüreklendirerek yüzüyorlardı.

Bütün hayvanlar keyiflenmiş, onları izlemekteydi. Piranhalar bütün güçleriyle saldırıyorlardı, ama küçük balıklara bir türlü yaklaşamıyorlardı, çünkü bu balıklar yıvışık ve kaygan bir kabukla çevriliydi. Güzel kuyruklarını yakalamayı başarıyorlardı, ama dişleri yağımsı koruyucu tabakada kayıyordu.

Yorulan, bitik düşen, kafası terden ve utançtan kızaran piranha, Urupianga'ya yaklaştı. Urupianga atak balığın boşa giden çabalarına katıla katıla gülüyordu:

"Ele geçirebildin mi onu?"

"Bu sefer sayılmaz..."

Güçlükle soluyarak, yüreği delice çarparak, homurdandı yine:

"Onu bu kez yakalayamadım... Ama daha sonra bir yolunu bulacağım. Sonunda onları ele geçireceğim, Urupianga, göreceksin."

"O zamana kadar, oğul, sayıları çok artacak. Üreyecekler ve aynı şey olacak, başaramayacaksın..."

Gerinerek gevşekçe esnedi, gerinirken de bütün güzelliğini hayranlıkla seyrettiriyordu. Urupianga mırıldandı:

"Yorgunum. Çok yolculuk ettim. İyi bir uyku çekmeye ihtiyacım var."

Çevresine baktı ve güzel bir mavi papağanı kendisiyle gelmeye çağırdı.

"Şimdi biliyorsunuz, biraz uyuma gereğini duyuyorum. Çok gürültü yapmayın. Bu gece çayırlarda toplanacağız. *Ciao!*"

Dev bir palmiyenin tepesine tırmandı ve dallarından birinin içine uzandı.

Mavi papağan da orada durdu, başının hemen dibinde. Urupianga'nın buyruklarını unutan, dalgın bir hayvan gürültü yaparsa, kadifemsi bir uçuşla havalanacak ve onu sessiz durmaya çağıracaktı.

Ama buna gerek kalmadı, çünkü hayvanlar sorunlarını tartışmak için ormanın en derin köşelerine daldılar.

Uykulu Urupianga, aralık gözleriyle papağanın mavimsi siyah tüylerini okşuyordu:

"Ne var ne yok?"

"İşler kötü gidiyor Urupianga..."

"Böyle güzel bir gecede hüzün verici şeylerden söz etmeyelim."

"Öyleyse neden sen konuşmuyorsun? Burada her şeyin dışındayız. Çok yolculuk eden, karlı ülkeleri, uçsuz bucaksız dağları, derin denizleri bilen sen, niçin bunların sözünü etmiyorsun? Bugün nereden geliyorsun, Urupianga?"

"Ben mi?" Akşam rüzgârının tanrısal tabanlarına sürtünüp geçtiğini hissederek gerindi. "Büyük çöllerdeydim. Hayvanların susuzluğunu hafifletmek için güzel bir vaha yarattım."

"Ama insanlar da o vahadan su içmek isteyecekler mi?"

"Kuşkusuz. Ama vaha kervan yollarından o kadar uzakta ki bulmaları çok uzun zaman alacak. Sonra, yılanlarla da ilgilendim. Genç aslan yavrularının doğumunu görmeye gittim. Beni görmeye gelen bütün hayvanlara dilimin döndüğünce öğüt verdim. Geceler, geceler boyu çölün kumlarında uyudum. Orada hava karardı mı ne biçim bir soğuk bastırdığını bilemezsin."

"Hava kararınca ateş yakıyor muydun?"

"Evet, yakıyorduk, ben ve erkek kardeşlerim, Saritianga ve Anatianga."

"Niçin onlar hiç buralara gelmezler?"

"Zamanları yok. Biri Asya'nın büyük ormanlarıyla uğraşıyor, öbürü de güney denizlerinin büyük kumsallarıyla. Ben burada, altı ay süren yağmurla bir parça tatil yapabileceğim."

"Miskinin tekisin, Urupianga!"

Birlikte güldüler. Urupianga elini ağır ağır kuşun başında gezdirdi.

"Çok güzeldir, Piramitler... İnsanların istediklerinde nasıl güzel şeyler yapabildiklerini gösteriyor. Rüzgârın, altından bir güneşte, ucu bucağı görünmeyen çöllerde esti mi kumu savuruşunu görmek de güzel."

Yine esnedi. Şimdi sözleri uykuyla kesilerek geliyordu papağanın kulağına:

"Güzeldir... O..."

Kolları bedeni boyunca kaydı. Palmiyenin girintisine iyice yerleşti.

Urupianga uyuyordu.

Gece, bütün hayvanlar çayırlarda hazırdı. Hepsinin de kaygılı bir görünüşü vardı.

Urupianga ortalarında, eski bir beyaz karınca yuvasının üzerine oturmuştu. Düşünüyordu.

Çok güzel olan ay, Urupianga'nın sözlerini dinlemek ve bilgeliğini öğrenmek için iyice yakınına gelmişti.

Timsah da yaklaşmıştı ve hayvanlar adına konuşuyordu:

"Hayır Urupianga, bu iş böyle sürüp gidemez! İşler günden güne kötüye gidiyor. Eskiden de çok öldürüyorlardı, ama şimdi pek çok. Onlara ne kötülük ediyoruz? Nehri ölü hayvanlardan, ölü balıklardan temizliyoruz. Kaplumbağaların en küçüğü bile ellerinden kurtulamaz. İhtiyarlarımız, kumsallarda güneşlenemez oldular. Vakitlerini romatizmadan yakınmak ve acıdan inlemekle geçiriyorlar."

"Çok ciddi, oğul."

"Asıl kötüsü bu da değil. Büyük avlar düzenlemeleri için Kızılderililere para ödüyorlar. Kızılderililerin de avlanmayı herkesten iyi bildiğinden haberin vardır. Seslerimizi taklit ediyorlar, birinin yardım istediğini sanarak ortaya çıkıyoruz. Bu da ölmemize yetiyor."

Urupianga çenesini kaşıyordu, güzelim tanrı çenesini. Beyazların Kızılderilileri aldattıklarını ve buna karşın elinden bir şey gelmeyeceğini biliyordu, çünkü Kızılderililer onun yargı yetkisinin dışında kalıyorlardı. Yine de beyaz insanların acımasızlığını edinmemişlerdi daha. Büyük balık avlarında ve avlarda aylar geçirdiklerini biliyordu. Bu işi köylerindeki hayatın yoksulluğunu hafifletmek için yapıyorlardı. Ama çabaları bir şeye yaramıyordu. Av dönüşü, hesaplaşma sırasında, beyaz insanlar onlara biraz içki ve gülünç bir para veriyorlar, bunlara birkaç metre de kötü kumaş ekliyorlardı...

"Bu kadarla da bitmiyor. İş büyük timsahlarla bitse, sorun yok. Oysa beyaz adamlar ormanın hayatını da öldürüyorlar, Urupianga. Dev susamuru, insanların kendi kendilerine koydukları yasaklara karşın, her köşede kovalanıyor. Öldürmek için öldürüyorlar. Güzelliğinin doruğuna varması için on belki daha da uzun bir süre gereken güzel bir geyiği, sırf boynuzlarını almak için öldürmek olacak iş değil! Sonra, günlerce çürümeye terk edilen, akbabalara yem olan bir et yığını bırakıyorlar."

Urupianga güzel başını salladı ve altından bir gözyaşı boynuna doğru aktı.

"Elinden bir şey gelmez mi, Urupianga?"

"Burası Brezilya, çocuklarım. Bir gün ormanlardaki bütün ağaçları bitirecekler. Bir gün bütün hayvanların, bütün kuşların kökünü kurutacaklar. Urupianga insanlara karşı bir şey yapamaz, çünkü onların tanrısı benden güçlü bir tanrıdır."

"Öyleyse ne yapmalıyız, Urupianga?"

"Kaçmalısınız. Bundan başka yapacak şey yok. Bir kere, gerçek bir çağrı olduğuna güven getirmeden hiçbir çağrıya karşılık vermemelisiniz. Yapacağımız tek şey var. Bu yıl, büyük yağmurlar bastırdığında, nehrin sularını büyük göllere doğru yönelteceğim. Pek çok balığın oraya gittiğini göreceksiniz. On beş gün süren büyük yağmurlar sona erdiğinde akarsular kuruyacak ve bir yıl süreyle sizi besleyecek yiyeceğiniz olacak. Bütün hayvanlar, insanların kötülüğünden uzakta, büyük göllerin çevresine yerleşebilecekler. Yerli kayıklarının girememesi için akarsuları çabucak kurutacağım. Böylece insanların ava çıktıklarını görüp onları atlatacak kadar uzakta olursunuz."

Timsah karşılık verdi:
"Bütün bunlar çok iyi, ama Kızılderililer bizi hemen bulurlar. Onlar için uzaklığın önemi yok."

"Her yıl suları başka bir göle yönelteceğim. Sizi uyaracağım; böylece onlara yine izinizi kaybettirebiliriz. Ve de yaşayabiliriz, öncelikle yaşayabiliriz."

"Böylece belki..."

"Başka bir şey daha var. Bütün kara leylekler, *jaribu*'lar, bütün kuşlar, yuvalarını her zaman gölün yakınına yapmalılar. Hepsi ormanın göbeğinde, büyük ağaçların tepesinde uyumalılar. Nehirdeki kumsalların yakınında yatmak söz konusu değil. Biliyorsunuz, şimdi, Kızılderililerin elektrik fenerleri var ve sinsice kumsala kadar gelip gözlerinizi kör ediyorlar. O zaman da tamam. Bir varmış bir yokmuş, bir *jaribu* varmış... Anlaşıldı mı?"

Bütün hayvanlar başlarıyla onayladılar.

"Uzaklık, kaçıp kurtulmanıza yardımcı olabilir. Hem, dinleyin çocuklarım, kaçmak korkuyla eşanlamlı değildir. Bizim durumumuzda, kaçmak hayatı korumaktır."

"Ya ben, Urupianga?"

Urupianga yalvaran bakışlı bir kaplumbağaya döndü. Hüzünle içini çekti.

"Kumsalın üzerine yumurtlayamazsam, nereye yumurtlarım?"

Urupianga üzülmüştü, eğildi ve küçük şeyi kollarına aldı.

"Sizin durumunuz gerçekten güç... Kumsalsız yaşayamazsınız."

"Nasıl bir alın yazısı bizimki, Urupianga? Her şey kötü. Yüzden fazla yumurta yumurtlayıp kuma gömmek zorunluluğu yetmiyor... Bu işlem sırasında gözlerimiz kum dolu, güçlükle soluyabiliyoruz... Her şey güç. Neyse. Küçükler doğuyor ve herkes üşüşüyor. Yumurtalarımızın peşinde koşan Kızılderililer değilse, küçüklerimizi avlamak isteyen hayvanlar oluyor bunlar. Zavallıcıklar, doğar doğmaz huzuru nehirde arıyorlar... Oysa orada kendilerini bekleyen bir benekli pars... Gökyüzünde dönüp duran atmaca var... Nehre ulaşabilenler de piranhaları görev başında buluyorlar. Hayat bu mu, Urupianga?"

Urupianga yüzünü minik başa sürttü ve güldü:

"Orman Yasası bu, kızım. Şunu yap: Yumurtlama döneminde ormanın çok yakınındaki kumsalları ara. Belki kum tepelerinin üzerinde..."

"Evet ama oraları kazmak çok daha güç. Oralardan ırmağa ulaşmak da çok daha uzun sürüyor."

"Biliyorum, kızım, ama sabırlı olmalısın. Böylesi biraz daha güvenli. Öteki soruna, piranhalar sorununa gelince, yavrular doğduğunda nehir kıyısında kalmalısınız. Doğar doğmaz onlara hemen suya atlamalarını ve bulanık diplerde, çamurun içinde gizlenmelerini öğütlersiniz. Ta ince kabukları sertleşene ve piranhaların ısırıklarına dayanana dek."

Ay, gece yarısını bildirerek gökyüzündeki gezintisini sürdürüyordu.

"Artık yatıp uyuyun. Geç oldu."

Hayvanlar harekete geçtiler.

"Ama unutmayın: Kaçmakla direnebilirsiniz."

Ormanın içindeki kaçış başladı. Hepsi girintilerin ve yuvaların sığınağını arıyorlardı.

Urupianga, hareketsiz, onları seyrediyordu. Yetersiz gücünden ötürü üzgündü, üstelik cesareti de kırılmıştı.

Ayla ikisi kaldılar geride. Aya baktı ve gülümsedi Urupianga.

Beyaz karınca, yuvasından kaydı ve ormanın göbeğine doğru ilerledi. Her türden sarmaşık, hoş kokulu bir hamak oluşturmak için birbirine sarılmıştı. Bu hamağa uzandı ve sallanmaya koyuldu.

Gün doğarken hayvanlar uyanmadan, yol aracını hazırlamak için bulutlarını çağırdı ve havalandı; gürültüsüzce.

Kumsalların üzerinden alçaktan uçtu. Gülümsüyordu. Gülümsüyordu, çünkü kumsallar, bacaklarını kıvırmış, gecenin son anlarından yararlanarak uyuyan *jaribu*'larla, sorguçlu leyleklerle ve kara leyleklerle doluydu.

Hayvanları anlamaya ve bağışlamaya çalışarak gülümsedi. Kuşkusuz, bu gece, çok uzakta kalmışlar ve daha güvenilir sığınaklara uçacak zamanı bulamamışlardı.

Sabah, ormanı pek güzel buldu. Ama Urupianga'nın atlarının kaldırdığı rüzgâr, ilkbahar çiçeklerini düşürmüştü ve çiçekler bütün kumsalı kaplamıştı. Rüzgârın dört yandan, tatlı tatlı, giderek hafifleyen bir okşayışla geçtiği hâlâ hissediliyordu.

Kuru bir yaprak Ze Oroco'nun üzerine düştü. Gözlerini açtı ve şaşkınlıkla ilkbaharı yine yitirdiğini gördü. Yeniden çirkin, rengi atmış, kirli birer tuğla halini alan duvarın tuğlalarına bakarken gözleri sertleşti.

Önünde bir doktorla bir hastabakıcının karaltıları dikiliyordu. Söylediklerini işitiyordu:

"Yeni bir nöbet geliyor. Çok geç olmadan onu götürmek daha iyi."

Ze Oroco başını salladı. Konuşma yeteneğini yitiriyordu, bir şey yapmadığını, bir şey duymaz olduğunu söylemek gereksizdi.

Hastabakıcının güçlü kolları kalkmasına yardımcı olarak omuzlarına yapıştı.

İsyan ederek yüreğinde uçsuz bucaksız bir acıyla ilerliyordu. Başını sarsıp duran, bütün bedenini titreten ve onu yavaş yavaş öldüren iğneleri yapacaklardı yine.

10

Maria Antonia'nın türküsü

Sonu gelmeyen gecelerde, öbür yandan gelen çığlıklar, iniltiler sık sık işitilirdi. Öbür yanda kadınlar pavyonunun bulunduğunu biliyordu. Birtakım adamlar, ara sıra kadınların zorla ırzına geçmek için aradaki duvardan atlamaya, kapıları ve koridorları aşmaya kalkmışlardı. "Ötekiler" deliydiler. Bir şey söylemeden yürüdüklerinde büyük çılgınlıklar yaptıklarında da deliydiler... Ama istek gelip çattı mı, kadınların nerede olduklarını çok iyi hatırlıyorlardı.

Kadınların da kaba kumaştan üniforma giydikleri, temizlik yönünden aynı sıkıntıları çektikleri ve durmadan gülerek aşağı yukarı hep üstleri başları dökülerek, yalınayak gezdikleri söyleniyordu. Pislik ve kötü kokular da cabası; çünkü bir kadın bedeni doğar doğmaz kokmaya başlar. Ama erkekler, buna rağmen, yapacak başka şeyleri yokmuş gibi, kendilerini tatmin etmek için gardiyanların denetiminden sıyrılarak o yana süzülmeye çalışıyorlardı. Bu kaçamaklar birtakım doğumlara bile yol açmıştı.

Yatakların neredeyse birbirine değdiği revirde yatıyordu Ze Oroco. Başka insanların, yerde, sidik kokan saman şilteler, çuval yığınları ve gazete destekleri üzerinde uyuduklarını biliyordu. Bunun önemi yoktu, çünkü "ötekiler" bir şey hissetmezlerdi.

Kötü ruhlarla ilişkisi olduğu söylenen, gözleri hep pırıl pırıl yanan, gür sakallı, çok zayıf bir adam vardı. Avludayken tahtakurularının ısırmalarından ötürü *ötekiler*'in kaşındıklarını gördükçe gülümserdi. Tanrı'nın adaletinin kurbanı ona sorardı:

"Sen bir şey duymuyor musun?"

Bostan korkuluğu gülümserdi yine.

"Gece, tahtakurularını duymaman olacak şey değil."

"Evet, duyuyorum onları. Ama tahtakurularını iğrenç buluyorum, bu nedenle pire olduklarını düşlüyorum. Böylece uyuyabiliyorum."

Karanlık gecede, parmaklıklı pencerelerden sızan dağınık ışıklarda, Ze Oroco kuru hintkirazlarının uzun karaltılarını seçiyordu.

Adamlar uyuyorlardı. İnliyorlardı, gülüyorlardı, düş görüyorlardı ve tahtakuruları onların gövdeleriyle besleniyordu.

Doktor onu ne zaman buradan çıkaracaktı? Gideli çok olmuştu. Bir keresinde, bu gecelerin işkencesinden toplumsal hizmetlerde görevli genç kıza söz etmiş, daha iyi olduğunda, "ağaç, ağaç olduğunda" başka bir hastaneye aktarılacağını belirtmişti kız. Umut verici belirtiler göstermeye başlamıştı bile...

Ama Ze Oroco'nun içi içine sığmıyordu. Yağ, kaslarını kapladıkça, çevikliğini boğdukça, öldüğünü hissediyordu. Sinirli ellerle, kendini yok etmek istediği ellerle, kendi kendini öldürmeyi düşünerek saatler boyu baş başa oturuyordu. Bu sefil hayvan durumundaki, anılarının tutsağı bu acı çeken insanlar arasında kalmak, kişiyi bir yere götürmüyordu. Bir gün, bu hayat denen pislikten kurtulmanın yolunu bulacaktı.

Sıcaklığın her köşesine sindiği, ter kokularını içmiş olan şiltenin üzerinde döndü. Revirin ucunda (hareketleri gözü kapalı izleyebilirdi) biri öksürüyordu. Bir başkası kalkıyor, hep dolu, hiç boşaltılmayan bir kovaya gürültüyle işiyordu. Haftada bir kere, bir hastabakıcı kovaya bir kutu dolusu katran ruhu dökerdi. Yakında, iğrenç koku bütün reviri kaplayacaktı. Ama herkes buna şimdiden alışmıştı.

Öğrenmek istiyordu –nedenini de anlamıyordu– saatin kaç olduğunu. Yaşadığı bütün öbür gecelerden farklı olan karanlık gece, ona yol gösterebilecek, zamanı çözmesine yardım edebilecek bir tek yıldız çıkarmıyordu ortaya. Öyleyse saati öğrenmek niçindi? Çürümesindeki gelişmeyi ölçmek, uzatmak, güçlendirmek için mi?

Şiltenin bu köşesi yine ısınmıştı. Biraz daha öteye kaydı. Komşusu oraya dizini koymuştu. Uyandırmamak için adamın bacağını hafifçe itti. Bazen bunu kötü niyetlerle yapardı. Kadınsız yerlerde insanın başına gelirdi bu. Böylesine durumlar görülmüştü burada. Adamlar hayvansılıklarını hintkirazlarının altında yatıştırmaya giderlerdi. Neyse ki adam gerçekten uyuyordu ve bir şey duymadı.

Büyük koğuşun ağır, iğrenç kokulu havasını içine çekti. Uyumak istiyordu. Ama acımasız uykusuzluk aynı düşüncede değildi. Havasızlıktan sıkılmaya başlayacaktı ki, bir şey irkiltti onu. Öbür yanda bir kadın sesi şarkı söylüyordu. Söylediği havayı bildiği için büyülenmiş gibi kalakaldı. Araguaia Nehri üzerinde herkesin yaptığı gibi, kulaklarını tıkamaya kalkışmadı. Hiç değilse bu onu deli edemeyecekti. Daha fazla deli edemeyecekti. Kadın, pek iyi seçemediği sözler söylüyordu, ama hava aynıydı. Gülümsedi.

Ayın dört dönemi var
Dört üzgün dönemi
Umutsuz ve acımasız
Soğuk, hüzün dolu...

Bin yıl yaşasa bu sözleri hiç unutmayacaktı. Pedra'dan Leopoldina'ya, San Pedro'dan Rio de Coco Nehri'ne dek herkes bu türküyü bilir ve sözünü etmekten hoşlanmazdı.

Kim bu şarkıyı umursamazsa en ufak bir rüzgârla karşılaşmaksızın kayığının devrildiğini görürdü. Birçok motorlu teknenin batış nedeni anlaşılmaz olarak kalmıştı. Ağaç kütüğü bulunmayan yerlerde, yerli kayıklarının burunları ağaç kütüklerine çarpıp delinirdi. Gidip bir göz atılırdı ve hep Maria Antonia'nın şarkısıyla alay eden biri olurdu işin içinde.

Uzakta şarkı yükseliyor ve sözler göğsünde büyüyordu.

Yeniden görüntüyü canlandırmaktaydı. Ama bu kez çok daha yüksekti ve Araguaia uçsuz bucaksız bir genişlikteydi. Öyle ki kayıkla geçilebilecek yerlerini aramak gerekiyor ve nehrin yatağı, aklına estiği gibi, dört yana kıvrılıp bükülüyordu. Bazen büyük kum tepeciklerinin çevresini dolanıyordu Ze Oroco; bazen de nehrin ortasından gidiyordu; bu güneşin altında onu aramak insanın gözlerini yoruyordu. Pek çok kişi ilk bakışta Araguaia üzerinde tekneyle gitmenin çok kolay olduğunu düşünürdü. Ne gezer! Büyük yağmurlardan sonra, suların alçalmasının ardından, nehrin yatağının önceki yıl olduğu yerde bulunmadığı görülürdü. Kumsallar bile aynı yerde kalmamak gibi bir alışkanlığa sahiptiler. En beklenmedik zamanda, bulunabileceğinin bile düşlenemediği bir yerde, güzel ve büyük bir kumsal beliriverirdi.

San Pedro'dan oldukça aşağı inmişlerdi bile ve Bela Vista'ya ulaşmaları için daha üç koca fersah gerekiyordu onlara. Ze Oroco, Pedrinho Pinheiro'nun Montaria'sından ödünç bir kayık uydurmuştu. Yol arkadaşı, beyazların Crisostomo'dan yozlaştırıp Grisosti dedikleri, Cue-Bero köyünden, Siroe Larrori adında bir Carajá Kızılderilisiydi.

Larrori'yi, Piedade'de bir taşıt ararken bulmuştu. Ama nehir gerçek bir çöldü; hiçbir şey geçmiyordu üzerinden, ne motorlu tekne ne yerli kayığı. Ze Oroco görünene dek.

Dost Kızılderili'yle konuşmak için durdu. Kaba saba, çok uzun boylu, ön dişlerinden yoksun, ama gülünç bir biçimde iki koca köpekdişi sergileyen ağzıyla belli belirsiz kaygılı konuşuyordu Larrori.

"Nasıl oluyor da buraya, köyünden bu kadar uzağa düşüyorsun sen, oğul?"

"Biliyor musun, Ze Oroco, aslında buraya gelmemem gerekirdi."

Portekizceye Carajá yerlilerinin sözcüklerini karıştırarak konuşuyordu.

"Anam yollara düşmemi istemiyordu, ama bilirsin sen. Ne balık avlamak için zıpkın yapımında kullandığım bambular kalmıştı ne de *taquari*'lerim. Antonio Pereira'nın teknesinde iş buldum, Leopoldina'ya dek dümen tuttum. Bütün bir gün boyunca Tigre Gölü'ne tırmandım ve *taquari* kestim orada."

"Çok getirdin mi?"

"Bana bak. Kardeşim ve kuzenim için de kestim."

"Nasıl oluyor da siz Carajá'lar bu kadar çok bambu kullanıyorsunuz?"

"Turistler üstü resimli ok satın almak istedikleri için. Rasgele örüyorsun bir tane ve hop, satıveriyorsun."

"Kaç gündür bekliyorsun Piedade'de?"

"Burada da değilim ki. Sao Jose'nin üç fersah yukarısındayım. Ama işlerim ters gidiyordu. Beni evlendirmek istiyorlardı."

"Beyaz bir kızla mı?"

"Bir Tori'yle mi yani? Hayır, bir Carajá'yla."

"Anlat."

"Carajá'ların, başka bir köydeki hısımlarını ziyarete gittiklerinde oraya hiç gündüz varmadıklarını, evlerin önünden geçmediklerini bilirsin. Ben de gece kuzenlerimi görmeye gitmiştim. Orada, Narruria adlı bir kadın tanıdım... Birbirimizden hoşlanıyorduk. Kuzenler hoşnuttu. Evlenmem işten değildi. Ama düşündüm: 'Ya bu iş anamın hoşuna gitmezse?' Bunu düşündüm ve kirişi kırdım. Hem o Cue-Bero'ya gelmek, anasıyla babasından ayrılmak istemiyordu. İşin yürümeyeceğini gördüm... ve vazgeçtim. Sıvıştım oradan, Piedade'ye varıp başladım bir tekne geçsin diye beklemeye. Sonunda sen geçtin."

"Hadi. Tekne bizi bekliyor."

"Senin Rosinha mı bu?"

"Hayır."

Kızılderili, tekneyi dikkatle inceledi.

"Kaçarı kuvvetliye benziyor."

"Kaçarı kuvvetli ve çok hafif. Uzaklık muzaklık tanımaz."

Ze Oroco, Kızılderili'nin pılısını pırtısını kayığa yerleştirmesini bekledi.

"Nasıl bir şeydi nişanlın?"

Siroe Larrori bir an durdu ve canı sıkkın karşılık verdi: "Bilmem."

"Nasıl bilmezsin?" Ze Oroco bastı kahkahayı. "Güzel miydi, şişko muydu, cılız mıydı, genç miydi, yaşlı mıydı?"

Siroe düşünceli duruyordu. Eşyalarını kayığa yerleştirirken eli ayağına dolaşır gibiydi.

"Bilmiyorum. Çünkü geceleri, karanlıkta görüşüyorduk."

Ze Oroco hüzünlendi. Kuşkusuz bir tuzaktı bu, saf delikanlıyı kafeslemek isteyen yaşlı bir Kızılderili kadının dümeniydi. Aşağı Carajá'ların hiçbir şey bilmedikleri ve safın safı oldukları herkesçe bilinir.

Üstelemedi, ama için için bunca saflığa gülüyordu.

Şimdi sorguya çekilme sırası Ze Oroco'daydı:
"Bu ne?"
Kızılderili'ye baktı.
"Bu bir fotoğraf makinesi. Resim çekmek için bir makine. Dergilerdeki resimler gibi, biliyor musun?"
"Gördüm, evet."
"Makine benim değil. Leopoldina'da bir adam, bir turist, güzel görüntülerin resmini çekmek istedi. Resimler iyi çıkarsa bana bilmem ne kadar para verecek."
"Resim çekmeyi biliyor musun?"
"İyi çekmeyi bilmiyorum. Ama adam her şeyi hazırladı bıraktı. Bütün yapacağın iş şu küçük düğmeye basmak ve çıt sesi çıkarmak. Sonra, film makarası çevriliyor ve şu öndeki küçük kol kaldırılıyor, yeni bir resim çekmek için."
"Öyleyse çekilen resimler tıpkı oltanın iğnesini kapan balıklar gibi."
Ze Oroco olumlu yanıt verdi, ama karşılaştırmayı pek yerinde bulmuyordu. Her neyse, Kızılderili'nin kafasının içinden geçenleri bilmediğine göre tartışmak neye yarardı?
"İşlemez oldu. Düğme sıkıştı, çıt sesi çıkmıyor. Çıt sesi duyulmadıkça da resim çekilmez."
"Tıkandı mı?"
"Tıkandı."
Siroe pek hoşnut değildi. Bu resim hikâyesi kafasını kurcalıyordu.
"Niçin adam nehrin resmini çekmeni istiyordu? Kendisi gidemez mi oralara?"
"O kadar uzağa hiç gitmemiştir. Kent insanlarının zamanları hep önceden hesaplıdır. Bu kadar büyük uzaklıklara gidemezler, zamanları yoktur."
"İnsan istese zaman bulur."
"Resimler iyi çıkarsa, bir Noel takvimi için satacağı-

nı söyledi. Ama ben söylediklerine pek inanmıyorum, çünkü kadın ve erkek Kızılderililerin çırılçıplak resimlerini çekmemi istedi. Ama bu iş için başkasını bulsun. Evet, tamam mıyız?"

Siroe, koca gövdesinin bütün ağırlığıyla ayağa kalktı:
"Tamam, Ze Oroco. Şimdi sen dinlenirsin. Yer değiştiriyoruz. Sen burna oturuyorsun. Küreği bana geçiriyorsun."

Koca köpekdişlerinin arasından fışkıran şen bir kahkaha attı. Göğsünü yumrukladı:
"Göreceksin kürek çekmekte ne kadar güçlü olduğumu."

Ve durup dinlenmeksizin kürek çekmeye, kayığı ilerletmeye koyuldu. Siroe'nin acelesi vardı, bir an önce anasını, babasını, kuzenlerini, yeğenlerini görmek istiyordu. Ancak hava iyice karardığında ve alacakaranlıkta beliren sivrisinekler kumsaldan uzaklaştığında, durabilirdi.

Şimdi, öğle sonrasının acımasız güneşi altında kürek çekiyordu. Alev alev bir güneşti bu. Her şeyin tanrısı Canansiu-e, güneşin suratlara yönelttiği keskin bıçağı serinletecek en ufak bir bulut parçası yollamamıştı.

Ayın dört dönemi var
Dört üzgün dönemi
Umutsuz ve acımasız
Soğuk, hüzün dolu...

Boğuk ses, ufacık esintiden yoksun nehrin hareketsiz ve sıcak havasını bu dizelerle dolduruyordu.
"Şuradan geliyor."
Siroe kaygıyla kıyıyı gösteriyordu.
Sonra ses kesildi, türkü yerine yardım isteyen çığlıklar geliyordu şimdi.

"Gidelim mi, Larrori?"

"Gitmeyelim, Ze Oroco. Büyü var. Şu Maria Antonia delisinin işi, gitmeyelim Ze Oroco. Onu görürsek büyüleniriz."

"Saçma sapan şeyler bunlar Larrori. Zavallı kadın yardım istiyor. Dinle! Onun gibi yaşlı bir kadının güzel bir şarkı söyleyerek insanları delirttiğine nasıl inanırsın? Gidelim."

Canı sıkılan Siroe, küreği kayığın öbür yanından suya daldırdı ve bu kez acele etmeden kürek çekmeye koyuldu. Bütün bunların kötü şeyler olduğunu dostuna söylemek bir işe yaramıyordu. Beyazlar büyüye inanmazlardı. Yani, birkaç beyaz, çünkü bu bölgede yolculuk eden kişilerin çoğu Maria Antonia'nın sesini işitmektense şeytanın ta kendisini görmeyi yeğlerlerdi.

Havanın rüzgârsız oluşundan ötürü cılız bir duman dimdik yükseliyordu. Büyük bir kum tepesi, yağmur güçlendiğinde nehrin sürüklediği bir *yumuşak kum tepesi*. Kaygan ve zahmetli. Ancak çılgın, kafayı üşütmüş biri durmak için bu yeri seçebilirdi.

Kayık yaklaştığında, yaşlı kadın bir yığın kuru ot arasından ayağa kalktı.

Siroe bakmak istemiyordu, ama büyülenmişti. İlk kez yaşlı kadını etiyle, kemiğiyle görüyordu. Şimdi işler sarpa saracaktı... Büyük bir dikkatle kürek çekmek gerekiyordu. Yaşlı kadını görmek ve türküsünü işitme sırası onundu. Yapması gereken şey, olabildiğince çabuk Santa Isabel köyüne ulaşmak, bir hısımından iyi bir yerli kayığı istemek ve Cue-Bero'ya doğru kaçmaktı. Orası kötü ruhlardan, tılsımlardan yoksun bir yerdi. Böyle bir korkudan sonra, koca gövdesini bir daha o çok sevdiği yerin iki metre ötesinden uzağa sürüklememeye ant içiyordu.

Ze Oroco yaşlı kadına gülümseyerek baktı:

"Başınıza ne geldi, *doña*?"

Ya iyi anlamadığından ya da neredeyse kör olmuş gözleriyle konuşanın kim olduğunu anlamaya çalıştığından, yaşlı kadın hemen karşılık vermedi.

Üzerinden iğrenç, pislikten vıcık vıcık bir etekliğin biçimsizce sarktığı kalçalarını kaşımakla yetindi önce. Bir başka paçavra da bluz yerini tutuyordu. Yapış yapış, birbirine karışmış saçları, başını örten pis bir kumaştan çıkıyor, yüzünün iki yanından inanılmaz pisliğinin daha da belirginleştirdiği yaşlılığın buruşukları üzerine sarkıyordu.

"Yardım mı istiyordunuz, *doña*?"

Ze Oroco, yanıt almadı. Bir yığın kirli paslı gerdanlığa, her türden inciye karışmış, biçimsiz göğsüne sarkan koca bir haç gördü.

Yaşlı kadın, neredeyse eciş bücüş gövdesinin boyutlarında büyük bir bıçak kaptı ve az kaldı tepeden aşağı yuvarlanıyordu. Kıç üstü otların üzerinde kaydı ve kendisini aşağı attı.

Kayığın yakınına geldiğinde gövdesinden yükselen papağan kafesi kokusu daha da belirginleşti.

Ama Ze Oroco bundan hiç rahatsız olmadı:

"Konuşun, *doña*. Neden yardım istediğinizi söyleyin bize."

Kadının gevşek, salyalar akıtan, dişetleri kararmış ağzı açıldı, sonunda konuştu:

"Kayığımla nehre gidiyordum, oğul. Kayık alabora oldu ve buraya düştüm, üç gün oluyor. Dilediğim kadar bağırayım, kimse yakına gelerek ne olup bittiğini anlamak istemiyor. İlk gelen sizlersiniz."

Ze Oroco düşündü. Böylesine yaşlı bir kadın nasıl oluyordu da tek başına kürek çekebiliyordu? Üstelik küçük bir tekne de değildi, koca bir sandaldı bu...

"Yukarı mı gidiyordunuz, *doña*?"

"São Pedro'ya doğru. Pedra'dan bu çarşamba yola çıktım. Beni oradan kovdular. Ama görecekler günlerini,

Tanrı yaşlılara kötülük eden insanları cezalandırır. Bunun için São Pedro'ya doğru gidiyordum."

Rezillik mi rezillikti bu yaşlı kadınınki... Ölüm bile istemiyordu Maria Antonia'yı. Ze Oroco üzüldü:

"Yemek yediniz mi, Madrinha?"

"Ne yemeği? Yaktığım şu küçük ateşi görüyor musunuz? Yaklaşabilecek benekli parsları uzaklaştırmak için. Pirincimi bile pişiremedim, su içmek için de küçük bir sukabağından başka şeyim yok. Bir tencerem ya da küçük bir kabım olsaydı. Hep peşimden gelen siyah bir tavuğum var, yukarıda."

Ze Oroco ilgilenerek yukarı doğru baktı. Ama otlar her şeyi gizliyordu. Bu şeytan kadının nasıl olup da şimdiye kadar su içmeye gelen bir çıngıraklıyılan tarafından sokulmadığını, öldürülmediğini anlamıyordu. Ya ateşin bilinmeyen bir gücü vardı ya da yaşlı kadın ölümle bozuşmuştu. Neden, Tanrım, böyle bir yaşlı kadın yardım istiyordu?

"Şimdi ne yapalım, Madrinha?"

"Beni burada tek başıma bırakmayacaksınız herhalde?"

Gözlerini Kızılderili'nin gözlerine dikti, ama Siroe dehşete düşüp hemen kaçırdı gözlerini. Görünüşü kurtarmak için uzaklaşmıştı ve biraz serinlik peşinde, ayaklarını suya sokuyordu.

"Ortadaki paketleri çekeriz ve bu yaşlı kadını Bela Vista'ya götürürüz."

Siroe homurdanarak ona yardım etti. Kayık kendinin olsaydı, yaşlı kadın parasıyla bile binemezdi. Ze Oroco'nun aklından zoru olduğunu söylüyorlardı hep. Aynı zamanda da, bir adamın bu denli iyi olabilmesine hayranlık duyuyordu.

"Yukarıda neniz var? Gidip getireyim."

"Bağlanmış bir siyah tavuk var. Pirinç dolu bir çuval, bir de kafa biçiminde bir sukabağı var."

Ze Oroco şimdiden enikonu yorgun olan bacaklarını biraz zorladı ve tepeye tırmandı. Geri döndüğünde, yaşlı kadın kayığa rahatça yerleşmişti bile. Güldü:

"Madrinha, sizi Bela Vista'da bırakırım. Orada biri, gelip devrilen kayığınızı götürmenize yardım eder."

Büyü ve tılsımla bile, sonsuzluktan daha da yaşlı bir kadının ağır sandalı kürekle ilerleterek fersah fersah yol almasına inanmıyordu. Ama tartışmak neye yarardı?

"Gidiyor muyuz, Larrori?"

Siroe oturdu ve kayığı kıyıya bağlayan halatı çözmek için Ze Oroco'nun yerleşmesini bekledi.

Ama nasıl olurdu bu? Tahta kayık bin kilo ağırlaşmıştı. Öyle ağırdı ki her kürek insanın belini ağrıtıyordu. Ze Oroco bunu hissediyor, ama Kızılderili'ye bir şey söylemiyordu. Kızılderili köpürmekteydi.

Kayık bulunduğu yerden çıkmak istemediğinden, Siroe bütün gücüyle asılıyordu küreklere. Bağlıydılar sanki. Ama eninde sonunda paçavralarla kaplı bir yaşlı kadındı binen... Etten çok kemiği vardı!.. Bir de kart tavuk, bir de bıçak... İşin içinde büyü ve günah olmalıydı. Asıl kötüsü, Siroe'nin başını çevirmek, burnunu tıkamak ve olabildiğince az soluk almak zorunda kalışıydı. Çünkü namussuz rüzgâr tam karşıdan esiyor ve yalnızca kayığın ilerlemesini güçleştirmekle kalmıyor, bu yaratığın birlikte sürüklediği leş kokusunu da çoğaltıyordu.

Ze Oroco yakındaki bir kumsalı gösterdi:

"Şurada mola verir, yaşlı kadın için bir şeyler kızartırız."

Kayığı kumsala yönelttiler.

Tavuk, kadının eteğinin altında debeleniyordu. Maria Antonia, bıçağının keskin olmayan yanıyla hayvanın sırtına vurmaktaydı.

"Kes sesini, sefil! Rahat dur!"

Kumsala vardıklarında tavada zeytinyağını kızdırmaya ve kadına iki yumurta pişirmeye yetecek kadar bir ateş yaktılar. Kadın, manyok ununa belenmiş yumurtaları yerken moladan yararlanıp nehre daldılar. Rüzgârdan ötürü sivrisineksiz ve sineksiz bir yer buldular.

Suyun içinde, aynı şeyleri düşünerek duruyorlardı. Ancak Ze Oroco sorduğunda sessizlik bozuldu:

"Bella Vista ne kadar uzakta, Larrori?"

"Aşağı yukarı dört fersah."

"Cehenneme kadar yolu var."

Saat dörde gelmeden Bela Vista'ya varıyorlardı. Kancanın çok yardımı olmuştu; kayığın mı hafiflediğini, yoksa bedenlerinin mi uyum sağladığını kestiremiyorlardı. Ama başarıyorlardı. Zaman kötü şeyleri unutturduğundan, kendilerini yeniden nehirde ilerler, Maria Antonia'nın kokusundan, ağırlığından, büyücülüğünden ve günahlarından kurtulmuş buldular. Bu onlarda neredeyse bir gülme isteği uyandırıyordu. Ama onları asıl şaşırtan, oralıların, yaşlı kadının gerçekten büyük sandalıyla nehirde yol aldığını söylemeleriydi. Onu birkaç gün yörede barındırmak için ne büyük güçlükler çıkardıklarını da fark etmişlerdi.

Bunu hatırlayan Ze Oroco, birden makaraları koyverdi.

Siroe de onun neye güldüğünü anladı ve gülümsedi. Güzelim bir öğle sonrasında ne güzel bir kahkahaydı bu! Çok daha az yakıcı olan güneş, nehrin üzerinde parlıyordu. Hafif bulutlar da yukarıda koca kümeler halinde birikmeye başlıyorlardı. Nehir her şeyi yansıtan bir aynaya benziyordu.

Ze Oroco kendi kendine konuşur gibi söylendi:

"Ne güzel bir fotoğraf olurdu!"

Gözlerinin gördüklerini başkalarına da gösteren duvarlara asılı takvimleri düşünüyordu.

Döndü ve makineyi aldı. Çıt çıtının çalışmaması çok yazıktı. Makineyi ellerinin arasında evirdi çevirdi. Birden, merak makineyi gözlerine kadar kaldırmaya itti onu ve görüntüyü objektife yerleştirdi. Ancak O'nun yapabildiği ne güzel bir şeydi bu! Yüreği çarptığı sürece bu uçsuz bucaksız güzelliği unutmayacaktı. Öylesine hiçbir şey düşünmeksizin düğmeye bastı ve soluğu kesildi. Çıt sesi çıkmıştı. Makarayı çevirdi ve kendisine boyun eğen küçük düğmeyi çıtlattı, çıtlattı. Bu kutunun içinde tılsım vardı... Çünkü Leopoldina'da herkes makineyi incelemiş, dürtüklemişti... Namussuz, bana mısın dememişti! Şimdi hiç beklenmedik bir anda yeniden işlemeye koyuluyordu! Bunun Maria Antonia'yla bir ilgisi var mıydı? Başka şey olamazdı.

"Bak Larrori, makine yeniden işliyor."

Kızılderili elini suya daldırdı, yanaklarını şişirdi. İçini çekti ve istemeyerek karşılık verdi:

"Büyü var içinde."

Ama başka şey konuşmadılar.

Gözlerine kadar battaniyelerine bürünmüş, ateşin dibinde yatıyorlardı. Biraz daha gitseler battaniyeleri alev alacaktı. Soğuk yakıcıydı, acımasızdı çünkü. Gece daha da ilerlediğinde başlarını örtecekler ve hayat anlamını yitirecekti. Kürek çekmekten bitkin düşen beden dinlenmek istiyordu.

Şimdilik ikisi de uyumuyordu.

"Ne var, *compadre*?"

"Bir şey yok, Ze Oroco."

"Uyumuyorsun, niçin?"

"Uykum yok!"

"Ama bütün gün debelendin durdun, uyuman gerek. Böylesine uykusuzluk çeken bir Kızılderili görmedim hiç. Bir Carajá, yatar yatmaz uyur. Konuşalım mı?"
"Konuşmuyor muyuz?"
"Tersini söylemedim... Ama daha önemli bir konuşma..."
"Peki."
Ze Oroco battaniyenin sıcaklığında gerindi. Ellerini bacakları arasında gezdirdi ve kendini güçlü hissetti. Ama bunu bir yana bırakıp yukarı baktı. Daha doğrusu, çok fazla yıldızıyla alçacık gökyüzüne bakmak için başını kaldırdı. Gülümsedi:
"Larrori, yukarıda şu yıldızlarda akıl almaz şeyler olduğunu biliyor musun? Söylendiğine göre her yıldız –ve bu söylenen doğru olmalı– yaşadığımız yeryüzünden daha büyük."
Siroe en ufak bir şaşkınlık belirtisi göstermeksizin karşılık verdiğinden, nutku tutulan Ze Oroco'nun ağzı açık kaldı.
"Evet, biliyorum. Küçüklüğümden beri bunun sözünün edildiğini biliyorum. Yukarıda nehirler, ağaçlar, hayvanlar olduğu söyleniyor, ancak kimse görmeye gitmiyor. Eskiden beri Kızılderililer, öldüklerinde yıldızlara uçup orada avlanacaklarını düşünürler... Daha doğrusu ruhlarının."
"Bütün Carajá'lar bunu bilirler mi?"
"En azından öğretirler bize..."
"Ama sen, Larrori, ayı ve yıldızları gördüğünde bunu düşünüyor musun?"
"Pek çok kere."
Sustular ve korkunç bir sigara içme isteği duydular. Bir sigara sarmak için oturdular, çünkü Siroe piposunu getirmemişti. Getirse bile tütünü bitmişti.
Gecenin yabanıl görkemini seyrederek birkaç nefes

çektiler. Bu çok güzel ve terk edilmiş dünyanın ötesinde hiçbir şey yoktu sanki.

"Avlanmayı sever misin? Sevmez misin yoksa?"

Larrori ateşi yansıtarak pırıl pırıl parlayan siyah saçlı başını salladı:

"Sevmem, hayır. Ancak bir sürü Carajá varsa Tori'ler için ava çıkarım. Tek başıma, Tori'lerle ava gitmem."

"Ama ben, bir beyaz değilim Larrori."

"Sen başkasın, Ze Oroco. Tori değilsin. Kızılderili değilsin. İyisin. Bak. Para ödetmeden beni teknene alıyorsun. Yeni bir gömlek verdin, battaniyeni ödünç verdin. Dün bana bir oltayla iğne verdin. Ham şekerin varsa bizlerle paylaşırsın. Öteki Tori'ler bunu yapmazlar. Ancak emeğimizle değiştokuş ederek birtakım şeyler verirler. Üstelik bizi hep soyarlar. Üç ay süreyle avlanmak, sonra da içinde soluk bile alınmayan kaba kumaştan bir cibinlikle çırak çıkmak hoş değil bizim için... Sen, Ze Oroco, başkasın, seni tanıyorum çoktandır. Bütün Carajá'lar seni severler. Öbür Tori'leri sevmezler."

"Yolculuk bile etmez misin Tori'lerle?"

"Başka Kızılderili yoksa, hayır."

"Ama niçin?"

"Sanırım korkuyorum."

O zaman Ze Oroco, Orlando Vilas Boas'ın çok önemli olan bir sözünü hatırladı. "İlk kez bir Kızılderili gören beyazlar aynı şeyin Kızılderili için de söz konusu olduğunu unuturlar," diyordu bu cümle.

"Evet..."

Tembel, telaşsız bir esnemeyle açıldı ağzı. Ze Oroco sormayı akıl etti:

"Uykun var mı şimdi, Larrori?"

Siroe de karşılık verdi esneyerek:

"Hımmm... Hımmm..."

"Öyleyse uyuyalım mı?"

Bu soruları soruyordu, çünkü bir Kızılderili'nin, uykusuzluktan ölse aynı şeyi sormayacağını biliyordu. Her zaman beyaz adamın çağrısını bekleyecekti.

Yan döndüler.

Buz gibi bir hava giderek kırılıyordu. Ateş büyüdü. Alevler onları kızartıyordu neredeyse. Ateş, soluklarını kesiyordu, bedenleri terden sırılsıklamdı. Kumsalın yumuşacık kumu pis kokulu ve terden nemli bir şilteye dönüşüyordu.

Ze Oroco gözlerini açtı ve yıldızları göremedi. Ayaklarının dibinde inleyen de Siroe değildi.

Öbür yanda, ses, belli belirsiz Maria Antonia'nın türküsünü söylüyordu:

Ayın dört dönemi var...

Sözcükleri seçemezdi, ama korkusu, sesleri işitmediği cümlelere çeviriyordu.

Biri işemişti ve tıkanan helaların sidik kokusu bütün reviri leş gibi kapladı.

Ses, türkü söylüyordu. Gitgide uzaklaşarak. Ze Oroco hüzün içinde tükürüğünü yuttu. Aklının başında olmadığını keşfetmişti. Hayatının altüst oluşunu türkünün sözcüklerine borçluydu. Pek az tanıdığı bir turist hesabına fotoğrafını çekmiş olması gereken o güzelim görüntüyü bir daha düşünerek felaketinin ortasında gülümsedi.

11

Calamanta

Biri vardı... Bir adam; ama gerçekten bir adam olduğu söylenemezdi. Neredeyse bir çocuk; daha sakalı çıkmamış. İlk delifişek kıllar, çirkin sarı lüleler halinde ancak belirmeye başlıyordu. Cılızdı, konuşmayı bilmiyordu. Yalnızca anlaşılmaz sesler çıkarmaktaydı. Göğsü içeri çökük, yürüyüşü sarsak. Bakışsız gözler, çok büyük bir kafa. Öbür insanların kendisinde uyandırdığı korkuyu hafifletmek için gülümsemekten başka şey bilmiyordu. Adı Pedrinho'ydu.

Ze Oroco fırsat buldukça kimse bir kötülükte bulunmasın diye, çocuğun yanında dururdu. Çünkü "ötekiler" çocuğun yiyeceğini alıyorlardı elinden ve zavallı bundan yakınamıyordu bile. Kadınsızlıktan bunaldıklarında, küçüğü, ne anlama geldiğini hiç mi hiç bilmediği şeyler yapmaya zorluyorlardı. Bir gün Tanrı işe karışmazsa, Pedrinho insanların çoğunun ne okumayı ne de işitmeyi sevmediği eylemlerin kurbanı olabilecekti.

Ama Tanrı, beklendiğinden çabuk karıştı işe. Çocuk dizanteriye yakalandı. Her yeri pisletiyordu. Hastabakıcılar onu dövüyorlardı; çünkü içini bataklığı andıran yatağa boşaltıyordu. Akıllarına estiği gibi sürüklüyorlardı onu. Bir keresinde Pedrinho yere yapışıp tutunmaya çalıştı. Ama adamlar çok güçlüydüler. Avluya vardığında, tırnağını yere geçirmekten sağ el işaretparmağının kemiği dışarı fırlamıştı. Onu avluya bağladılar ve unuttular. Gece oldu, yağmur bastırdı. Pedrinho'nun ciğerleri zayıftı. Tanrı ona acıdı ve azgın bir verem yolladı. O durumda, dizanteriden pislik içinde, eciş bücüş, saçı başı karışmış, parmağının kemiği dışarıda, kimseyi suçlamadan öldü.

Ze Oroco, Pedrinho'nun ölüsünün yıkanmasına yardım etti. İşin en ilginç yanı çocuğun yüzündeki her türlü delilik belirtisinin silinmiş olmasıydı. Gözleri dingin bir uykuyla kapanmıştı, uykuların en dinginiyle.

Kimse gelip balmumundan minik yüze sahip çıkmadı. Hiçbir zaman, hiçbir dönemde, hiçbir insan eli değmemişti melek yüzünün tüylerine.

Bunu düşündüğünde, Ze Oroco çok duygulandı. Çok!

Kimsesiz olmak! Bir çiçek getirecek, "zavallı" diyecek birinden yoksun bulunmak.

Bunun üzerine Ze Oroco Pedrinho'nun güzel bir motorlu teknede yolculuk etmesi, konuşması, şarkı söylemesi için yürekten yakardı. Araguaia'ya, bütün çiçekleri kendisine ödünç vermesi için yalvardı; özellikle eflatun *simbaibinha*'ları göndermesi için. Ve karışsındı *simbaibinha*'lar, yumuşacık *murure* çiçeklerine.

Hastabakıcılar, kim bilir nereye götürmek üzere –soğuk bir odaya ya da bir çukura– balmumundan yüzü bir sedyenin üzerine attıklarında Ze Oroco daha da üzüldü.

Bu işe alışkın, güçlü hastabakıcıların koridorlarda ve daha sonra kapıda yitip giden sırtlarından başka şey görmüyordu.

Bunun üzerine Ze Oroco, olanca hüznüyle başkaldırdı. *Chico*'dan, Pedrinho'yu, Brezilya'nın en güzel meleği yapmasını istedi. Onu yardımcı olarak yanına almasını bile diledi.

Ve bu kez, tek başına konuşmak insanı bir yere götürmediğinden, Ze Oroco ağladı.

Ağaç ağaçtır!
Genç kız kuşkusuz başka şeyler de söylüyordu, ama üzüntüsünün ezberleme olanağı verdiği tek şeydi bu.

Bezginlik, bütün bedenini kaplamıştı. Dinlemeye çalışıyor, elinden geldiğince çabalıyordu, ama boşuna. Bakışı genç kızın ayaklarına takılıp kalıyordu. Ve beyaz sandalları, iyi yapılmış birer deri galoştan başka şey olmayan pabuçları, korkusunu çiğnemekteydi.

"Bugün neyiniz var, Ze Augusto?"

Konuşma yeteneğini yitirmişti. Gırtlağına bir şey düğümlenmişti, yusyuvarlak bir şey. Başını önüne eğiyordu. Hiçbir şey açıklamak elinden gelmiyordu.

"Bugün ne oluyor size? Üzgün müsünüz? Bir şey mi geldi başınıza?"

Kızın gözlerinin ağırlığını taşıyamıyordu. Dev bir çavlanın gücüyle boşalan iki nehir, iki akarsu gibiydi bu gözler.

"Bir sigara içmek ister misiniz? Bakın, yanımda sigara getirdim..."

Gözleri beyaz galoşlardan ayrılmıyordu. Ay ışığını yansıtacak kadar büyük gözlü karıncalar da yoktu.

"Yakında iyileşeceksiniz. Biliyor musunuz, sizi kimin bu duruma soktuğunu keşfettiğinizde daha iyi olacaksınız. Şimdi sigara için. Sizdeki gelişmeleri Dr. Paiva'ya anlattım, buradan daha iyi bir yere gideceğinize söz verdi."

Daha iyi bir yere gitmek! İyi davranırsa, sıradan bir kolejli gibi bir madalyaya hak kazanacaktı. Yaşlı, hiçbir şeysiz, kimsesiz, kayığından, nehrinden bile yoksun olduğunu unutuyorlardı...

Ve gözleri beyaz sandallardan ayrılmıyordu.

Koca gözlü karıncalar kanının her damlasına süzülüyorlardı. Birden, kimse sormadan sesi patlayıverdi ve varlığının en derin köşesinden unutmak istediği bu acılı itiraf fışkırdı. Hiçbir zaman hiç kimseye açmadığı itiraf:

"Uzaklarda olmanın ve üzerinde yalnızca, 'Maria Elisa bugün öldü', yazan bir telgraf almanın ne demek olduğunu bilir misiniz. Ama Maria Elisa'nın kızım olduğundan haberiniz yok tabii."

Masanın üzerinden sigarayı aldı, genç kız sigarasını yaktı. Titreyen alev değil, elleriydi.

"Maria Elisa benim kızımdı, biliyor muydunuz?"

Uzun uzun sigara içti, çünkü beyaz galoşların ağırlığından biraz olsun kurtulmuştu.

"O kadarla kalmıyor, küçükhanım. Felaket geldi mi tek başına gelmez. Bir yıl geçmeden, karımla oğlum bir kazada öldüler. Oğlum yaşasa Pedrinha gibi olacaktı."

Genç kızın yüzüne baktı. Kız o denli üzgündü ki, gözlüklerinin ardındaki gözleri ıslaktı.

"Şimdi söyleyin küçükhanım: Ben mi deliyim, yoksa Tanrı bilerek mi yapıyor bunu bana?"

Konuşmadılar. Ze Oroco bir sigara daha içti. Birbiri ardından sekiz yüz sigara içebilirdi. Kendi kendine ihanet ettiğini ve bir sırrı açıkladığını unutmak için dumandan oluşmuş bir Araguaia Nehri'ni bile içebilirdi. Sonra budala olduğunu keşfederek umutsuzca başını salladı. Çünkü yeryüzündeki bir yığın insan kendininkinden bin beter durumlar yaşamıştı.

Maria Antonia'nın şarkısı, Pedrinho'nun balmumundan yüzü, özellikle de derisini delip geçen parmak kemiği, Joao ve Maria'nın hikâyesindeki küçük parmak gibi önemsiz küçük kemik, kararını vermesine yol açmıştı:

Ölecekti, göçüp gidecekti öbür dünyaya. Çünkü insan doğar doğmaz ufak ufak ölmeye başlıyordu, tıpkı acıdan bir yapı oyunu kurarmış gibi. Sonuna geldiğinde tamam, pes ediyordu, yok oluyordu, dinleniyordu.

Karıncalar, modası geçmiş eski bir gramofon plağı gibi, cızır cızır, her an öğüt veriyorlardı ona:

"Ölmelisin!.."

Denetlenmez bir umutsuzluk çıkageliyordu derken, ellerinin herhangi bir şey peşinde kıvranıp duran bin parmağı vardı. Yatağın parmaklıkları boyunca tırmanıyor, duvarlar boyunca kayıyorlardı.

"Öleceksin!.."

Oysa elleri bir şey bulamıyordu. Kendini asmak için bir ip, damarlarını kesmek için bir jilet bulamıyordu. Kendini fırlatıp atacağı bir yükseklik bile.

"Olmen gerektiğine göre, ara!"

Acılı bir güçtü hayat! Bir şey anlayabilmekten, görmekten yoksun, dokuz ayı ana karnında yaşamak. Sefil, saçma sapan bir çocukluk geçirmek. Bir erkek olmak! Hiç kuşkusuz, kaçınılmaz ve kesin bir biçimde gelecek olan ölüme karşı direniyormuş gibi inanılmaz bir biçimde savaşmak. Ama ölüm, büyük ve acımasız varlığını zorla kabul ettirerek ancak karar verdiğinde geliyordu.

Sorunun yönü değişmekteydi. Büyük, beyaz galoşlarla, gözlerinde, göğsünde tepinen karıncalardı. Ne denli iyi olduğunu anlamak için!

Avluda bir robot gibi dolaşıp durmaktaydı. Bırakılmışlığın soldurduğu yüzünde güneşin yakıcılığını duyarak kilometreler boyunca yürüyordu. Yorgun, güçsüz, sesten kaçmaya çalışarak duruyordu, ama her şey boşunaydı.

İstemeden, üzerinde düşünmeden, belirli bir düşüncesi olmaksızın, duvara gömülü eski bir paslı çivi keşfetti. Güçlükle, hayvansı hastabakıcılara yakalanmaktan kaçınarak yavaş yavaş çiviyi çıkarmayı başardı...

Üç kere kendini öldürmeye kalkıştı. Üç kere ya da daha fazla, hatırlamıyordu. Ama tam zamanında fark edildi. Damarlarına soktuğu çivi onu az kaldı başarıya götürüyordu.

Karıncaların, kulağına saçma sapan şeyler fısıldamaktan yoruldukları da gerçekti.

Bırakıyorlardı avluda dönüp dursun ve bütün bu üzüntüyle, içine kapanmış, yaşama isteğinden yoksun, büyük hintkirazının gölgesinde kalıyordu.

"Nedir bu üzüntü, Ze Oroco?"

Ona Ze Oroco diyorlardı, Ze Augusto değil.

Cansız boyun, başı kaldırmaya çalıştı.

"Seni bulabilmek için çok büyük güçlükler çektim, dostum. Şimdi de beni tanımıyorsun."

Çevresine baktı, ama bir şey göremedi. *Ötekiler*, uykulu, kaşınarak başka köşelere yığılmışlardı.

"Beni hatırlıyor musun? Benim ben, Calamanta."

Hintkirazına döndü, çok yeşil çok iri iki gözle, yeşilimsi bir sıvıdan oluşmuşa benzeyen ve hintkirazındaki bir yaradan fışkıran iki uzun el keşfetti.

"Benim, Ze Oroco, hatırlamıyor musun? Belki beni hiç görmedin, ama hiç değilse benden çok söz edildiğini işittin değil mi? Calamanta'yım ben, bitkilerin tanrısı. Ağaçlara sabır veren, onlara doğayı en güzel biçimde süslemeyi öğreten tanrı. Benim öğretim olmasa, bir hayatı aynı yerde ve bazen iğrenç köşelerde geçiren ağaçların umutsuzluğu ne denli büyük olurdu!.."

Ze Oroco yeşil gözlerdeki iyiliği ayırt etti.

Calamanta'da ormandaki büyük göllerin dinginliği vardı, o huzur veren yeşilin değerini de bir tek *jaribu* bilirdi.

"Karıncalar, Calamanta..."

"Bundan böyle başını ağrıtmamalarını buyurdum onlara."

"Beyaz galoşlar, Calamanta..."

"Her türlü tahta parçasına beyaz galoşa dönüşmeyi yasakladım. Hadisene, gülümse! Senin dostunum."

Ve uzun parmaklarıyla Ze Oroco'nun umutsuz başını kaldırdı. Sesinde, yumuşacık yapraklara esen bir rüzgârın iyiliği vardı. Sevgiyi içinde taşıyan birinin sesiydi bu.

"Böylesine iyi bir adam! Bu denli sevimli bir yüz! Bir sinema oyuncusuna benziyorsun! Hayat hâlâ güzelse ve sana sunacak bunca şeyi varsa bu kadar umutsuzluk niçin?"

Ze Oroco hintkirazının güzel bir ağaç olduğunu ayırt etti.

"Biraz daha yaklaş, dost."

Ze Oroco söyleneni yaptı. Chico'nun bir mucizesi olmalıydı bu. Üzüntüden eriyip gittiğini görmüş ve onu oyalamanın bır yolunu bulmuştu. Tıpkı yaşlı *jatoba*'nın Nininha'ya yaptığı gibi.

"Benim ölümümden utanç duymana gerek yok. Bütün insanlar böyle anlardan geçerler, sevgi gereksinen gerçek birer çocuk oldukları anlardan."

"Biliyor musun, Calamanta, beni buradan çıkarmıyorlar. Her şeyimi çaldılar. Bütün varımı yoğumu. Bunu bildiğini biliyorum."

"Yoksa niçin burada olayım? Neyse ki senin küçük bir bitkisel yanın var, nesnelerin şiiri bir köşen. Bir fidanın üzüntü duymaya başladığını, yaşamaktan vazgeçtiğini görsen..."

Ze Oroco'nun çenesini bıraktı; boynunun, başı daha büyük bir güçle taşıdığını gördü.

"Şimdi oldu. Sana bir hikâye anlatmamı ister misin?"

Başıyla evetledi, Ze Oroco.

"Ancak biz bitkiler, topu topu üç hikâye biliriz. Senin haberin var bundan. Hangisini istersin."

Ze Oroco, timsahın hikâyesini istemek için fazla düşünmeye gerek duymadı.

Lago Rico, insanların göle verdikleri addı. Ama ağaçlar, kuşlar, bütün hayvanlar ve Urupianga'nın kendisi, ona Lagoa Bonita derlerdi.

Evet, çünkü onun her şeyi güzeldi, kedibalıklarının gömüldüğü beyaz kumu çevreleyen otlardan, kış yağmurlarından korunmak için uzun ayaklı büyük kuşların yuva yaptığı ağaç tepelerine dek.

Timsah, mehtaplı gecelerde, kızıl bir yıldız çıkarırdı ortaya: Ay ışığının küçük kırmızı gözlerinde yansımasıydı bu. Ateşböcekleri, *murure*'lerin arasında gezinen birer çiçektiler. Hayvanlar, hiçbir şeyden kaygılanmaksızın, huzur içinde yaşıyorlardı. Aslına bakılırsa güçlü olanlar güçsüzleri yiyorlardı; hiçbir acıklı duruma yol açmadan, hayatın doğal bir sahnesi gibi.

Kuyruklarını ve kahverengi kanatlarını kabartan papağanlar öylesine çoktular ki, ağaçların rengini değiştiriyorlardı.

Dev susamuru, kürkünü nehirde parlatarak çılgınca eğleniyordu. Günün birinde –hep bir günün biri vardır– insanlar ortaya çıktılar. Hayvanlar onları tanımıyorlardı ve kaçmadılar. O zaman insanlar, madenî tüplü koca sopalarını gözlerine dek kaldırdılar. Parmaklarını bastırdılar, bu nesne patlıyor ve yaralanan hayvan debeleniyordu. Yusyuvarlak gözleriyle değişik bir acının damgaladığı bu yeni ölüm mesajını alıyordu.

Bazıları tümüyle kurnazlıktan yoksundu; insanlara maskaralık yapmak için yaklaşan bir şebek sürüsü gibi. İnsanlar, onların yaklaşmalarından yararlandılar, ateşli sopalarını gözlerine götürdüler ve zavallıları acımadan öldürdüler.

Bunun üzerine garip söylenti, korkunun sesi, Lagoa Bonita'daki hayvan türleri arasında dolaştı:
"Dikkat, insanlar!"
"Öldürüyorlar!"
"Kaçın onlardan!"
"Gizlenin insanlardan!"
Korku ve kaçış egemen oldu. Hayvanlar, yaşamak için gecenin geç saatlerini bekliyorlardı.

Bununla birlikte, insanlar her geçen gün daha hoşnuttular. Gece, kamp ateşlerinin çevresinde, pek çok gerecek deri ve tuzlanacak balık olduğundan, uyumaya zaman bulamıyorlardı. Bolluk haberini öbür balıkçılarla avcılara da yaydılar.

Yollar açıldı, kayıklar geçti, Lagoa Bonita çevresinde kamp kurdular.

Kum tepelerinin üzerinde asılı rezil ağları görülüyordu. Ormanlarda, gölün çevresinde tuzaklar vardı.

Pırıl pırıl derili dev susamurları, "Ne yapacağız?" diye soruyorlardı.

"Vay başımıza gelenler!" diye inliyordu timsahlar.

"En iyisi, Urupianga'yı yardıma çağırmak."

"Ama Urupianga, uzakta, kuzeydoğunun kuraklığında susuzluktan ölen hayvanlarla uğraşıyor."

Durum dayanılmaz olduğundan, bunun üzerine toplanmaya karar verdiler. Saatler boyu tartıştılar; acı ve umutsuzluk dolu saatler boyu.

"En çok aradıkları da timsahlar. Üstelik her şeyi yaparlar; onların sesini, çığlığını, çağrısını taklit ederler."

Bir timsah, kuyruğunu salladı:

"Hayatı bilen ben bile az kaldı yakalanıyordum."

"Ne yapacağız?"

"Sanırım, genç bir timsah seçmeli ve..."

"Ben de bunu düşünmüştüm. Onu iyice besleriz. Büyük ve güçlü olması için bol vitamin veririz. Derisi de nefis olmalı. Sonra, büyük timsahı insanlara sunarız. Belki bu dev deriyi görünce balıkçılar, Urupianga'nın gelişine dek bizi rahat bırakırlar."

"Ama küçük timsah bir şey bilmemeli," dedi gözleri yaşaran bir dişi.

"Ancak sırası geldiğinde öğrenecek."

"Anasıyla babası da oğullarının seçimine karşı çıkamazlar."

Acılı bir sessizlik oldu. Ama kabul etmek zorunda kaldılar.

"Bütün istekleri yerine getirilsin."

"Ona Kral diyeceğiz."

Bir hafta boyunca, bütün evlerde, hangi timsahın kurban edilmek için gerekli niteliklere sahip olduğunu araştırdılar. Ayakları esnek, kuyruğu uzun ve sırtı geniş birini buluncaya dek.

"İşte bu. Kralımızı bulduk."

Her şeyden habersiz olan Kral, götürüldü ve kabilenin bilge ihtiyarlarıyla çevrili olarak yaşamaya koyuldu. Lezzetli ve en iyi olanı yiyerek, karnı tok olarak yaşıyordu. Onun için avlanıyorlar, aklına eseni yapmasına kızmadan göz yumuyorlardı. Onu saatler boyu yüzdürüyorlar, öğleden sonraları yürütüyorlardı.

Öbür küçük timsahlar, Kral'ın prestijinin yarısına sahip olamadıkları için üzgündüler. O, tersine, günden güne irileşiyordu. Şen ve delifişek bir yaradılışı vardı, kendisini çevreleyen güçten habersiz görünüyordu. Daha küçük olan öbür timsahlarla nehirde yüzmeyi seviyordu. Hayranlık gösterileri yapıldığında, hoşnutlukla gülümsüyordu:

"Bakın, ne kadar büyük bizim Kralımız!"

"Bu ne güç!"

Öteki timsahları sırtında taşımakla, kaplumbağalarla oynamakla, koca kuyruğunun bir vuruşuyla küme küme su bitkisi koparmakla gücünü kanıtlıyordu.

Ve aylar, zamanı sağarak eşit bir zincir halinde birbirini izliyordu. Bir gün, bölgenin yaşlıları Kral'ı incelemeye geldiler. Genç sürüngenin boyu ve güzelliği şaşkınlık uyandırıyordu. Ve Kral bu durumundan kıvanç duyarak gülümsüyordu. Çünkü, yaşlılara göre, Nil Nehri'ndeki timsahlar bile onun yarı boyunda değildiler.

"Seni bekleyen sonu öğrenmenin sırası geldi, oğlum."

Yüzlerin ve bakışların ciddiliği öylesineydi ki, ilk kez Kral, yüreğinin sıkıştığını duydu.

Ona planlarını bütün ayrıntılarıyla anlattılar. Türünün yaşaması için yola koyulması, kurban olarak kendini sunması gerekiyordu. Bir Kral'ın uyması gereken zorunluluklar vardı hayvanlar arasında bile.

O başını eğiyor ve nehir sularının görünüşünün değiştiğini görüyordu. Sular üzüntüyle doluyor ve kararıyordu, şimdiye kadar rastlamadığı bir durumdu bu.

"Ne zaman?"

Sesinin, korkusunu yansıtmasını istemiyordu.

"Yarın, oğlum. Güneş, uyumak için ağaçlardan aşağı indiğinde, seni büyük kum tepesinin yanına kadar götüreceğiz, hiç duraklamadan tepeye çıkacaksın... Çünkü bir Kral'sın sen."

O yüce âna dek kimse bir şey söylemedi. Saat çaldığında da, ne bir gözyaşı ne de bir veda işareti. Sadece onurlu bir sessizlik.

Suda ilerleyenlerden en ufak bir ses çıkmıyordu. Yalnızca, gölün sularında seçilen ve anaforlar oluşturan o kocaman V.

"Şimdi uzaklaş oğlum!"

Ses titredi, Kral az kaldı iki damla gözyaşı döküyordu.

Ama kendini topladı. Topluluktan ayrıldı ve alın yazısına doğru ilerledi. Birkaç dakika içinde bir efsaneden başka şey olmayacağını biliyordu. Yalnızca, kendini kurban edişinin bu haklı ve soylu davayı kurtarmasını, yaşlıların yüreğindeki umudu başarıya ulaştırmasını diliyordu.

Bunun üzerine Kral alçak sesle veda duasını okumaya başladı.

"Urupianga, dost tanrım benim, sonunu bir tek senin bildiğin bir yolculuğa çıkıyorum.

Benim ödlek olmadığımı biliyorsun, Urupianga. Çok sevdiğim halkı umutsuzluğa düşürmek istemem.

Bana oraya varma gücünü vermeni istiyorum. İlk ateşlerin ışıklarını görmeye başladım bile buradan.

Bunlar insan, Urupianga! İnsanlar! Onlara ne kötülük yaptım? Yalnızca içtiklerinde hasta olmamaları için gölün kirli sularını temizlemelerine yardım ettim.

Ama bana verdiğin bu güzel anlardan ötürü sana teşekkür ederim.

Gözlerim, var oldukları sürece, gökyüzünün güzelliğini ve ormanın ağaçları üzerinde esen rüzgârların müziğini unutmayacak.

Güçsüz ve minik yüreğim türümün mutlu ve güçlü yaşamasını istiyor, hem de zaman azaldığından çok çabuk.

Onlara elveda demek için başımı çevirmeyeceğim, çünkü ağlayacağımı biliyorum ve Kral olduğum için güçsüzlüğe hakkım yok.

Kum tepesinin kıyısına eriştiğim şu andan sonra, çarpan gencecik yüreğimin sesinden başka şey işitmez olacağım.

Ama her şey ve her şey için sağ ol, Urupianga!"

Koca gövdesini doğrulttu ve kıyıdan yukarı kaygıyla tırmanmaya başladı. Daha gece olmamıştı. Ama akşamüstü sona ermişti.

Ateşler ve hamaklar yönünde ilerledi. O an bir bozgun başlangıcı oldu ve çığlıklar yükseldi:
"Silah başına!"
"Bu bir canavar!"
"44'leri ve 22'leri alın!"
"Çabuk!"
"Yeryüzünün en büyük timsahı bu."
Ve Kral, kaderine boyun eğmiş, bekleyiş içinde durdu. Silahlı adamlar çevresinde halka oluşturdular.
"Hey, dikkatli olun! Hayvan kımıldamıyor, kaçmıyor!.."
"Sanki hayatında hiç gerçek bir insan görmemiş gibi!"
Tahralar ve zıpkınlarla silahlanmış öbür adamlar halkayı daraltıyorlardı.
"İşaret verdiğimde herkes ateş etsin."
"Düşün! Gece, biz uyurken buraya tırmanmış olsaydı yarımız öteki dünyayı boylardı."
Silahlar doğrultuldu ve yaylım ateşi başladı. Kral büyük bir acı duydu, gözlerinin arasından ve ayaklarının altından kanlar akmaya başladı.
Son anlarında, kocaman kuyruğu, can çekişmesini döverken insanların barışçı bir görevle oraya geldiğinden, kimseyi öldürmek istemediğinden kuşkulanmadıklarını düşünüyordu.
Gencecik, ateşin alevlerini ve daha yukarıda, yıldızlarla dolu gökyüzünün güzelliğini yansıtarak ölen güzelim iri gözlerindeki iyiliği bile görmüyorlardı.
Yeni bir yaylım ateşi; ama bu kez hiçbir şey duymadı.
İnsanlar, pek hoşnut, içki içiyor ve şarkı söylüyorlardı:
"Gölü çepeçevre dolaşmalı. Bu boyda bir hayvan olduğuna göre, daha bunun gibi birçokları bulunmalı."
"Bunun gibi on deri bulduk mu zengin olduk demektir."

"Elmastan da sağlam bir şey bu..."

Calamanta alçalmaya başlayan sesini kesti ve Ze Oroco'ya gülümsedi.
"Görüyorsun ya, dostum. Urupianga'yı bekleyecek sabrı göstermediler. Yaşlı ağaçların sabrı yok onlarda."
Tatlı tatlı güldü:
"İyileşeceksin Ze Oroco. Sana biraz sabır sunmak için geldim buraya. Seni bu kadar uzaklarda bulana dek bütün ağaçları sorguya çekmemin ne denli güç olduğunu düşünemezsin. İyileşeceksin. Sana söz veriyorum. Sabırlı olmalısın, çünkü ağaçların dostusun sen."
Ze Oroco'nun gözleri bulandı.
Calamanta'nın sesi çatlak, boğuk bir gürültüye dönüşüyordu. Bedeni, uzun yeşil elleri, yarı sıvı gözleri, ağaç gövdesinin içinde yitip gitmeye başlıyordu. Ama ağaç direnmekteydi. Yaşlı hintkirazı delirmişti. Dalları, tanrısının bedenini kırbaçlıyordu. Yaprakları, sesini kesmeye çalışarak ağzına doluyordu. Onu boğmaya, hatta öldürmeye çalışarak. Büyük dallar geriliyor ve Calamanta'yı ölüme doğru iten büyük yeşil eller oluyordu.
Sonra eller ona doğru uzandı. Sayıları da çoktu. Gözleri korkuyla doldu. Yeşil eriyor ve eller beyaz, killi oluyordu. Bu ellerin ardında da kendisini tutan ve avlunun dışına sürükleyen hastabakıcılar...
"Yeni bir nöbet... Yeni bir nöbet..."

Beyninin her zerresini tutuklamışlardı. Durumunun bilincine varıyordu yeniden. Her şey yeniden gerçek olduğunda hep aynı belirtiler. Elektroşokların ve iğnelerin etkisi geçtiğinde. Bu durumda kalmaktan her yanı ağrıyan bedenini duymamak için kımıldamak istemiyordu.

Kestirebildiği kadarıyla orada üç gün geçirmişti, belki daha da fazla.

Kollarını oynatmaya çalışmıyordu, çünkü bunun olanaksız olduğunu biliyordu. Uzun kollu gömlek ona engeldi. Birkaç günlük sakalı batıyordu, ama yüzünü rahatlatacak eli yoktu. Kendi bedeninden gelen sidik kokusu burun deliklerine yükselmekteydi. Bacaklarını yakıyordu bu, ama elinden bir şey gelmezdi.

Yalnızca adamların, iyileştiğine inanmalarını ve gerisingeri bitkisel dünyasına götürmelerini beklemekten başka yapacak şey yoktu.

İyi yürekli Tanrı Calamanta'nın sabrıyla beklemek en iyisiydi. Karşı duvarda, küçük bir pencere, gün ışığını sızdırıyordu. Belki güpegündüzdü ortalık, timsahların bir sığınak aradıkları saat miydi yoksa?

Telaşsız, içini çekti, çünkü en ufak hareket canını yakıyordu.

Umut dolu, ufacık pencereye baktı. Işık ona bir mesaj iletir gibiydi.

Miniminnacık öneminin bilincine vardığında yüreği ezildi. İnsanlar beş para etmezdi. Hayvanlar, güvenilir ve sağlamdı.

Yorgun gözlerinin nemlendiğini duydu ve sesi alçakgönüllülükle yalvardı:

"Chico, bırak da iyileşeyim. Yardım et bana. Hayatım boyunca deli olmak istemiyorum. Bir işaret yap bana, bir umut ver..."

Birkaç dakika süreyle durup pencerenin ufak ışığına baktı. Oradan bir umut gireceğini biliyordu... Ama yorgun gözleri kapandı.

Ne kadar zaman uyuduğunu söyleyemezdi, ancak zindanının içinde kımıldayan bir şey vardı. Işık çok azaldığından, korkulu, karanlığı deşerek gözlerini açtı. Mucizeyi seçmeyi başardı. Bir serçe küçük pencereye konmuştu. Sonra, bir yere çarpmadan, daireler çizerek küçük odanın içinde uçtu. Hiçbir ürküntü duymaksızın başının hemen yanına, yırtık pırtık ot şiltenin üzerine kondu. Bir dakikadan uzun süre yüzünün yakınında zıplayıp durdu. Sonra, geldiği gibi yeniden uçuşa geçti ve şen bir cıvıltı koyverdi. Ardından, gün ışığının geri kalanıyla birlikte yitip gitti.

Ze Oroco'nun yüreğinde huzur yeniden doğmaya başladı. Assisili Chico'dan istediği işaretin bu olduğunu biliyordu.

Çok da garip gelse, o günden sonra iyileşmeye başladı.

12
Hayal kırıklığına dönüş

Yeniden doktorun karşısındaydı. Onu son görüşünden bu yana hiç değişmemişti.

Bir çalışma masasının ardında oturuyor ve küçük bir çekici evirip çeviriyordu.

"Evet, Ze Augusto, neredeyse üç yıl. Çok zaman, değil mi?"

Gülümsedi. Yitirdiği zamana yakınması neye yarardı... Biraz çökük omuzlarının üzerine çöktüğünü duyduğu yaşlılıkla savaşmak istemesi, keskinliği günden güne azalan gözlerinin zayıflamasıyla savaşmak istemesi gibiydi bu. Yüreğini güçlendirmesi, hiç değilse mutsuz olmayı bilme gücüne sahip olması gerektiğine inandırması daha iyiydi.

"Evet, doktor."

"Şimdi başka bir adamsın. Aynada kendi yüzünü gördün mü? Sakin, rahat bir görünüşün var. Şimdi, normal bir adamsın. Bunu duymuyor musun?"

Ze Oroco gülümsedi:

"Evet, doktor. Hüzün sağlık demekse, yeryüzünün en sağlıklı adamıyım."

"Ne duyduğunu biliyorum. Başlangıçta böyledir, ama sonra hayata yeniden uyacaksın, yaşamak için yeni bir ilgi duyacaksın. Seni güneye yollamayı düşünüyorum. Belki Rio de Janeiro'da bir iş buluruz."

"Hayır, doktor. Rio de Janeiro'ya hayır. İğrenç bir kent orası."

"Ya São Paulo?"

"Belki daha iyi."

"São Paulo'da yakın bir dostum var. Seninle ilgilenebilir, bir iş bulabilir. Büyük bir kentte kimse başkalarının hayatını bilmez."

Ze Oroco, başını olumlu anlamda salladı.

Böylece Ze Oroco, altı günde Santos'a ulaşan küçük bir gemiye bindi. Sonra, São Paulo'ya gitmek isteyen herkesin yaptığı gibi dağı aştı.

On beş gün sonra, Lapa'da, Cincinato Pomponet Sokağı'nı kesen küçük bir sokağa yerleşmişti. Yoksul bir evdi burası; her türden insana daire daire kiraya veriliyordu; penceresi, büyükçe bir bitkinin boğulup öleceği daracık bir koridora baktığı için kötü aydınlanan, kasvetli bir oda.

İnsanların, normale uygun olarak tanımladıkları hayat hakkının başlangıcı burasıydı.

Onu karşılayan ve yol gösteren doktorun adı Dr. Osorio Cesar'dı. Juqueri Hastanesi'nde çalışıyordu. Ze Oroco, iki doktorun niçin dost olduğundan kuşkulandı. Dr. Osorio öyle kalın öyle kalın camlı gözlükler takıyordu ki, bu gözlükler olmasa gökyüzünün yolunu bulamazdı.

Bir gün, rengi ve yeri ne olursa olsun herkesle konuştuğu gibi, dostça, "Ze Augusto, sana bir iş buldum," dedi.

"Sağ olun doktor."

"Sakin ve sevimli bir barda iyi dostlarım var. Modern Sanat Müzesi dostlarının yeni barı burası. Barmen yardımcısı olarak işe başlayacaksın. Oldu mu?"

Ze Oroco elini başında gezdirdi, bembeyaz, kıvırcık ve parlak saçlarını kaşıdı. Kaygılandığını duyuyordu. Durumunun öğrenilmesi korkusuyla içi içini yiyordu.

"Nereden geldiğimi biliyorlar mı?"
Doktor Osorio bir kahkaha attı:
"Kimsenin bilmesine gerek yok. Kuzeyden geldiğini, bir şeker fabrikasında çalıştığını söyleriz, şeyde..."
Biraz düşündü ve çözüm yolunu buldu:
"Evet, biliyorum... Ceará-Mirim'de, Rio Grande do Norte'de. Gerçekten oradan gelip gelmediğini kim öğrenecek? Hem sonra, *caboclo*, müthiş bir adamsın sen, sanatçılar arasında çalışacaksın... Sanatçılar da, ister burada olsun ister başka yerde, bizden çok daha çılgın kişilerdir."

Ze Oroco bara gitti. Orada kaldı. Orayı sevip sevmediğini bilmiyordu. Üstelik, bunun bir önemi de yoktu. Cincinato Pomponet'in yakınında –bu öyle de güzel bir addı ki hep kent radyolarındaki ilanlarda görülürdü– o sefil sokaktaki küçük odanın parasını ödemek için hayatını kazanması gerekiyordu.

Ze Oroco, öğleden sonra saat üçten akşam saat ona kadar çalışıyordu. Başka bir işte çalışması için aşağı yukarı bütün sabahları boştu, ama kendini o denli bezgin, o denli gereksiz, başka bir iş yapmak için o denli yüreksiz hissediyordu ki, Dr. Osorio'nun ödünç verdiği ve müthiş sıkıcı bulduğu kitapları güçlükle okumak için minik odasına kapanık kalmayı yeğliyordu. Bir de, hayat adı verilen, küreksiz ve kancasız bir kayığı yürütmek zorundaydı. Düşüncelerinin izlediği yolu çabucak değiştirdi, çünkü kayıklar anılarına kabul edilmiyorlardı.

"Ağaç ağaçtır."

Başlangıçta, gömleğinin kolları sıvalı, barın ardındaki küçük yerde bardak yıkayarak, sandviç hazırlayarak ayakta duruyordu. Ama kısa sürede, barmen Artur ona bir ceket, bir papyon kravat buldu ve Ze Oroco garsonluğa başladı.

Doktor Osorio'nun hakkı vardı: Dışarının insanları deliydi. Aralarında sevimli kişiler vardı, ama boş, geveze, ayyaş, eğlendirici bir dünyaydı bu.

Oraya ressamlar, yazarlar, gazeteciler, sinema oyuncuları ve *casse-pied*'ler[1] geliyordu.

Barın karşısında, çağdaş resim sergileri düzenleniyordu; dilediği kadar baksın, bu çizgilerden, dairelerden, hatlardan bir şey anladığı yoktu. Kimi harika buluyor kimi bakmıyordu bile, çünkü burada aradıkları şey dinlenmekti, yorucu bir günün içinde bir kadeh viski biçiminde dinlenmek.

Artur açıklıyordu:

"Bu, Dr. Sergio Milliet için. Viskisini böyle sever. Bu da, Ciccilao Matarazzo için, sanatçıları koruyan ve iki yılda bir açılan sergiyi düzenleyen adam için."

Ze Oroco iki yılda bir düzenlenen serginin ne olduğunu sorma yürekliliğini bulamadı. Zamanla öğrenecekti. Her şey için de zaman vardı.

"Yüksek sesle gülen, Dr. Luis Coelho!"

Ulu Tanrım! Bu adam nasıl da gülüyordu! Çok yükseklerde dolaşan kahkahası, Araguaia üzerindeki bir fırtına gibi gümbür gümbürdü. Bir insanın böylesine gülebilmesi, kulakları, ruhu rahatsız ediyordu. Bu adam hiç kimseyi yitirmemiş miydi, kanserli bir dostu yok muydu, ya da?.. Ama kişide ağaçların sabrının bulunması gerekliydi. Gerekliydi, evet, özellikle Dr. Luis Coelho iyi yürekli ve mert bir insan olduğu için.

Zaman zaman, bir kadeh *guarana*'yla akşam yemeğinin yoksulluğunu karşılamak için bir peynirli sandviç yiyen yoksul sanatçılar da geliyordu. Onlar ancak barın dışında, merdivenlere yakın duran beyaz bahçe koltuklarında oturma hakkına sahiptiler. Yaz serçeleri gibi, bara

---

1. (Fr.) Can sıkıcı kişiler. (Ç.N.)

doluşmadan, iyi müşterilerin daha büyük harcama yapmalarını engellemeden orada oturuyorlardı. Kimseyi tedirgin etmiyorlardı ve bazen, dışarıda bardakinden fazla insan oluyordu.

"Dr. Almeida Sales'e bir viski."

Durmadan telefon eden ve sinema konusunda tartışmalar yapan Dr. Sales'in viskisine bir yığın buz koyuyordu.

Ona yakın davranıyorlardı, ama genç bir kız, Glorinha, sırrının birazını keşfetti:

"Ze Augusto'ya dikkat ettiniz mi? Hiç gülmüyor. Zor gülümsüyor."

"Doğru."

"Gülümsediğinde bile, gözleri hüzünlü."

Gözlerini önüne eğdi, artık konuşmadıklarından, bir şey istemediklerinden, gidip barın ardına sığındı. Ama kendini tuttu, çünkü "ağaç ağaçtı, viski de viski." "Evet, böyle, Ze Oroco," dedi hüznü ona. "Daha uygun bir yer buldun."

Belki de bir garson ceketinin ardında herhangi biriyle aynı dertlere sahip bir adam bulunabileceğini düşünmemişlerdi.

Artur bir konyak kadehini parlatıyordu. Gözlerini barın girişine doğru kaldırdı ve bir baş işareti yaparak, Ze Oroco'ya, "Ze Oroco, sanatçıların oturduğu sıraya bir git," dedi. "Bay Matarazzo oturuyor orada. Belki bir şey istiyordur."

Boş barı geçti ve girişe yöneldi Ze Oroco:

"Günaydın, Bay Matarazzo. Bir şey ister miydiniz?"

Adam soluk aldı ve gülümsedi. Sakin sakin kendini göstermeye başlayan yaşlılığı açıklamaya çalıştı:

"Yorgunum. Bu merdivenleri çıkmak pek güç. Soluk soluğa kaldım."

Ze Oroco tepeden tırnağa iyilik olan adama bakıyordu. Bütün ressamlara yardım ederdi. Birçoklarının karşılığında ona nankörce davrandıkları söylenirdi. Bir an büyük kelebek boyunbağına baktı, dünyanın en büyük kelebek boyunbağıydı ve niçin böyle bir boyunbağı taktığını düşündü. Ama yanıt bulamıyordu. Sanatçıların dünyasında herkes aklına eseni yapardı.

"Artur'a bir Campari hazırlamasını rica et. Nasıl istediğimi bilir."

"Buraya mı getireyim, yoksa barda mı içersiniz?"

"Buraya getir. İçerisi çok sıcak."

Ze Oroco kısa süre sonra küçük bir tepsinin üzerinde kırmızı sıvı dolu bardakla döndü. Ciccilao Matarazzo, bardağı aldı ve gülümsedi.

"Başka bir şey ister misiniz, Bay Matarazzo?"

"Dur."

Hareketsiz, adamın bolca bir yudum almasını bekledi. Zengin bir adam kendisini süzdüğünde rahatsızlık duyardı. Üstünün başının düzgün olduğunu, ne ceketinde ne de gömleğinde kir bulunmadığını biliyordu. Pabuçları boyalıydı ve pantolonunun ütüsü iyiydi. Adam kendisiyle konuşmak ister gibi gülümsüyordu. Gerçekten de istediği buydu:

"Ne kadar zamandır burada çalışıyorsun?"

"Aşağı yukarı sekiz aydır, bayım."

"Ama hoşuna gitmiyor, değil mi?"

Ze Oroco kayıtsızlıkla omuz silkti:

"Çalışmam gerekli."

"Kenti sevmiyorsun, öyle mi? Bunu işittim."

Kafasında, bir düşünce yeniden kendini kabul ettiriyordu, genellikle Lapa'daki küçük odasında gizlediği, durup dinlenmeksizin unutmaya çalıştığı bir düşünce. Bir kulübe düşünüyordu, nehrin yanında, kuşlarla dolu. Basit bir kulübe, basit kayığıyla ve hiçbir özelliği bulunmayan ağaçlarla. Ze Oroco içini çekti.

"Ben, tam tersine, kent kaldırımlarından uzakta yaşayamam. Dostlarım, sinemam gerekli bana..." dedi Bay Matarazzo.

Buydu işte. Ceviz görmeye bile katlanamayanlara ceviz veren Tanrı'nın bitmez tükenmez hikâyesi. Kuşkusuz –ve doğru olmalıydı bu– Ciccilao Matarazzo dilediği kadar çok çiftliğe sahip olabilirdi, dilediği kadar yazlık eve de, ama bundan hoşlanmıyordu...

"Niçin Sertão'ya dönmüyorsun?"

Bir titreme Ze Oroco'nun âdemelmasını sarstı. Bunu nereden biliyordu? Biri ona söylemişti, bundan kuşkusu yoktu.

"Meraklanma. Haberim var."

Ze Oroco sinirli sinirli ellerini ovuşturdu:

"Nasıl dönebilirim, Bay Matarazzo? Hayat her geçen gün biraz daha pahalı. Tek kuruş biriktiremiyorum."

"Ama seni Sertão'dan buraya getirmelerinden önce küçük bir emeklilik maaşın yok muydu?"

"Ne olduğunu bilmiyorum. Dilekçe vermekten korktum, bir akıl hastanesinden çıktığımı keşfedeceklerdi."

Ciccilao Matarazzo'nun yüzü çok üzüntülü bir havaya büründü:

"Oraya dönmek için sana kaç para gerekli?"

"Çok para. Pahalıya patlayacak bir yolculuk var önümde. Yağmurun herhalde çok harap ettiği, onarım isteyen evim var. Yeni bir kayık gerekli bana. Birtakım şeyler de ekmeliyim. Yığınla şey..."

"Bütün bunlar aşağı yukarı kaç para gerektirir?"

"Çok para. Otuz bin kruzeiro kadar."

"Sana bu parayı bulacağım."

"Ama hiçbir zaman size geri veremem..."

"Geri istemekten söz eden kim?"

Adam ağır ağır, bir yudum daha içti. Ze Oroco da oracıkta, ne diyeceğini kestiremeden, dikilmiş duruyordu. Assisili Aziz Francesco'nun kendisi için yaptığı ikinci mucizeydi bu...

Ciccilao Matarazzo ayağa kalktı ve barın kapısında durdu:

"Avukatımla konuşacağım, Demir-Çelik'in avukatı. Yeniden emekli maaşını alacaksın. Yarın işle uğraşmaya başlarım."

Bara girdi. Ze Oroco daha da sersemlemiş, bardağı evirip çevirerek oyalandı; boş ve soğuk bardağı evirip çevirerek. Bu adam için ne yapabileceğini bilemiyor, kestiremiyordu. Ama adam istese, pabuçlarını boyayabilirdi.

Eski hayatına doğru yola çıkmak üzereydi şimdi. Dr. Osorio gidebileceğini, bir şeyinin kalmadığını, iyileştiğini söylemişti.

Cruzeiro do Sul'un bir uçağına bindi, Ribeirão Preto, São Joaquim de Barra, Pires do Rio, Goiânia, Goiás Velho'ya uğradılar. Sonra büyük kuş, Araguaia'nın üzerinde uçtu, güneşte kocaman, beyaz kumsallarla çevrili, pırıl pırıl nehrin yaptığı dönüşü izledi. O zaman Ze Oroco, biraz daha mutlu, ilk kez gülümsedi.

Uygar insanların Aruanası, nehir kıyılarının Leopoldinası. Toprağın, evlerin, kulübelerin, kendinin olan her şeyin kokusunu içine çekerek yürüyordu. Eski dostlar, büyüyüp erkek olmuş çocuklar gördü. Başka yere giden ya da ölen kişiler hakkında bilgi aldı.

Öğleden sonra, büyük ağacın altında Ze Oroco, sevgi dolu dost nehre baktı. Eskisi gibi olsaydı, nehrin kendini nasıl hissettiğini sorduğunu bilirdi. Eskisi gibi olsaydı, daha az üzgün olduğu yanıtını verirdi o da.

Limanda demirli motorlu tekneler ve Vermelho Nehri'nden gelen deli suyun üzerinde sallanan, bir yığın bağlanmış küçük kayık gördü. Bütün büyük motorlu tekneler demir almaya hazırlanıyordu. Uçak tepeden tırnağa silahlı bir yığın turist getirmişti, her şeyi yiyip yutmaya hazır bir yığın çekirge. Bir tek kara leylek, bir tek sutavuğu görseler rahat durmazlardı. Her şeye ateş açıyorlardı. Nehri altüst ediyorlardı. Ormanda yaşayanların yine de talihi vardı ki turistler, avcılar kadar nişancı değillerdi. Öğleden sonra Leopoldina'nın bir barında, Araguaia Nehri'nin de, Brezilya'nın geri kalan her şeyi gibi ölüp gideceğini öğrendi. Bir garson, tezgâhın ardında şişinerek anlatıyordu:

"Kaplumbağa yumurtası dış satımını yasaklayacakları kesin. Ben geçen yıl bir kerede altı bin tane yolladım Goiânia'ya..."

Timsahların kökü kurumak üzereydi. Avcılar bu hayvan türünün hakkından gelmek üzereydiler. Büyükleri, ancak yitik göllerde kalmıştı. *Piraracu*, güneşte dizi dizi kurumuş şeritler oluşturuyordu. Dev susamuru tüfek ya da ağla avlama yasağına rağmen çok para ediyordu... Her şey için durum böyleydi, çünkü Brezilya'nın kökünü gerçekten kurutmak istiyorlardı.

İki gün sonra Ze Oroco, Antonio Pereira'nın motorlu teknesiyle nehrin ağzına doğru yol alıyordu. İyi adamdı Antonio Pereira. Becerikli ve çalışkan. Goiânia'da ticaret yapıyordu, deliler gibi debelenip durarak. Nehri avucunun içi gibi biliyordu, saatine bakıp bir limandan ötekine ne kadar zamanda gideceğine bahse girmek gibi bir tutkusu da vardı. Bazen bunu bildiği olurdu.

Kumsallarda, kuru dallarla yakılan ateşin yakınında uyunan soğuk geceler geldi çattı. Uzun geceler, yıldızlarla ve uzak kuşların çığlıklarıyla dolu.

Güneş doğmadan yola koyuluyorlardı; teknenin yolunu kesen soğukla birlikte. Güneşli saatler tekdüzeydi. Günü alev alev yakan o yere batasıca güneş. Ze Oroco sinirleniyordu. Hedefe varmak için sabırsızlıktan çıldırıyor, Antonio Pereira da her yerde süprüntülerini, mallarını satmaya çalışıyordu! Ama bir gün hedefe varacaklardı. Vardılar da.

"Geldik, Ze Oroco. Evindesin. Günlerden beri beklediğin Pedra'da."

O sıcakta, yaklaşan tüm görüntüyü yeni baştan gözünün önüne getiriyordu. Yüreği her şeye sevgiyle bakıyor ve hoşnut, kendisini bekleyeni kabul etme yürekliliğini kazanabilmek için yakarıyordu. Bulacağı hayal kırıklığı yığınını biliyordu, ama Tanrı da yardımcı olacaktı. Mutlu bir son ya da hiç değilse fazla acı çekmeden eski hayatına alışmanın bir yolu.

Kıyıya çıkması için ona elini uzatan Coro oldu, gülümsediğinde dişsiz ağzı ortaya çıkan bir adam:
"Demek geri döndünüz, Ze Oroco?"
"Geri döndüm işte."
Madrinha Flor'un kulübesine doğru ilerledi. Hayat aynı gibiydi. Kendine yöneltilen kuşkulu bakışları hissediyordu. Tümüyle iyileştiğini kanıtlamak için kayıtsızlıkla gülümsemeye çalışıyordu.

Ama Madrinha Flor'la karşılaşmak acı oldu. İkisi de yorgun gözlerle birbirlerini süzdüler. Birbirlerini suçlamadan karşı karşıya gelen iki ihtiyardılar. Artık başka kişiler olduklarından, ne anıları yeniden yaşayabilir ne de cinsellik anlamına gelen başka şeylerden söz edebilirlerdi. Başka bedenlerdi o işleri yapan. Gülümsemek yetiyordu, bir şey söylemeden; bu beceriksiz uzun sessizlikte.

Madrinha Flor, beli bükülmüş, kuru, memesiz, terliklerini kapıya doğru sürüyerek yürüyordu. Çatlak bir sesle bağırdı:
"Hey! Küçük! Yakala şu hinttavuğunu!"
Aynı biçimde yürüyerek döndü, yorgun belini ovuşturarak Ze Oroco'nun yanına oturdu.
"Yaşlıyız artık, Ze Oroco."
"Evet, Fro. İnsanlar gelip geçiyor, hayat sürüyor."

Birbirlerine bütün söyledikleri bu oldu. Sonra, başkalarının hayatı üzerine bir konuşmaya girdiler, çünkü yaşlılar ancak başa gelenleri ya da başa gelmiş olanları yorumlamaya yararlar. Bunu biliyorlar ve kendilerini buna uyduruyorlardı:

"Ya kulübem?"

"Hâlâ ayakta, ama bir sürü hasar var. Onarmazsan ilk yağmur alıp götürür onu."

"Gerekeni yaparız. Sular çok kabardı mı?"

"Sen gideli beri, iki kere çok kabardı. Su mutfağıma girdi."

"Ulu Tanrım!"

Birini hatırladı:

"Chico do Adeus, yolculuk yaptı mı hiç?"

Madrinha Flor haç çıkardı ve başparmağını öptü:

"Bir gün balığa çıktı, sonradan kayığını ve içinde Chico do Adeus'un ölüsünü buldular. Kayığıyla gökyüzüne doğru yolculuk yaptı."

Ze Oroco elini saçlarında gezdirdi, ağır ağır:

"Ya Rosinha, kayığım?"

Madrinha Flor'un yıpranmış gözleri onu biraz kaygıyla süzdü.

"Merak etme. İyileştim, hiçbir şeyim kalmadı. Bir kulübeden, bir sebze bahçesinden söz eder gibi söz ediyorum kayıktan..."

"Şurada."

Pedra kıyısının son ucunu gösterdi.

"Orada olmalı, otlağın içinde, bir kazığa bağlanmış."

Ze Oroco, Madrinha Flor'un başına bağladığı yemeniden fışkıran bembeyaz saçlarına baktı. Kadın, elini etekliğinin cebine soktu, bir pipo çıkardı.

"Eskiden herkesin önünde içmezdin, Fro."

"O eskidendi."

Akşam, manyok ununa bulanarak kızartılmış hinttavuğu yediler. Ze Oroco yapması gereken yığınla şeyi düşünüyordu. Kulübenin onarılmasından yeni bir kayık satın almaya dek.

Sessizce Ciccilao Matarazzo'yu düşündü ve iyiliğinden ötürü ona yürekten teşekkür etti. O olmasa, bir daha buraları göremezdi.

"İyi geceler!"

Uzun boylu, sevimli ve adaleli bir zenci içeri girdi:

"İyi geceler, Madrinha Fro. Yanılmıyorsam siz de Ze Oroco'sunuz."

"Sen de Giribel değil misin?"

Coşkuyla tokalaştılar.

"Bir erkek olmuşsun, Giribel. O da nesi?"

Zencinin öbür eline bakıyordu. Bu elde ölü bir kara leylek vardı.

"Bu çok garip. Aşağıdaki kumsalın yakınında balık avlıyordum, bir de baktım, bu sersem kara leylek kumsalda oynuyor. Kara leylekler ürkektir, değil mi? Kirişi kırmaları için biraz yaklaşmak yeter... Bu hiç tınmadı. Yaklaştım. 22'lik tüfeğimi aldım. Asıl garibi, onu vurdum."

Ölü kara leyleği masanın üzerine attı ve parmaklarının ucuyla ölü kuşun gözlerini araladı:

"Bakın, kuşun hayatımda görmediğim gibi mavi gözleri var."

Madrinha Flor, şaşkınlıkla bağırdı:

"*Credo*! Ben de hiç görmedim! Sanki insan gözleri!"

Ze Oroco soluk alamaz olmuştu. Kendi sesini işitti, titrek, başkası anlayamayacağından kendi kendine söylendi:

"Bu kuş oydu..."

Ama hemen heyecanını bastırdı, çünkü bu hikâye unutulmuştu ve bir daha hatırlamayacağına söz vermişti. Gerçekten en iyisi, şu nefis hinttavuğunu yemekti.

13
Sevgilim, Rosinha

Ze Oroco kulübenin kapısına vardı. Bir mucize sonucu, kulübesi hâlâ ayaktaydı. Nehrin kabarıp taşan suları duvarların aşağı yukarı bütün kuru toprağını alıp götürmüştü. Yağmurlar, damda koca koca delikler açmıştı. Gece, yıldızlar, delik ve tümsek dolu yerlere dantelli şekiller çiziyordu. Her köşede inek pisliği vardı. İçeride sivrisinekler vızıldıyordu. Zaman ne büyük hasar yapmıştı! Oysa aradan dört yıl bile geçmemişti!

Dışarıda, bir zamanlar evinin kapısı olan yere yaslanıp durdu. Önce yeni, yabancı sular sürükleyen, dost, katı, duyarsız nehre baktı.

Hava sıcaktı ve küstah bir sivrisinek gelip kollarının beyaz derisini soktu. Ter biraz şişkinleşen karnından aşağı akıyor, bacak arasında yol yol oluyordu. Sivrisinekleri kovalamak için elini salladı.

Neredeyse akşam olacaktı. Döndü ve bir şeyi hatırladı. Oradaydı, yaşlılıktan yıkılan, soğuktan ve bırakılmışlıktan ölmek üzere olan eski taştan ocak.

Ze Oroco, dışarı bir daha göz attı, gözleri *piqui* fidanına takıldı.

"Ağaç ağaçtır!"

Piqui fidanı, büyük bir kayıtsızlıkla, dallarını ikindi rüzgârında sallayarak bitkisel hayatını sürdürüyordu.

Bütün kuşlar neredeydi? Avucundan yiyen dostları? Islık çalmak bir işe yaramıyordu, yankılandığı yoktu ki. Kuş belleği zayıftı. Herhalde beklemekten bezmişler, bir daha dönmemek üzere uçup gitmişlerdi. Hem böylesi daha iyiydi; çünkü Ze Oroco'nun Pedra'da kalmaya niyeti yoktu. Küçük hayvanlar da kendisine alışmaya başlarsa, bir kere daha ayrılığın acısını çekeceklerdi. Onun uzaklara gittiğini bilen çocuklar, taşlar ve sapanlarla buraya doluşmuş olmalıydılar. Orada oturduğu sürece, sapanı kuşlarına karşı kullanmalarına asla izin vermemişti. Belki de kuşlar Urupianga'nın buyruklarına boyun eğmek için gitmişlerdi?

Elini başında gezdirdi. Urupianga, ne saçmalık! Bir zamanlar sevdiği şeyleri düşünmek işe yaramıyordu, çünkü hiçbir şeyin eski tadı kalmamıştı.

Nehir sevimsizdi. Görüntü iç karartıcı ve çirkindi. Öbür kıyıdaki balıkçı kayıkları tekdüzeydiler. Sular da çirkindi, hâlâ son yağmurun çamuruyla doluydu.

Bütün bunların büyük sessizliği onu biraz sinirlendiriyordu. Bir hayat boyu burada bulduğu huzur ve kaçış neredeydi?

Hiçbir şey kalmamıştı. Elleri terk edilmişlikten ve sessizlikten ağırdı. Umut kırıklığıyla dolu andı bu.

"Ağaç ağaçtır."

Genç kızın hakkı vardı ve bu söze gülümsemeyi bile başaramıyordu. Belki de ruhunun gizli köşelerinde bu yakıcı görüntünün gizinde eski sevincini yeniden keşfetmek, ona yeniden kavuşma umudunu taşıyordu...

Geçecek ilk motora binip nehrin kaynağına doğru yola çıkacaktı. Ama nereye gidecekti? Nereye varmak üzere yola çıkacaktı? Niçin? Büyük kentlerin en çılgın saatlerinde durup dinlenmeden hüznünü gevelemek daha da beter bir işkenceydi. Başka yerler aramak, başka bir hayata başlamak mı? Nasıl? Bunu düşünmek başını döndürüyordu. Nasılsa herhangi bir şeye başlamak için çok yaşlıydı ve nereden başlayacağını da bilemiyordu. En iyisi saatlere katlanmak, yaklaşan yaşlılığı sabırla beklemek ve sonuçlarına, gençlerin acımasına katlanarak, taşıdığı yılların ağırlığıyla başkaları için yeni başlayan hayata ayakbağı olmamaya çalışıp yaşamaktı. Öyleyse uzaklaşmak gerekiyordu. Uzaklaşmak ve yürümek. Hareketsiz, bu işkence, bu korku onu felce uğratıyordu.

Verdiği sözü tutmak kalıyordu geriye. Şakaklarını ellerinin arasında sıktı.

Yaşlıydı. Saçları bembeyazdı. Yılların ve hastalığın kendisinde ne izler bıraktığını Madrinha Flor'un yıpranmış gözlerinde görmüştü! Yaşlı, tükenmiş, en ufak yüreklilikten yoksun. Soğuktan ve bırakılmış olmaktan ölen eski ocak kadar gereksiz. En iyisi sigara içmek ve yüreksizliği karşısında kayıtsız, az sonra çökecek olan akşamı beklemekti.

Artık uzun boylu bir sığırtmaç, güler yüzlü ve sevimli bir zenci olan Giribel'e, kayığının nerede olduğunu sormuştu. Ötekilerin bakışlarında yarattığı rahatsızlığı görmüştü açıkça. Hepsi aynı şeyi düşünüyorlardı: "Yeniden kaçıracak mı? Yeniden mi başlıyor? O eski tutku geri mi geliyor?" Yalnızca verilmiş bir sözü yerine getirmek istediğini anlamıyorlardı. Verilmiş söz de verilmiş sözden başka şey değildi, ister bir insana, ister bir hayvana, ya da ister basit bir kayığa verilmiş olsun...

"Şurada, sığırların geçtiği yerde nehrin otlağının yakınında..."

Nehrin otlağının yakınında, o leş kokulu balçıkta, çamurun inek pisliğine ve at bokuna karıştığı yerde. Eski kayığını, gününü doldurması için oraya bırakmışlardı. Yağmurun altında çürümesi, hayvanların pürtüklü dilleriyle yalanıp yemlik olması için kıyıda öyle bırakılmış olmasına da şükretmeliydi.

Ze Oroco düşüncelerinin akışını değiştirdi. Andedura'yı sorduğunu hatırladı. Ölüp gitmişti Andedura. Belki suların dibinde yatıyordu ya da bir yıldıza doğru uçmuştu. Zavallı Andedura!

"Zayıf, bir deri bir kemik öldü... Öksürük onu içten kemiriyordu. Sonunda kan tükürmeye başladı..."

Andedura güçlüydü. Kollarını ve çevikliğini timsahların, susamurlarının avlanması için başkalarına kiralamıştı. Zıpkını, beyazlar için kaplumbağalar ve *piraracu*'lar vurmuştu. Bedeli de kan olmuştu. Bir deri bir kemik kalmış göğsünde dalga dalga fışkıran kan. Beyazların hastalıklarıyla kırılıp giden tanıdığı bütün Kızılderililer gibi, Andedura'nın da nefretin kırıntısından yoksun öldüğüne bahse girerdi. "Kırmızı papağan" anlamına gelen Andedura, yoldaşı, güneşe, nehre, kumsallara ya da belki, büyük yağmurlara bakarak ölmüştü. Hiç değilse bu avuntuyu bulmuştu. Çok iyi tanıdığı şu duvarların arasında ölmek daha da kötüydü...

Eklemlerini çıtlattı ve sigarasının gereksiz, pis bir koku çıkardığını gördü. Sönük sigarayı yere attı; bu da taze bir sürgünü kemiren bir cırcırböceğini korkuttu. Saat dört olmalıydı. Gerçek, kayıkla karşılaşacağı ânı geciktirmek için yüreklenmeye çalıştığı ve nedenler aradığıydı.

Ze Oroco ayaklarını birbirine sürttü. Sıcaktan şiştiklerini hissediyordu.

Hadi, saçmalık yeter, gitmesi gerekiyorsa buna bir an önce karar vermek en iyisiydi. Giribel'den ödünç aldığı küreği kaptı ve kulübeden çıktı. Yeşil bir ot bitmişti her yanda, evinden nehre giden yolu kaplamıştı, bütün bunların şimdi onda bıraktığı izlenim garipti. Yaşlılığın etkisi olmalıydı. Ya da, herhangi bir Kızılderili gibi, iki açmazın ortasındaydı. Ne burada kalmak ne de kente dönmek istiyordu. Yeniden Andedura'yı düşündü. İki açmazı olmuştu. Ama acımasız bir biçimde yazılmıştı bunlar alnına. Bir Kızılderili olmak istemiyordu, bir Kızılderili de olamazdı ve gidip kentte de yaşayamazdı. Çizgilerle dolu yüzü gerçeği çok açık görüyordu.

Ze Oroco ilerlemez olmuştu. Üzüntüsü her zamankinden büyüktü. Bedeninin her zerresinin iki kat ağırlaştığını hissediyordu. Gereksiz ve kuru dili de büyük bir acılık bırakarak dönüyordu ağzında. İki kere, kararsız durdu. Ama vicdanı onu paylamaktaydı: "Bu kadarı fazla! Basit bir küçük kayık! Oraya gitmek istemezsen gerçekten korkuyorsun demektir. Hasta olduğunu düşünmekten korkuyorsun. Oraya gitmezsen, budala, bütün bunların gerçek olduğunu kanıtlarsın. Hem, ödenecek bir borcun var. Git, göreceksin onun ne durumda olduğunu. Hâlâ suda yüzebiliyorsa onu nehre indirirsin, birlikte iyice uzak bir kumsala doğru gidersiniz. Suda yüzemiyorsa karanlığın iyice çökmesini beklersin, kimsenin seni görmemesini..."

Nehirdeki kulübeleri geçti. İki Kızılderili kulübesini de geçti.

Ixerreru, kapıda belirdi, bütün adaleli gövdesiyle, bütün ağzıyla, Ze Oroco'yu yeniden görmenin sevincini ortaya koydu:

"Döndün demek, Ze Oroco?"

"Döndüm."

"Çok iyi, mutluyum."

"Sağ ol. Şimdi sığırların otlağı nerede?"

"Şurada."

Parmağıyla, nehrin dirseğine doğru köyün sonunu gösterdi.

"Yeri değiştirildi, çünkü pek fazla hörgüçlü öküz vardı, pis kokuyordu."

"Oraya bir uzanayım."

Köyün sonu göründü, büyük ağaçlarla çevrili nehrin dirseğini de seçiyordu. Oraya, şu yüksek kazıkların arasına, Goiás'tan Mato Grosso'ya giden sürüleri salıveriyorlardı.

Ze Oroco kötü dikilmiş, neredeyse yere devrilen kazıkları görüyordu.

Yüreklenmek için daha derin bir soluk aldı.

Ağılın çamurlu, üzerinde tepinilmiş toprağına doğru indi. Güçlükle soluk alabiliyordu. Kendi kendini avutmaya çalışıyor, bütün bunların yaşlılıktan ileri geldiğini düşünüyordu.

Gözleri yerde, ilerleyen ayaklarından başka şeye bakmadan daha da indi. Irmağın kıyısında durdu ve akıntının güçlü, hızlı anaforlarla dolu olduğunu gördü.

Araması gerekiyordu. Önce sol yanda. Gözlerini kaldırdı, kıyıyı inceleyerek. O yanda hiçbir şey yoktu. Ama sağa döndüğünde, düşmemek için küreğe yaslanmak zorunda kaldı: Rosinha oradaydı.

Gözleri nemlendi. Bunun, nehir üzerinde harcadığı çabaların, çalışmasının, eski bir yoldaşını böyle tükenmiş, neredeyse ölmüş görmekten ileri geldiğine emindi.

Ze Oroco pantolonunun paçalarını sıvadı ve kendisini ondan ayıran kıyıyı geçti. Tükürük yerine bir yudum hüzün yuttu. Küçük, minicik ve neredeyse biçimsiz bir şeye dönüşmüş kayığı okşarken elleri titriyordu. Küpeşteleri gitmişti. Kurtlar aşağı yukarı bütün burnunu yemişti. Yağmur ve güneş, vuruntular ve dalgalar kırmızı harfleri yutmuştu. Uzun süre önce, boyayla Rosinha adını yazdığı yerde hâlâ birkaç kırmızı iz direniyordu. Çürümüş bir ip, mucize sonucu kayığı tutuyordu hâlâ; elini atar atmaz koptu.

İçi su doluydu. Ze Oroco elleriyle suyu boşaltmaya koyuldu. Kendisinden de yaşlıydı, zavallı!

Onu biraz kıyıya çekti. Deliklerini inceledi. Delikleri tıkamak gerekiyordu. Ama nasıl? Bunun bir tek yolu vardı. Gömleğinden bir parça yırttı ve tıkaç yaptı. Kayığın hâlâ yükünü taşıyabildiğinden emin olması gerekiyordu. Dikkatle kayığın burnuna yerleşti. Neyse ki batmıyordu. Onun yaptıklarını gören biri on metre gidebileceğine, hele bu noktada bir kilometre genişliği bulan nehri geçebileceğine hiç inanmazdı.

İlk küreği salladı. Öylesine dikkatliydi ki, kendi yüreğini itiyordu sanki. Hafifçe soluk alıyordu, en ufak bir sert harekette batma korkusuyla doluydu.

Nehrin ortasında, pek hassaslaşmış derisini yakan güneşin altında, akıntı yönünde çevirdi kayığı. Pek narinleşen elleri yanıyordu, bütün bu yıllar süresince dokunmadığı küreği çekme alışkanlığını yitirmişti.

Nehir rüzgârı bir sivrisinek bulutunu uzaklaştırdı ve ona rahat bir soluk getirdi. Aslında, iyi düşünürse, bu rahatlığın kayığına kavuşmasından geldiğini bulurdu.

Ze Oroco dümene geçti ve Rosinha'yı bir kumsala doğru yöneltti. Pedra kıyısından uzaktaydı. Gece, her şey bittiğinde, kumsala dönecek ve nehri geçip kendisini alması için Giribel'e seslenecekti.

Bundan uzak, bundan gizli kumsal yoktu. Kalıyordu geriye gecenin, karanlığın basmasını beklemek.

Zamanı olduğundan suya girmeye karar verdi. Uzun süreden beri yapmamıştı bunu. Soyundu ve nehre daldı, su damlacıklarını yutarak yaşlı bir yunus gibi ağzına aldığı suları fışkırtarak. Ah! Kumbalıkları beyaz bedenini gıdıklıyorlardı! Onları uzaklaştırmak için elleriyle suya vuruyordu. Üşüdü ve rüzgârın sivrisinekleri uzaklaştırdığı kuma uzandı.

Güneş, Mato Grosso'nun kıyılarındaki büyük ağaçların arasına kayıyordu. Bir saat geçmeden gece, temkinli, çökecekti. Ama Ze Oroco onun gelişini beklerken, elleri nemli saçlarının altında sırtüstü uzandı, gökyüzünün cümbüşüne bakarak. Bulutların aldığı renklere, oluşturdukları ateşten şekillere bakarak. Tepesinde, *jaribu* sürüleri daireler çizerek rüzgârda dönüp duruyorlardı. İrileri, daha küçükleri. Bir şey düşündüğü yoktu. Akşamın dinginliğine bakıyordu.

O sıra garip bir şey oldu. Bedenindeki bütün kıllar teker teker dikildi. Çok yakınından gelen bir inilti. Bir ara dalmış olmalıydı, buna inanamazdı. Ama inilti artıyordu ve cılız bir ses kulağına kadar geldi:

"Benim ben, Ze Oroco."

Ses, şimdi, boğuk ve yaşlıydı.

Korkuyla döndü ve sırtına yapışan kumu silkti. Kumsalın kıyısına yaklaştı, yerinden kalkmadan. Büyük üzüntüsünü sürüklüyordu titreyerek. Düş görüyordu herhalde.

"Ağaç ağaçtır. Bir kayık da konuşmaz."

Oysa, bu garip, küçük gezintiyi yapmaktan kendini alamıyordu. Bedenini dirsekleri üzerinde çekiyor ve ayaklarının ucuyla itiyordu. Yüzündeki sakallar kayığın tahtasına değiyordu neredeyse.

"Ne olursun," diye yalvardı neredeyse ağlayarak, "ne olursun, Rosinha, konuştuğunu söyleme. Seni anladığımı söyleme."

Tükürüğünü yuttu, ağzında bir kan tadı vardı. Heyecanı öylesine büyüktü ki yüreğinin kumda zıpladığını duyuyordu.

"Ne olursun, Rosinha, bir şey söyleme. İyileştiğimden emin olmalıyım."

Yorgun bir gülümseme ona karşılık verdi:

"Niçin, budala? Kimsenin bunu öğrenmesine gerek yok... Hem o kadar az bir zaman için ki..."

Ze Oroco ne yapacağını kestiremeden elini ağzına götürdü. Soğuk terler döküyor, bedeni tir tir titriyordu.

Rosinha konuşmasını sürdürmekteydi:

"O kadar geciktin ki Ze Oroco. Sen dönene kadar canlı kalmak için harcamak zorunda kaldığım çabaları bir bilsen! Ne oldu?"

Kayık gözlerinin içine bakıyordu. Ruhunun derinliklerini ölçmek ister gibiydi:

"Böyle olma. Sana ne kötülük edebilirim? Hem, aslında bunu beklediğini biliyorum. Yoksa niçin gelesin?"

"Verdiğim sözden ötürü..."

"Ya bana hiç söz vermeseydin, hâlâ hayatta mı olurdum sanıyorsun?"

Rosinha kesik kesik soluk alıyordu. Sözlerinin her biri büyük uykudan önce duyulan yorgunlukla kesiliyordu:

"Ama o kadar geciktin ki, Ze Oroco. Bir kayık eninde sonunda bir ağaçtır ve ağaçların hüznü de sabırları kadar büyüktür."

Ze Oroco artık Rosinha'yla konuşmayı bilmiyordu. Öylesine uzun bir zaman geçmişti ki ve üstelik kentte bunun bir daha olmayacağı inancını kesinlikle edinmişti.

"Demek hâlâ deliyim. Koltuğunun altında gazetelerle yürüyen, Tanrı'nın adaletinden yakınan adamlar gibi."

"Sen mi delisin? Ağaçları anladığın, nesnelerle konuştuğun için mi? Ne sersemlik! Asıl deli Tanrı'nın şiirini yitiren, yüreklerini katılaştıran ve artık birbirlerini bile anlamaktan yoksun olan öbür insanlardır, onlardır deli olan."

Hâlâ kendine gelemeyen Ze Oroco, bu görüşlere ne karşılık vereceğini kestiremediğinden, beyaz saçlarını kaşıdı.

Ama Rosinha susmuyordu. Sönmeye hazır bu minicik ince sesi, bir tek gece susturabilecekti:

"Hem sonra Chico hakkında bana bütün anlattıklarını unuttun! Chico kurtlarla konuşmuyor muydu? Oysa insanlar ona deliymiş gibi davranmıyorlardı, öyle değil mi?"

"Ama Chico bir azizdi."

"Hangi insanların aziz olduğuna karar vermek bize düşmez..."

Kısa süren bir sessizlik oldu.

Gecenin gölgeleri kumsal üzerinde uzanıyordu. Gökyüzü iri kuşlarından boşalmaktaydı. Uykuyu bildiren bu hüzün içinde birkaç geciken kuş uçuşuyordu.

Birine söylendiğini işittiği bir cümleyi yineleyen Ze Oroco oldu sonunda:

"Yüreğimi boşaltmak gereğini duyuyorum, Rosinha."

"Öyleyse boşalt, Ze Oroco. Bir ana yüreği benimkinden daha dikkatli olamaz..."

Ze Oroco her şeyi anlattı. Akıl hastanesinde kendisine nasıl davranıldığını, o hayvansı bakım yöntemlerini, iğneleri, elektroşokları, cezaları, "ağaç ağaçtır" derslerini, gün ışığı görmeyen ve sağlık kurallarına aykırı hücreleri, deli gömleklerini...

"Ara sıra Rosinha'yı düşünüyor muydun?"

"Fırsat buldukça, gizliden gizliye. Düşündüğümü görürlerse beni alıp götürüyorlardı ve aynı işkence başlıyordu. Karanlıkta ve düşte çok daha kolaydı bu."

"Zavallıcık!"

"Anlamadığım bir şey var: Tedavi göreceğimi öğrendiğinde bana niçin bir şey söylemedin?"

"Sen hiçbir şey sormadın ki."

"Doğru."

"Şimdi kendini nasıl hissediyorsun?"

"Daha hüzünlü. Ya sen, sana neler yaptılar?"

Her şeyi anlatma sırası Rosinha'ya geldi. Ama hikâyeleri daha kısa ve daha açıktı. Yalnızca kendisine ne denli kötü davranıldığını söyleyebilirdi. İçine kimseyi bindirmemişti ama evet! Üzerine kürekle vuruyorlardı, taş bile atmışlardı. Ama onu tartaklayan herkes cezasını görüyordu. Ya attan düşmekti bu ya bir hayvan ısırığıydı. Mikroplu bir dikenin batması, bir şişe kırığı. Olanların en hafifi, ayağını çarpan ve başparmağının tırnağı sökülen bir çocuğun başına gelmişti. İşte. Bu ona kötülük etmenin bir başka biçimiydi. Ondan sonra Rosinha'yı rahat bırakmışlardı. Çünkü kısa bir iple bağlayıp bırakmışlardı. Öyle ki, sular iyice kabardığında boğazı sıkılıyor ve boğulacak gibi oluyor, suların çılgınlığıyla dört yana sarsılıyordu kıyıya vurup durarak.

Rosinha acı acı güldü.

"Büyülendiğim, kötü olduğum söylentisi dolaştı. Curumare'nin bütün gücünün tahtamda gizli olduğunu keşfettiler ve bir daha ilişmemek üzere beni rahat bıraktılar. Bu kadar."

Dalıp gittiklerinden, büyük gecenin, doğaya dinlenmeyi kabul ettirerek indiğini görmediler.

"Şimdi..."

Bu soruyu soruyordu ama yüreği yanıtını önceden biliyordu.

"Karanlık çöküyor, karanlıkla birlikte de rüzgâr, Ze Oroco."

"Hayır, Rosinha. Benim yeğlediğim..."

"Otlağın pis kokuları arasında çürümem mi?"

Ze Oroco ellerini ovuşturuyordu.

"Ya da beni burada mı bırakmak istiyorsun? Bir gün yağmur düşecek, nehir kabaracak ve hayırsever bir el beni bir ateşin başına sürükleyene dek acı çekeceğim. Görüyorsun ya, ağaçların alın yazısı hep aynıdır..."

Ze Oroco hâlâ oturmuş, rüzgârın lüle lüle ve beyaz saçlarını uçurmasına aldırmadan başını önüne eğiyordu.

"Bunun için geldin, değil mi? Öyleyse? Sevilen birinin yanında öleceğini bilmek kadar tatlı bir son olamaz."

Rosinha güldü:

"O kadar yaşlı ve yorgunum ki, şu son aylarda batmamak için ne çabalar harcadığımı bir tek Tanrı bilir. Sana yemin ederim, Ze Oroco, nehri bir daha geçersem dayanamam. Yaşlıyım, Ze Oroco. Yaşlılığın bütün gereksizliğiyle birlikte."

Sesi öylesine boğuk, öylesine sönüktü ki adamın yüreğini paralıyordu. Bu ses soluk soluğa kulağına geliyor, bazen rüzgâr söylediği bazı sözleri alıp götürüyordu:

"Veda dualarımı okuyacağım, ama beni işitince ağlama. Calamanta, gerek duyduğum sabrı verdi bana şimdi. Bunu yapacaksın, Ze Oroco. Bir buyruk değil benimkisi, ama dostça bir yakarı. Önce, güzel bir ateş yakmak için kumsaldan tahta toplayacaksın. Gücünü boşa harcamamak için ateşi benim yakınımda yak. Sonra, ateş iyice kızıla döndüğünde, beni iyice yanına sürüklersin. O zaman dualarımı okurum. O kadar. Hadi."

Ze Oroco ruhunu yitirmiş gibi ayağa kalktı. Bu nefis, yıldızlarla dolu gece ölmüş gibiydi. Ve hayatının tüm yalnızlığı bir tek ölçüde toplandı, sonsuz bir tükenmezlikte.

Rosinha, dostunun uzaklaşmasına bakarken iki damla gözyaşı döktü. Yüreğinin bütün sevgisini topladı ve gökyüzüne baktı. Veda yakarısına başladı:

"Ulu Tanrım!

Her şey için sana teşekkür ederim!

Güzelim bir pazartesi günü beni dünyaya getirdiğin için sana teşekkür ederim!

Kızılderililerin beni bulmalarını sağladığın için sana teşekkür ederim.

Kızılderililer beni güzel bir kayık yaptıkları için sana teşekkür ederim.

Yaşadığım ve bir daha göremeyeceğim bütün güzel geceler ve güneş batışları için sana teşekkür ederim.

Nehrin büyük rüzgârlarına direnmemi sağladığın için sana teşekkür ederim.

Nehrimin, yeryüzünün en güzel nehri Araguaia olmasını sağladığın için sana teşekkür ederim!

Bana iki sahip verdiğin için sana teşekkür ederim: Bütün gücümle hizmet ettiğim Surumare ve tüm aşkımla sevdiğim Ze Oroco!

En üzgün anlarıma katlanmamı sağlayan sabırdan ötürü sana teşekkür ederim!

Her şey için teşekkür ederim. Bir de; her zaman dilediğim gibi, hep sevdiğim birinin yanında ölmeme izin verdiğin için.

Teşekkür ederim, Tanrım, çünkü her şeye rağmen hayat güzel!"

Sustu, çünkü sesi artık bir mırıltıdan başka *şey* değildi. İstese bile daha fazlasını söyleyemezdi.

Kumda yürüyen Ze Oroco'nun ayak seslerini izlemek için yaşlı kulaklarını kabartarak adamın dönüşünü bekledi.

Adam, sırtında bir çalı çırpı demetiyle döndü. Yük taşıma alışkanlığını yitirdiğini kendi kendine itiraf ediyordu; yükün sırt kaslarını acıttığını, omuzlarını kırıp döktüğünü.

Çalı çırpı demetini gürültüyle yere attı, eliyle ağrıyan yerlerini ovaladı.

"Oldu, Rosinha."

Ze Oroco çömeldi, iyice kurumuş birkaç çöpü topladı ve rüzgârdan koruyarak bir kibrit çaktı. Önce mavimsi bir küçük alev dili, ardından bir çıtırtı koptu ve ateş büyüdü.

Ze Oroco kararsız, ateşe yaklaştı. Yüreklenmek için bir şey söylemek istemiyordu.

"Beni daha yakına sürükle. Başlamadan önce kurumam gerek."

Ze Oroco kayığın burnuna yapıştı. O kadar eskiydi ki her yer toz olup dökülüyordu.

"Meraklanma Ze Oroco. Beni sudan çıkardığından beri ağlayamaz oldum, bir şey de göremiyorum. Hiçbir şey duymuyorum."

"Ağlayan benim."

"Saçma, dostum! Eninde sonunda her yer karanlık, kimse seni görmeyecek..."

Gücünü toplayarak ayaklarını kuma gömdü. Sözünü tutmalıydı.

Biraz dinlendi ve kayığa baktı. Bir şey duymadığını söyleyip kendisini uyardığına göre konuşmak bir işe yaramıyordu.

Ateşin ışığında, kayığın ölü gövdesini görüyordu. Ne acı! Tohumdan çıkan küçük bir ağaç olmak için çok uzun zaman geçmesi gerekiyordu! Sonra, büyük bir ağaç olmak için yıllar süren mücadeleler veriliyordu. Ardından Kızılderililer gelip ağacı kesiyor ve kayık yapıyorlardı... Ya şimdi? İki saat geçmeden, yaşlı lifleri, ihtiyar gövdesi, rüzgârda döne döne uçuşan, nehirde yitip giden ya da kumsalın kumlarına karışan küle dönüşecekti.

Ama Ze Oroco sözünü tuttu, kumsal mavimtırak bir külle örtüldüğünde ve ateş söndüğünde rüzgâr gelip kumları karıştırarak Rosinha'dan artakalan şeyi insan anlayışının kavrayamayacağı bir yere götürdüğünde, kumsalda ağır ağır yürüdü. Bir hafiflik duymuyordu, bir ağırlık da duymuyordu. Yalnızca üzüntüsünün birazını atmıştı.

Rüzgâr giysilerinde şarkı söylüyor ve onu bir kül zerresiymiş gibi itiyordu.

Sonunda, kendi hayatını yakarak sözünü tutmuştu.

Artık gitmekten başka yapacak şey yoktu, çünkü hiçbir şeyden emin değildi, deli olup olmadığından da. Normal bir insanın mı, yoksa bir delinin mi daha iyi olduğundan da emin değildi. O an açık ve belirgin olan, o yerden olabildiğince çabuk uzaklaşmanın gerekliliğiydi.

Giribel'e seslendi ve sesinin yittiğini gördü.

Tepki gösterdi ve gerçekten bağırdı. Zenci karşı kıyıdan yanıtladı onu.

Kumsalda uzanmış zenciyi beklerken hızla planlar yapıyordu.

Orada kalmak, kulübesini onarmak, asla! Bir daha dönmeyecek olan kuşları besleyecek sabrı yoktu artık.

Rosinha'yı yitirdikten sonra nehir bitmişti onun için! Bitmişti nehir kıyıları! Yolculuk etmek istiyordu. Yalnızca altı ayda bir, düşük maaşını almak için bir yerde mola vermek. O kadar. Geri kalan sürede yol almak. Çünkü yaşlılık bedenine damgasını basıyor ve kaslarında kalan çevikliği götürüyordu.

Yapacağı şey şuydu: İlk kez düşünmüyordu bu işi. Bir at alacaktı. Evet! Birçok şey içinde en pratik olanı attı. Çünkü hem arkadaştı kişiye hem de binekti. Karanlığın bastığı yerde yatıp uyuyacaktı. Yemek yemek için dere kıyılarında mola verecekti. Bu, insana bir özgürlük duygusu veriyordu. Bir nehrin mavimtırak suyunun kıyısında bir küçük balık, bir dilim et kızartmak. Gece, hamağını iki dal arasına asacak ve yıldızların sallanışına bakarak yaylanacaktı. O uyuyana dek de yıldızlar sağda solda parlayacaklardı.

Küçük bir at, evet, küçük bir at. Coşkun bir iri hayvana gerek duymuyordu, çünkü kimsenin dikkatini çekmek istediği yoktu. Dikkati çekmek için değil, bir can yoldaşının bulunması içindi at edinmesi. Bir serseri hayatı mı? Ne önemi vardı! Bu yaşta kimseye hesap vermek zorunda değildi. Yaptığını onaylayan yaşlı yüreğinin dışında. İleri! Küçük atına binecek ve Brezilya içlerinde dosdoğru ilerleyecekti. Üstelik düşünün ki Brezilya çok büyük, bitmek tükenmek bilmeyen bir ülkeydi. Hiçbir zaman öbür ucuna varmayacaktı, varsa da gerisingeri dönecek ve başka bir yönde yol alacaktı.

Ze Oroco gülümsedi, çünkü şimdi en saçma sapan şeyleri bile hoş bulmaya başlıyordu.

Neyse ki Brezilya'daydı, çünkü Avrupa'da olsa bu fırsatı bulamazdı; Avrupa eninde sonunda, büyük bir şey değildi; insan iki gün yürür ve İsviçre'den çıkardı, iki gün yürür ve Portekiz'in öbür ucuna ulaşırdı, üç gün yolculuk edilir ve bütün Fransa geçilirdi. İş yoktu böyle yerlerde. Gerçekten büyük ülke olarak bir tek Rusya'dan söz ediliyordu, o da sınırdan içeri bırakılırsa.

Düşüncelere dalmıştı; Giribel'in kayığının kıyıya yanaştığını fark etmedi.

"Geliyor musunuz, Bay Ze?"

"Geliyorum."

Mutlak bir sessizlik içinde yeniden nehrin öbür yakasına geçtiler.

Limandan yukarı çıkan patikayı tırmandı ve köpekleri havlatmaktan kaçınarak Madrinha Flor'un kulübesine yöneldi.

"Sen misin, Ze Oroco? Yemeğin ateşin kıyısında. Nehrin öbür yakasında ne yapıyordun? Gelmek bilmedin. Xavante yerlileri yüzünden kaygılanıyorduk."

Ze Oroco kurnazca güldü. Onları kaygılandıran Xavante yerlileri değildi. Artık uygarlaşan Xavante'ler öyle bir yozlaşma içindeydiler ki, Mortes Nehri boyunca iniyor, sırtlarında giysileri, iş isteyerek, yalvararak geziyorlardı.

"Eskiden olduğu gibi geceye bakıyordum."

Madrinha Flor lambayı masaya koydu. Geniş kanatlı böcekler ışığı yemeye çalışarak uçuşuyorlardı. Başını örten yemeni, saçlarını kaplayan beyazlığı gizliyordu. Sonra, yaşlıların sakin yürüyüşüyle ilerledi ve gidip Ze Oroco'nun tabağını aldı.

"Satılık küçük atı olan birini tanıyor musun, Madrinha Flor?"

Madrinha bir sıraya oturdu, eli birden kupayı, Carajá yapımı testiye doğru itti.

"Küçük bir at, küçük bir at. Hayır."

Sonra Madrinha Flor yaşlılığına boyun eğmiş, bunu kimseden gizlemeyerek elini yeniden etekliğinin cebine soktu. Piposunu çıkardı. Onun yaşındaki bütün yaşlı kadınlar pipo içiyorlardı. Tütün kokusu ortalığı kapladı.

"Küçük bir kısrak olabilir mi?"

Ze Oroco bunu düşünmemişti. Ama sürpriz hoştu.

"Bak sen, hiç de fena değil bu kısrak düşüncesi."

"Pedro Curimba'da bir tane var, harika bir şey."

"Genç mi?"

"Dört yaşında yok."

"Satılık mı?"

"İyi bir fiyat verirsen sanırım satar."

Ze Oroco kalan yemeğini farkına varmadan yedi. Bir parça manyok unu çenesine düştüğünde elinin tersiyle siliyordu.

Hamağında, içebildiği kadar sigara içer ve Rosinha'yı yitirmenin üzüntüsünü bastırırken yeni planlar yapıyordu. İyiydi de bu, çünkü ne çok yaşlı ne de gereksiz olduğunu kanıtlıyordu. Açık olan bir şey vardı. Yaşlı bir hayvan satın almak istemiyordu. Herhangi bir şeyi yitirmek istemiyordu artık. Demek kısrak gençti! Kendisini gömerdi o zaman. Ya Pedro Curimba satmak istemezse? Söylediğinin iki katını verirdi.

Madrinha Flor'un sesi geldi odadan:

"Uyuyor musun Ze Oroco?"

"Tam uyumuyorum, tam uyumuyorum. Niçin sordun?"

"Nehirden ayrılacak mısın?"

"Belki."

"Hiç geri dönmeyecek misin?"

"İnsan bir gün döner hep. Hayvanların içtiği su bile geri döner. Ben neden dönmeyeyim?"

Madrinha Flor sustu ve Ze Oroco kısrağı düşünmeye koyuldu.

Ama fiyatı iki katına çıkarmak gerekmedi. Pedro

Curimba aklanmaya başlayan kıvırcık saçlarını karıştırarak, "Bana bir yardım yapmış oluyorsunuz, Bay Ze Oroco," dedi.

"Niçin? Kısrak hasta mı?"

"Hasta olur mu? Hiç bile, güneşten daha güçlü."

"Öyleyse?"

"İstediklerimin hiçbirini yapmıyor. Çalışmaya gelince nanay."

"Ne yapıyor öyleyse?"

"Başıboş, gezgin. Dörtnal koşmaktan söz edin ona, en sevdiği iştir."

"Bana da gerekli olan bu. Ne kadar gezginse o kadar iyi."

Gidip kısrağı otlakta gördüler. Hayvan, iri saf gözleriyle iki adama bakarak kulaklarını oynatıyordu.

Tahta perdeyi aştılar ve gidip dişlerini incelediler.

"Onu alıyorum. Bana bir eyer ve gerekenleri bulursanız fiyatı biraz daha yükseltirim."

"Hayvan sizindir."

"Şimdi yolcu yolunda gerek, Ze Oroco."

Kulübeler, ormanın dirseğinde yitip gitti.

Kendisine bir veda işareti yapan Madrinha Flor'un titrek elini düşünmek istemiyordu.

"Hadi bakalım, Ze Oroco. Brezilya büyük, çok güzel ve tahta perdesiz bir ülkedir. Öğleyin, güzel bir köşede iki lokma yemek yeriz."

Ve ikisi, lak-lak-lak-lak, yolu tuttular. Derken Ze Oroco'nun canı şarkı söylemek istedi. Yıllar oluyordu canı şarkı söylemek istemeyeli! Rosinha'nın kendisinden istediği eskinin şarkılarını avazı çıktığı kadar söylemeye koyuldu. Bütün şarkılarda da bir kayık söz konusuydu:

Birlikte gezeceğiz
Kayığım Rosinha
Balık avına çıktığımız
Dost gölü düşünerek...

Bir sevinç başlangıcı doğuyordu göğsünde. Şimdi birtakım şeyleri düşündüğünde hepsi güzeldi.
Büyük mucize akşama doğru oldu.
Gezgin kısrağı bağlamıştı ve ateş yakıyordu. Manyok unuyla birlikte yiyeceği bir et parçasını şişe geçiriyordu. Kısrak, yemyeşil ve yumuşacık otu çiğnemekteydi.
Akşamüstü, doğanın kendine özgü bilgeliğiyle, o hiç acele etmeme tutkusuyla geçip gidiyordu. Ze Oroco yere oturdu, sonra otlara uzandı. Bir yaprak alıp çiğnedi. Bir *sofre* kuşu, bir *cagaia* fidanının tepesine yuvasını yapıyordu. Bir alakarga kasvetli sesiyle ötüyordu.
"İyiyiz, değil mi?"
Bir ses işittiği ve konuşan kendisi olmadığı için irkildi.
"O da nesi?"
Kulaklarına inanamıyordu: Kısrak konuşuyordu.
"Sen de mi?"
"Ben, hayır... sen..."
Bunun üzerine Ze Oroco güldü. Yürekten güldü, yıllar boyunca baskı altında tutulan yüreğinin bütün içtenliğiyle güldü.
Hâlâ kuşkucu, duraladı:
"Demek sen de konuşuyorsun? Ne iyi!"
Hayvanın daha yakınına geldi. Yüreği sevinçten çatlıyordu. Her şey yeniden başlamaktaydı. Calamanta'ya, Urupianga'ya inanabilirdi. Özgürdü. Bir eşekarısının vızıltısından küçük bir yaprağın doğuşuna dek güzelliği görmekte özgürdü. Gökyüzü bütün yıldızlarına kavuşmuştu, rüzgâr da okşayışına. Ak saçların bile bir güzelliği vardı.
"Tanrı'ya şükür, yeniden deliyim. Sağ ol, Chico!"

Artık kendini tutamadı. Kısrağın başını göğsünde sıktı.

"Sen çok tatlısın."

"Ben de senin hakkında aynı şeyi düşünüyorum, Ze Oroco."

"Adımı biliyorsun demek?"

"Kuşlar bana söylediler. Beni satın alman öyle istiyordum ki."

"Doğru mu?"

"Sana yemin ederim ki doğru."

"Demek yolculuk etmeyi seviyorsun?"

"Hayatta başka sevdiğim iş yok. Yarın erkenden yola çıkacağız değil mi? Bir sürü güzel şey göreceğiz, değil mi?"

"Sanırım... Brezilya'yı kuzeye, güneye, doğuya, batıya doğru arşınlayacağız. Başarabilirsek denizi bile göreceğiz."

"Piiiiih! Harika! Öğrenmek istediğim bir şey var."

"Neymiş o?"

"Bana bir ad takacaksın değil mi?"

"Gerekli mi?"

Kısraktan uzaklaştı ve gözlerinin içine baktı. Geceden önceki günün son ışığında gözlerinde iki küçük çizgi gördü. Ama iki çizgi değildi gördüğü. En kutsal neyi varsa onun üzerine yemin edebilirdi. İki çizgi değildi. Kısrağın gözlerinde, dingin ve uzak nehirde kayan iki Rosinha görüyordu. Aklına bir şey geldi.

"Rosinha adını sevdin mi?"

"Adların en güzeli!"

Ze Oroco içini çekti, ama bu son içini çekişiydi.

"Öyleyse adın Rosinha olacak."

Küçük kısrağın başını dirilen yüreğinin üzerine bastırırken yeryüzünün tüm sevgisini sundu:

"*SEVGİLİM ROSINHA* olacaksın."